河出文庫
古典新訳コレクション

源氏物語 3

角田光代 訳

河出書房新社

目次

澪標《みおつくし》　光君の秘めた子、新帝へ　7
蓬生《よもぎう》　志操堅固に待つ姫君　49
関屋《せきや》　空蝉と、逢坂での再会　79
絵合《えあわせ》　それぞれの対決　89
松風《まつかぜ》　明石の女君、いよいよ京へ　113
薄雲《うすぐも》　藤壺の死と明かされる秘密　143

朝顔《あさがお》　またしても真剣な恋　181
少女《おとめ》　引き裂かれる幼い恋　209
玉鬘《たまかずら》　いとしい人の遺した姫君　269
文庫版あとがき　321

源氏物語

3

澪標《みおつくし》

光君の秘めた子、新帝へ

帝は退き、藤壺の産んだ皇子が元服とともにあたらしい帝となり、明石の女君は女の子を産んだということです。

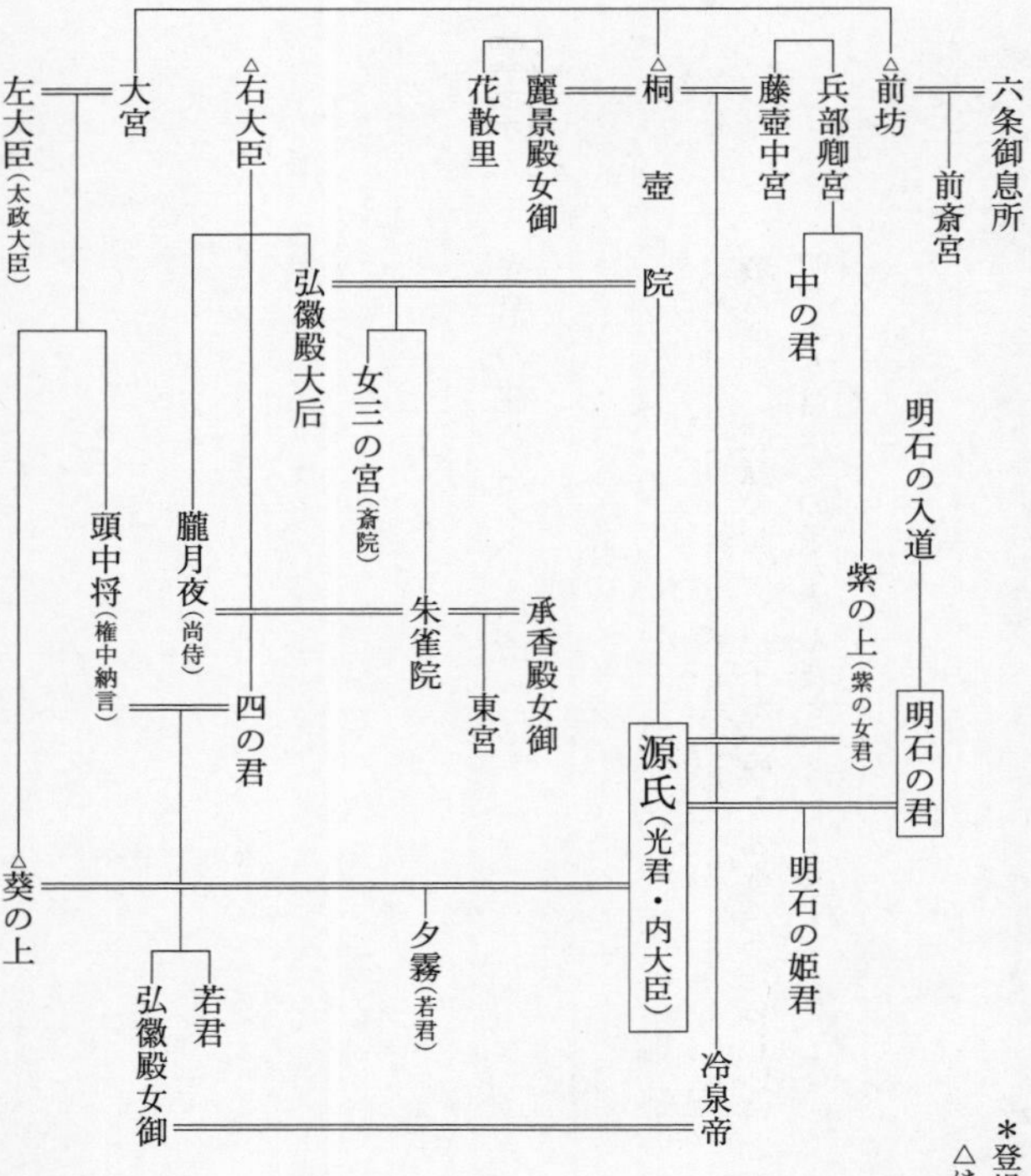
六条御息所
前斎宮
△前坊
兵部卿宮
中の君
藤壺中宮
△桐壺院
麗景殿女御
花散里
△右大臣
大宮
左大臣（太政大臣）
明石の入道
紫の上（紫の女君）
明石の君
源氏（光君・内大臣）
明石の姫君
冷泉帝
弘徽殿大后
女三の宮（斎院）
承香殿女御
朱雀院
東宮
朧月夜（尚侍）
四の君
頭中将（権中納言）
△葵の上
夕霧（若君）
若君
弘徽殿女御

＊登場人物系図

△は故人

夢ではっきりとその姿を見てからというもの、光君《ひかるきみ》は、故桐壺院《きりつぼいん》のことをずっと心に留めている。あの時、帝《みかど》がそのために苦しんでいると言った「知らず知らずのうちに犯した罪」から、どうしたら救うことができるのだろうと心を痛めている。こうして帰京してからは、まずその法要の準備をはじめた。十月に法華八講会《ほっけはっこうえ》の法要を行うこととなった。世の人々がこぞって光君に仕えている有様は、かつてと同じである。

弘徽殿大后《こきでんのおおきさき》は、なおも病気が重くなっている上、ついにこの男を追いやってしまうことができなかったと思い詰めていたけれど、一方、朱雀帝《すざくてい》は故院の遺言を気にかけていた。院の遺言に背いた報いがかならず何かあるに違いないと思っていたが、こうして光君を京に呼び戻したことで、気分も晴れ晴れしていた。患って苦しんだ目は快復したが、そもそもそんなに自分は長生きできないだろうと不安を覚えるようになり、帝という位にも長くは留《とど》まることはないだろうと考えて、光君をしょっちゅう宮中に呼ぶ。政治のことなども、一切合切相談している。帝が願っていた通りになったので、世の人々も、くわしくはわからないにしてもうれしいことだとよろこんでいる。

いよいよ退位しようという気持ちがかたまるにつれて、尚侍《ないしのかみ》（朧月夜《おぼろづきよ》）が心細そうに我が身を案じて嘆いているのを、帝は不憫《ふびん》に思わずにはいられない。

「祖父である大臣も亡くなり、大后もご病気が悪くなる一方であるし、私の命もそう長くはないように思う。まこと気の毒に思うけれど、あなたは今までとはまったく違う境遇で取り残されることになる。昔から、あなたはあのお方より私を軽く見ているけれど、私のほうはだれにも負けない思いを持ち続けていて、ただただあなたのことをいとしく思っているのだ。私より勝るあのお方が、もし望み通りあなたの世話をすることとなっても、私が本気であなたを思う気持ちにはかなうはずもない。そう思うとつらいのだ」

と帝は泣く。女君が顔を赤く染め、こぼれるばかりの魅力的な姿で涙をこぼすのを、帝は今までのいっさいの罪を忘れて、なんとかわいらしいのだろうと見つめてしまう。

「なぜ御子《みこ》だけでも産んでくれなかったのか。まったく残念なことだ。宿縁の深いあのお方とは、すぐにでも御子ができるのだろうと思うとくやしくてたまらない。しかし身分は変えられないから、生まれた子どもは臣下として育てなければならないね」

と先のことまで帝が話すので、女君は恥ずかしくも感じ、また悲しくもなる。

朱雀帝の容姿はじつに優美でうつくしく、その愛情が年月とともに深まっていくようにたいせつに扱ってくれる。光君はすばらしい人だけれど、今にして思えば、そんなには自分を愛してはくれなかったような態度であり心であったとだんだんわかってくるにつれて、尚侍の君はなぜ無知な若気の至りにまかせてあんな騒動を引き起こしたのだろうと思えてくる。自分の評判はもちろんのこと、あのお方にもご迷惑をかけて……。そんなふうに思い、我が身を厭《いと》うのである。

明くる年の二月、東宮《とうぐう》の元服の儀式がある。十一歳になった東宮は、年齢のわりには大きく、大人びて見目麗しく、そして、光君の顔を写し取ったかのようにそっくりだった。この二人が二人とも、目もくらむほど輝きを放っているのを、世間の人々はすばらしいことだと噂《うわさ》し合っているけれど、藤壺《ふじつぼ》の宮はひたすらいたたまれない思いで、どうにもならないことながら心を痛めている。帝も東宮を充分に立派になったと思い、世の政《まつりごと》を譲ろうと思っていることを東宮にやさしく話して聞かせる。

二月の二十日過ぎ、譲位がにわかに行われ、弘徽殿大后は狼狽《ろうばい》した。

「生きる甲斐《かい》のない我が身ですが、これから先ゆっくりとお目に掛かれるようになりたいと願っています」と、上皇となった朱雀院は母大后をなぐさめる。次なる東宮には承香殿女御腹《しょうきょうでんのにょうごばら》の皇子《みこ》が立つこととなった。

御代《みよ》が替わり、前代とは打って変わってはなやかなことが多かった。大納言だった光君は内大臣となった。左右大臣の定員二名はもう決まっていたので、定員外として加わったのである。ただちに摂政として世の政を執るべきであるが、「そのような忙しい役職にはたえられません」と言い、左大臣だった義父に摂政を譲った。

しかし、「病を理由に官職も辞退申し上げたのに、ますます老いてしまった私にしっかりした政はできますまい」と左大臣は承諾しない。

異国でも、何かことが起こり世の中が不安定なときは山に身を隠した人でさえ、やがて太平の世となれば、白髪の老齢も恥じることなく朝廷に仕えたという。そういう人こそまことの聖賢である。病によって辞退した官職ではあるが、世情が変わってからあらたに就任するのに、なんの支障もない、と朝廷でも、光君個人とのあいだでも正式に決まった。異国ばかりでなく国内にもかつてそのような例があったとのことで、とうとう断り切れずに、左大臣は太政大臣となった。六十三歳の時である。

この大臣は世の中に何にも期待できなくなって、ひとつにはそれが原因で引退したのだったが、またかつてのように盛り返しはなやかになり、不遇に沈んでいた彼の子息たちもみな出世した。とりわけ、宰相中将《さいしょうのちゅうじょう》（頭中将《とうのちゅうじょう》）は権中納言《ごんちゅうなごん》となった。権中納言の妻である、右大臣の四《よん》の君《きみ》とのあいだの姫君が十二歳となり、入内《じゅだい》させるべくたいせつに育てている。かつて「高砂《たかさご》」をうたった若君も元服させ、今はまことに思いどおりの繁栄である。夫人たちが次々と多く子を産みにぎやかになっていくのを、光君はうらやましく思っている。

光君と葵《あおい》の上《うえ》のあいだに生まれた若君は、だれよりもかわいらしく、童殿上《わらわてんじょう》して宮中や東宮御所に参上している。太政大臣もその妻の大宮も葵の上を亡くしたことを今さらながら思い出しては嘆いている。けれど葵の上の亡き後も、光君の威光によって引き立てられ、すべてにおいてとくべつな扱いを受け、長く不遇だったとは思えないほど栄えている。光君の心遣いは昔と変わらず、何かあるごとにこの大臣邸を訪れては、若君の乳母《めのと》たち、そのほか、この長い年月に暇をとることなく残った女房たちにはみな、折にふれ面倒をみているのである。それによってしあわせになった者も多いようである。

二条院でも、同じく帰京を待っていた女房たちをありがたく思い、長年の悲しみが晴れるようにと、中将、中務《なかつかさ》といったかかわりのある女房たちにはそれぞれ相応に情けをかけることに忙しくて、光君は忍び歩きをすることもない。二条院の東にある、故院の遺産であった御殿を、類するもののないほど立派に改築をさせる。花散里《はなちるさと》のような気の毒な境遇の人々を住まわせるつもりでの造営である。

そういえば、あの明石《あかし》の、気掛かりな人のその後はどうなっただろうと、光君は忘れたことはなかったのだが、公私ともに多忙なのに紛れて、思うように使いを出して様子を尋ねることもできないでいた。三月はじめの頃、そろそろ生まれるのではないかと思うと、だれにも言えないまま、哀れに思い、光君は明石に使者を送った。すぐに帰ってきた使者は、

「十六日、女の御子《みこ》で、安産でございました」と報告した。

珍しく女の子の誕生と聞いて、光君のよろこびようは並大抵ではない。どうして京に迎えて出産させなかったのかと後悔までする。宿曜《すくよう》の占いで、

「御子は三人、帝、后《きさき》がかならず揃《そろ》ってご誕生になるでしょう。そのお二人には劣る運命の御子でも、太政大臣となって人臣の位を極めるでしょう」と言われたことがひとつひとつ的中していくようだ。光君が最高の位に就《つ》き、天下を統治するはずだと、あれほどすぐれた大勢の人相見たちがこぞって予言していたのに、これまで長年、世の中が思うようにいかなかったせいで、すべて心中で打ち消していたのである。けれどもこうして、じつは我が子である冷泉帝《れいぜいてい》が無事即位したことを、願いがかなったと光君はうれしく思うのである。自身が帝の位に就くなどということは、まったくあり

得ないと思っている。

大勢いる皇子たちの中で、故桐壺院は自分だけをとくべつにかわいがってくださったけれど、臣下にしようとお決めになったそのお心を思うと、皇位とは縁のない運命だったのだ。帝がこうして御位《みくらい》にお就きになったことを思うと、ことの真相が人に知られることはないだろうけれど、人相見の予言は間違ってはいなかった、と光君は考える。そして今の状況から未来を思うと、すべては住吉《すみよし》の神のお導きであったと思えた。あの明石の女君も、いつか后になる子を産むという非凡な宿世《すくせ》があったから、偏屈な父親も身の程知らずな高望みをしたのだろうか、そういうことなら、将来皇后にもなろうという人があの辺鄙《へんぴ》な田舎で生まれたなどというのは、あまりに気の毒であり、もったいないことだ、落ち着いたら京に迎えよう、と考えて、東の院を急いで造るようにと命じた。

あんなところではきちんとした乳母もめったにいないだろうと思っていた光君は、故院に仕えていた宣旨《せんじ》の娘で、宮内卿《くないきょう》の宰相《さいしょう》を父に持つ人について耳にした。その娘は母とも死別してから細々と頼りなく暮らしていたが、先のない恋愛をして子を産んだという。光君はつてをたどって何かの折にこの話をした女房を呼び出し、彼女を通して乳母になってもらえないかと話をした。この宣旨の娘は世間知らずな若い女で、明けても暮れても訪れる人もない荒屋《あばらや》で、もの思いにふけって心細く暮らしていたから、深く考えることもなく、光君と縁のできることをよろこび、乳母になることを承諾した。光君は、なんと不憫な身の上かと一方では思いながら、明石に向けて出発させることにする。

明石に発《た》つ日、光君はちょっとしたついでに、人に知られないようこっそりとその女の家に立ち寄った。女は、乳母を引き受けたものの、さてどうしたものかと思案に暮れていたのだったが、光君の訪問を心底ありがたがって、すべての不安を捨て去って、「ただ仰せのままに」と答えた。日取りも悪くなかったので出立《しゅったつ》を急がせて、「奇妙な、心ないことだと思うかもしれないが、私にはとくべつの考えがあるのだ。この私自身も思いもよらないような侘《わ》び住まいを長くしていたのだから、そんなこともあったのだと思ってしばらくのあいだ、辛抱してほしい」と、光君はことのいきさつをくわしく話して聞かせた。女は以前故桐壺院に仕えていたので、光君も彼女を見たことがあったが、今はすっかりやつれてしまっている。家の様子もなんともいえず荒れ果てている。さすがに大きな邸《やしき》だが、木立は気味悪いほど茂って、こんなところでどうやって暮らしていたのだろうと思う。女の様子は若々しくかわいらしいので、光君はつい見つめてしまう。あれこれと冗談を言い、「明石へやらずに取り返したい気がするよ。あなたはどう?」などと言うので、いかにも同じことなら、光君のそばに仕えれば不幸な身の上もなぐさめられるだろうにと女は思う。

「かねてより隔《へだ》てぬ仲《なか》とならはねど別れは惜《を》しきものにぞありける

（前から親しい仲というわけではなかったが、別れは名残《なごり》惜しいものだね）

追いかけていこうか」と光君が言うと、女はほほえみ、

「うちつけの別れを惜《お》しむかことにて思はむかたにしたひやはせぬ

（別れが惜しいなどとおっしゃるのはでまかせの口実で、本当は恋しいお方に会いたいのではございませんか）」

とこなれたふうに応えるのを、たいしたものだと光君は感心する。

乳母の一行は車で京を発つ。ごく親しい家臣を付けて、けっして人に漏らさぬようにと口止めをして遣わせた。お守り刀や、そのほか必要なものなど、置き場もないほどたくさん揃え、隅々まで配慮してある。乳母にも、かつてないほどこまやかな心遣いで多くのものを贈った。明石の入道が、孫にあたる姫君をどれほどたいせつにいつくしんでいるかと想像すると、自然と笑みがこぼれ、同時に姫君のことがしみじみとかわいそうに思えて、気に掛かってしまうのも、二人の宿縁が深いからだろう。女君への手紙にも、姫君をけっしていい加減に扱ってはならぬと、くり返し戒めた。

いつしかも袖《そで》うちかけむをとめ子《こ》が世を経《へ》て撫《な》づる岩のおひさき

（一日も早く私の袖で撫でてあげたい。天女が長い年月その羽衣で撫でる岩のように、生い先長い姫君を）

摂津《せっつ》の国までは船で、そこから先は馬で、乳母の一行は明石へと急いだ。入道は待ちかねていたように彼らを迎え、光君の心遣いをよろこび、感謝の言葉を口にした。京の方角を向いて拝み、光君の深い気持ちを思うと、ますます姫君をかけがえなく感じ、おそろしいもののようにすら思えてくる。赤ん坊の姫君は不吉な予感がするほどにかわいらしく、比べるものもないほどである。姫君を見た乳母は、なるほど、光君の尊いお考えでこの姫君をたいせつに育てようとお思いになるのは当然のことだと思い、こんな辺鄙《へんぴ》なところに旅立って悪い夢のようだという思いもすっかり消えてしまった。乳母は、姫君を心からかわいくいとしいと思って世話をする。

　母となった女君も、あれから幾月ももの思いに沈み、ますます気力を失って、生きていこうとも思えなかったのだが、こうした光君の気持ちに少しなぐさめられて、床から頭を起こし、使者たちにまたとない心づくしのもてなしをする。使者たちは「早く都に帰りたいので」と迷惑がっているので、女君は思うことを少し書き付ける。

ひとりして撫《な》づるは袖《そで》のほどなきに覆《おほ》ふばかりの蔭《かげ》をしぞ待つ

（ひとりで撫でるには私の袖は狭すぎます、あなたの覆うばかりのお袖をお待ちしております）

光君は、自分でも不思議なほど姫君のことが気に掛かり、早く見たくてたまらないのである。

紫の女君には、このことを口に出して話したことがなかったので、ほかから聞いてしまってもいけないと思い、

「こういうことなのだそうだ。ものごとは妙にうまくいかないものだね。生まれてほしいと思うところには生まれず、思ってもいないところに生まれるのだから、残念なことだ。女の子ということだから、おもしろくもないよ。放っておいてもかまわないのだけれど、親としては見捨てることもできない。赤ん坊を迎えにやってあなたに見せよう。憎むのではないよ」と言うと、女君は顔をぱっと赤くして、

「嫌ですわ。いつもそんなふうに言われる自分の心が嫌になります。嫉妬することを、私たちはいったいいつ覚えるのでしょうね」

と恨み言を言う。光君はにこりと笑い、

「そう、だれが教えたりするんだろうね。嫉妬なんて心外だな。私が思っていないようなことを邪推して、恨み言なんて言うのだから。考えると悲しくなるよ」そう言っ

て、最後には涙ぐんでいる。離れていた年月、飽きることなく恋しいと思っていたお互いの心、折々に送り合った手紙などを思い出すと、紫の女君は、すべてのことはただの浮気にすぎないのだろうと、恨めしい気持ちも消えるのである。

「この人をこうまで気遣って便りを送るのは、思うところがあるからなのだ。それを今話しても、またあなたは心外な誤解をするだろうから……」光君は言いかけてやめ、「人柄がすばらしかったのも、あんな田舎のせいか、珍しく思えたのだ」と、話しはじめる。しみじみと胸に染みた夕方の塩焼く煙、女君の詠んだ歌、はっきり見たわけではないけれどその夜ほのかに顔を見たこと、琴の音がじつにうつくしかったこと、すべて忘れがたいもののように光君は話し出す。離れていたあいだ、私はずっと悲しみ嘆いて暮らしていたのに、いっときの気まぐれにせよほかの人に心を分けていらしたのだと、紫の女君は抑え切れない気持ちになって、「私は私」と顔を背けて、沈んでしまう。「昔はあんなに心の通った私たちでしたのに」とつぶやいて、

思ふどちなびくかたにはあらずともわれぞ煙《けぶり》にさきだちなまし

（愛し合う二人が同じ方向になびくという方角ではないにしても、私もその煙になって先に死んでしまいたい）

「何を言うのだ。情けないことを。

誰《たれ》により世をうみやまに行《ゆ》きめぐり絶えぬ涙に浮き沈《しづ》む身ぞ

（だれのために、このつらい世を海や山にさすらって、絶えない涙に浮き沈みする私なのか）

いや、もう、なんとか私の本心をわかってもらおう。わかってもらうまでに命が長らえるかわからないが。つまらないことで人から恨みを買わないようにしているのは、ただひとえにあなたを思えばこそなのに」

光君はそう言って箏《そう》の琴《こと》を引き寄せて、調子合わせに軽くつま弾いて、紫の女君に勧めてみるが、明石の女が上手だったというのもおもしろくないのか、触りもしない。いつもおっとりとしてかわいらしく、機転の利く人なのに、さすがに執念深いところがあって、何かと嫉妬して腹を立てたりするところが、光君にはかえって魅力的でおもしろく思えるのだった。

五月五日は明石《あかし》の姫君の誕生から五十日《いか》の祝いに当たると、光君はこっそりと数えていて、どうしているだろうかと思いを馳《は》せている。都で生まれたのであれば、万事、思う存分に世話をすることができて、どんなにうれしいことだろう。まったく残念なことだ、あんな田舎に、不憫な環境に生まれてきて……などと思う。男の子だったらここまで気に留めないだろうが、后となるかもしれない女の子なので、畏れ多くもあり、またいたわしくもある。自分の運勢も、この子の誕生のために、明石の浦をさまようような憂き目があったのだろうと光君は思うのである。

五十日《いか》の祝いの品を持たせて使者を明石に向かわせる。「かならずその日に到着するように」と厳命されていたから、使者は五日に着いた。心遣いの品々は、ふつうでは考えられないほどすばらしく、また生活に必要な品々の贈り物もある。

「海松《うみまつ》や時ぞともなき蔭《かげ》にゐて何のあやめもいかにわくらむ

（いつも海辺の岩陰に隠れている海松とおなじく、侘びしい田舎暮らしでは、今日が五十日《いか》の祝いだと、またあやめの節句だとどうやって知るのか）

心がそちらに行ってしまいそうです。やはりこのままで日々過ごすことはできません、思い切って京に来なさい。だいじょうぶです、心配するようなことは何もありません」

と書いてある。入道はいつものようによろこびの涙を流す。こんなことがあれば、生きている甲斐もあったとべそをかいているのも無理からぬことである。

入道のところでも、祝いの品をあれこれ所狭しと用意していたけれど、この使者がこなければ、闇夜の錦のようにはりあいもなくその日を終えてしまったことだろう。

乳母《めのと》も、明石の女君をやさしくて申し分のない人だと思い、ちょうどいい話し相手ができて日々なぐさめられていた。この乳母に少しも劣ることのない女房たちも、縁を頼って迎え入れているが、すっかり落ちぶれた元宮仕えの女房たちで、山の中にでも隠れ住みたいと思っていた者がたまたまここに落ち着いたというだけの人々である。ところがこの乳母はとてもおおらかで、気位が高い。興味をそそられるような京の世間話や、光君の様子、世間からあがめられている光君のたいした評判のことなど、女らしいあこがれの気持ちから包み隠さず話してくれるので、女君も、なるほど、光君がここまでお心を留めてくださるよすがとなる姫君を産んだ我が身も、たいしたものではないかしらと、次第に思うようになった。光君からの手紙をいっしょに読んだ乳母は心の中で、ああ、こんな思いがけない幸運もあるのだ、と思う。それに比べて情けないのは我が身ではないか、と続けて思わずにはいられないけれど、手紙の中に「乳母はどうしているか」などとやさしく尋ねてくれているのを見ると、何もかもなぐさめられる心地だった。明石の女君の返事は、

「数《かず》ならぬみ島がくれに鳴く鶴《たづ》をけふもいかにととふ人ぞなき

（島に隠れて鳴く鶴のように、人の数にも入らない私の元で育つ姫君に、五十日《いか》の祝いの今日、どうしているかと訊《き》いてくれる人もおりません）

何かにつけてもの思いに沈んでおります有様で、このようにときたまのおなぐさめにおすがりしている私の命もいつまでかと、心細く思っております。本当に仰せの通り、姫君についてなんの心配もなくなればいいのにと思います」

と、心をこめて書いた。

光君がそれをくり返し読んでは、「かわいそうに」と長いため息をつくのを紫の女君はちらりと見て、「浦よりをちに漕《こ》ぐ舟の」（「み熊野の浦よりをちに漕ぐ舟の我をばよそに隔てつるかな」《古今六帖／熊野の浦から遠くに漕ぎゆく舟のように、あなたと遠く離れてしまいました》）とそっとつぶやいては、もの思いに沈んでいる。

「よく、そこまで気に病むものだ。手紙を読んでそう思っただけのことだよ。あの場所の光景を思い出したり、過ぎた日々が忘れられなくてふっと出る独り言を、よくまあ聞き逃さないものだ」などと嫌みを言って、宛名の書かれた上包みだけを見せる。じつに格式高く、身分の高い女でもたじろぎそうな筆跡を見て、なるほど、だから光君が心惹《こころひ》かれたのだろうと紫の女君は思う。

こうして紫の女君の機嫌をとっているうちに、花散里《はなちるさと》を訪ねることがまったくなくなってしまったのは気の毒なこと。なすべき政務も多くなり、身動きもままならない高い身分ということもあって、世間の目も気にしている上、花散里からも無沙汰を恨むような便りもないので、そのままになっている。
五月雨《さみだれ》が続く頃、公私ともに暇になった光君は、思い立って花散里の元へ向かった。光君の訪問はなくとも、明け暮れにつけ何くれと面倒をみているのを頼りにして暮らしているので、今時の女性のようにもったいぶって拗《す》ねたり嫉妬したりするはずもなく、光君も気が楽なようだ。この数年のあいだに邸《やしき》はますます荒れて、いかにもさみしそうな暮らしぶりである。まず麗景殿女御《れいけいでんのにょうご》と語り合い、夜が更けてから西の妻戸に立ち寄った。月の光が淡く射《さ》しこんで、じつに優艶な光君の振る舞いは限りなくすばらしく見える。女君（花散里）はますます気が引けるけれど、端近くでもの思いに沈んでいたそのままの姿で、静かに光君を迎える様子はじつに好ましい。水鶏《くいな》がひどく近くで鳴き、
水鶏《くひな》だにおどろかさずはいかにして荒れたる宿に月を入《い》れまし
（せめて水鶏でも戸を叩《たた》いて驚かせてくれなければ、どうやってこんな荒れたところにあなたを迎え入れられましょう）
なつかしい感じでやさしく恨み言を言うのを、みなそれぞれに捨てがたい魅力がある、こんなだからかえって私も苦労してしまう、と光君は思う。
「おしなべてたたく水鶏《くひな》におどろかばうはの空なる月もこそ入れ

（どの家の戸も叩いている水鶏に驚いていたら、上の空の月——気まぐれな男も入ってくるかもしれませんよ）

気になりますね」と、言葉ではそう言うが、この女君は浮気を疑わせるようなところのまるでない性質である。ずっと長いあいだ自分を待っていてくれたその気持ちを、光君はけっしておろそかには思っていない。女君は、須磨《すま》に発つ前に光君が「空ながめそ」と詠んで力づけてくれた時のことを話し出す。「どうしてあの時、こんな悲しみは二度とないだろうと思って嘆いたのでしょう。ご帰京になられても、訪ねてはいただけない、不しあわせな身の私は同じ悲しみに暮れていますのに」などと言うのも、おっとりしていて愛らしく感じられる。いつものように光君は、いったいどこから取り出してきたのやら、言葉の限りを尽くして語りかけ、女君をなぐさめるのだった。

こういうことがあると、あの五節《ごせち》のことも思い出す。もう一度逢《あ》いたいものだと心に留めていたけれど、今はそれもたいへん難しく、こっそり逢うわけにはいかなかった。五節は光君のことを思い続けていて、親はいろいろと心配して縁談を持ちかけてみるが、人並みに結婚することをあきらめていた。

心からくつろげる新邸を造営して、こういう人たちを集めて住まわせ、たいせつに育てたいような子どもが生まれたら、その子たちの世話役を頼もう、などと光君は考える。その新邸は、本邸よりもかえって見どころが多く、はなやかで洒落《しゃれ》ている。教養ある受領《ずりょう》たちを選び、各自に割り当てて完成を急がせる。

そして光君は、尚侍《ないしのかみ》（朧月夜《おぼろづきよ》）の君のことも未《いま》だにあきらめきれずにいた。懲りも せずよりを戻そうと気持ちを伝えるが、尚侍のほうではあのつらい過去に懲り懲りしていて、以前のように返事をすることもない。そんなわけで、前よりずっと窮屈に、もの足りなくなってしまったと光君は思うのだった。

帝位を退いた朱雀院《すざくいん》はのびのびした気持ちになって、四季に合わせて情趣ある管絃《かんげん》の遊びなどを催しては、優雅な暮らしぶりである。女御《にょうご》や更衣《こうい》などは、みな在位中と変わらずに院に仕えている。東宮の母君である承香殿《しょうきょうでんのにょうご》女御は、今までとりたててたいせつにされていたわけでもなく、帝の尚侍への寵愛《ちょうあい》を前にかすんでいたのだが、打って変わって皇子《みこ》が東宮に立つというすばらしい幸運を得て、上皇御所を出て内裏《だいり》の東宮に付き添っている。

光君の宮中での部屋は昔の淑景舎《しげいさ》（桐壺《きりつぼ》）である。東宮は南隣の梨壺《なしつぼ》にいるので、隣同士のよしみで何ごとも話し合い、光君は東宮の世話もするのだった。

出家した藤壺《ふじつぼ》の宮は、帝の母とはいえ皇太后の位に就くべきではないので、女院として上皇に准じて御封《みふ》を与えられた。院司《いんし》たちが任命されて、格別に立派である。藤壺は勤行《ごんぎょう》や功徳《くどく》を日々の仕事としている。長いあいだ世間の目を憚《はばか》って宮中へ出入りできず、東宮だった我が子にも会えないことでずっと気持ちもふさいでいたが、我が子が即位した今はありがたいことに思いのままに宮中に出入りできるようになったのである。弘徽殿大后《こきでんのおおきさき》は、まったくおもしろくない世の中だと嘆いている。光君は何かにつけて、大后がみずから恥じ入るほど完璧に仕え、好意的に振る舞うので、大后はかえっていたたまれない思いで、そこまでしなくともと世間の人は噂している。

紫の女君の父である兵部卿宮《ひょうぶきょうのみや》の、光君が須磨に退居した頃の自分に対する態度があまりにも心外で、世間の目ばかり憚っていたのを光君は不愉快に思っていて、以前のように親しいつきあいもしなくなった。たいていの人にはあまねく公平な思いやりを持つ光君だが、兵部卿宮家にたいしてはかえって冷淡な態度をとることもあるので、妹である藤壺は見ていてつらくもあり、不本意なことに思いもするのだった。

天下の政《まつりごと》はもっぱら二分し、太政大臣（左大臣）と光君にすべてまかされている。権中納言《ごんちゅうなごん》（頭中将《とうのちゅうじょう》）の娘を、その年の八月に入内《じゅだい》させることとなった。祖父の太政大臣が自身で世話をし、儀式の支度などまったく申し分ない。兵部卿宮の次女も入内させる心づもりでたいせつに育てたと評判であるが、光君は、その姫君がほかの人より勝るようにとも思わないのである。いったいどうしようというつもりなのでしょう……。

その秋、光君は住吉《すみよし》神社に参詣した。数々の願をかなえてもらったお礼参りなので、威風堂々たる出発である。世間でも大騒ぎして、上達部《かんだちめ》や殿上人《てんじょうびと》が、我も我もとお供をする。折しも、あの明石《あかし》の女君が、毎年の恒例として参詣していたのを、昨年今年と出産のために行くことができなかったお詫《わ》びをかねて、住吉に詣でることを思い立っていた。明石の一行は船で住吉に向かった。船が岸に着いて見やると、騒がしく参詣する人々のにぎわいが浜辺まで広がり、立派な奉納の宝物を捧《ささ》げた行列が続いている。楽人十人も装束を整え、すぐれた容姿の者が選ばれている。

「どなたが参詣しているのですか」と訊いてみると、「源氏の内大臣が祈願成就の願ほどきに詣でていらっしゃるのを、この世に知らない人もいたのか」と、取るに足らないような下々の者まで得意そうに笑っている。

我ながらあきれてしまう、ほかに月日はいくらでもあるのに今日も今日、なまじご威勢の様子を遠くから見てしまい、我が身の程をみじめに思わずにはいられない。さすがに切っても切れないご縁があるのだろう。けれど、こんなつまらない身分の者さえなんの屈託もなく、光君に仕えることを晴れがましく思っているのに、前世にどんな深い罪があって、いっときも忘れることなく光君を案じながら、これほどまで知れわたったご参詣のことも知らずにやってきたのだろう……。そんなことを思ううちに、ひどく悲しくなって明石の女君は人知れず涙を流している。

住吉の海岸の松原は深緑で、その中に花や紅葉《もみじ》を散らしたようにさまざまな袍《ほう》の濃い薄いの、数え切れないほど見え隠れする。六位の中でも蔵人《くろうど》は袍の青色がはっきり見える。須磨下向の前に「思へばつらし賀茂《かも》のみづがき」と詠んだ右近将監《うこんのぞう》も靫負《ゆげい》の尉《じょう》（衛門府《えもんふ》の尉）となり、蔵人も兼任し、ものものしい随身《ずいじん》を引き連れている。良清《よしきよ》も同じ衛門府の佐《すけ》となり、ほかのだれよりも晴れ晴れとした顔つきで、ひときわ目立つ赤い衣裳《いしょう》をまとった姿はじつにみごとに見える。明石で出会った人たちが、みなあの時とは打って変わってはなやかに、なんの憂いもなさそうにあちこちに姿を見せているが、その中でも若い上達部や殿上人たちが我も我もと競い合い、馬や鞍《くら》までも飾り整え、磨き上げている様子は、すばらしい見ものだと明石の一行も思うのだった。

光君の車をはるか遠くから見ると、かえって心が締めつけられて、恋しい姿を見ようという気にもなれない。河原の大臣の先例に倣って、光君は童《わらわ》の随身を賜っている。童たちは左右の髪を耳のあたりで丸く束ねる「角髪《みずら》」に結って、紫の元結《もとゆい》で結んでいて、それは優雅である。背丈も揃っている十人がかわいい恰好《かっこう》をしているのは、際立ってはなやかに見える。葵《あおい》の上《うえ》の産んだ若君は、この上もなくたいせつにかしずかれている。若君の乗った馬に付き添う童たちもみな揃いの衣裳を着て、ほかの人たちとは服装を区別している。光君の一行が、はるか雲の上の人のように完璧であるのを見てしまうと、自分の産んだ姫君が人の数にも入らない有様でいるのがたえがたく思えてきて、明石の女君は、ますます熱心に御社《みやしろ》のほうを拝む。

摂津守《せっつのかみ》が参上し、饗応《きょうおう》の用意をする。ふつうの大臣などの参詣の時とは比べものにならないほど格別に奉仕したことだろう。明石の女君はいたたまれない思いで、このような人たちに交じって、取るに足らない自分が少しばかりの奉納をしても、神のお目に留まることもなく、人の数にも入れてはくださらないだろう、かといってこのまま帰るのも中途半端であるし、今日は難波《なにわ》に船を泊めて祓《はらえ》だけでもしよう、と船を漕ぎ出す。

そんなことを光君は夢にも思わず、一晩中さまざまな神事を奉納した。真実、神がご嘉納《かのう》になることをすべてし尽くして願ほどきを行い、それに加えて、例もないほど歌舞管絃の遊びをにぎやかに奉納して夜を明かした。惟光《これみつ》のように光君と辛苦をともにした人は、心の内で住吉の神のご加護を身に染みてありがたく思っている。ほんのちょっと光君が車から外に出ると、そばに来て惟光が詠む。

住吉《すみよし》の松こそものは悲しけれ神代のことをかけて思へば

（住吉の松を見ましても、まず胸がいっぱいになります。昔のことが思い出されますので）

本当にそうだと光君は思い、

「あらかりし波のまよひに住吉の神をばかけて忘れやはする

（激しかった波に心乱れた時を思うと、住吉の神をどうして忘れられようか）

霊験はあらたかだったな」と言う姿も見目麗しい。

あの明石の船が、このにぎやかさに気圧《けお》されて去っていったことを惟光が報告すると、まったく知らなかった、と光君は気の毒に思う。これも住吉の神のお導きに違いない、せめて一言でも手紙を書いてなぐさめてあげよう、近くにいたのならかえってつらい思いをしているだろうと光君は思う。

御社を出立し、あちこちの景色を見物してまわる。難波《なにわ》の祓などはことに厳かな儀式を執り行う。堀江《ほりえ》のあたりを見て、「わびぬれば今はた同じ難波《なには》なる身をつくしても逢《あ》はむとぞ思ふ（後撰集／これほど思い悩んだのだからどうなっても同じこと、この身を滅ぼしてでも逢いたいと思う）」という歌を思い出し、「今はた同じ難波なる」

と光君はつい口ずさむ。それを車のそばで聞いていたのだろうか、惟光は、そんなご用命もあろうかといつも通りに懐に入れていた柄の短い筆を、車を停めたところで差し出した。よく気がつくものだと感心し、畳紙《たとうがみ》に、

みをつくし恋《こ》ふるしるしにここまでもめぐり逢ひけるえには深しな

（身を尽くしてあなたに恋しているから、澪標《みおつくし》のあるこの難波でこうしてめぐり会ったのです。あなたとの宿縁は深いですね）

と書いて惟光に渡す。惟光はそれを、明石の事情を知る下男に託して使いに出した。光君の一行が駒を並べて通りすぎていくのにも心を波立たせていた明石の女君は、ほんの一言の手紙ではあるが、身に染むほどありがたく思えて涙を流す。

数《かず》ならでなにはのこともかひなきになどみをつくし思ひそめけむ

（人の数にも入らない、何につけても甲斐《かい》もないこの私が、なぜ身を尽くしてあなたを思うことになってしまったのでしょう）

光君が田蓑《たみの》の島で禊《みそ》ぎをする時のためにと、幣《ぬさ》に用いる木綿《ゆう》に明石の女君からの返歌が添えられている。

日も暮れていく。夕潮が満ちてきて、海辺の鶴も声を惜しむことなく切々と鳴くので、人目もかまうことなく逢いにいってしまいたい、とさえ光君は思う。「雨により

田蓑の島を今日《けふ》ゆけど名には隠れぬものにぞありける（古今集／雨が降ったので田蓑の島を歩いたけれど、蓑とは名ばかりで雨は防げなかった）」を踏まえて、

露けさの昔に似たる旅衣《たびごろも》田蓑の島の名には隠れず

（涙の露に濡《ぬ》れた旅の衣は、流浪の昔に似ています。田蓑の島とはいえ、その名だけでは涙の雨は防げない）

と詠んだ。

京に帰る道々、けっこうな遊覧をしてみなにぎやかにたのしんではいるが、光君の内心はやはり明石の一行が気に掛かっていた。遊女たちが集まってきて、上達部《かんだちめ》とはいえ年の若い風流好きの人々はみな興味深げに眺めている。しかし光君は、いやいやどうして、おもしろみも味わい深さも人柄あってのことだ、ふつうの恋愛沙汰でも、少しでも浮ついたところがあったら、心のよりどころにもならないのに……と、調子に乗ってしなを作っている遊女たちを疎ましく思うのだった。

あの明石の女君は、光君一行が通りすぎるのを待ち、明くる日が日柄も悪くなかったので、住吉の神に幣帛《みてぐら》を奉納する。身分相応に祈願のお礼参りをしたのだった。また、光君一行のはなやかさを見たことで、かえってもの思いにふけることが増え、明けても暮れても情けない身分の違いを嘆いている。

もうそろそろ光君は京に着いただろうかと思うほどの日数もたたないうちに、光君から使者があった。近いうちに京に迎えたいという。たいそう頼もしく、妻のひとりとして思ってくださっているようだけれど、さて、どうしたものだろう、明石を遠く離れて京に行って、中空《なかぞら》に浮き漂うような心細い思いをするのではないか……と、女君は思い悩む。父入道も、光君の言うままに娘を手放すのはなんとも気掛かりで、そうかといって、こんなところに埋もれて過ごさせるのもどうかと考えている。何もなかった今までより、かえって心労が増えてしまった。何につけても気が引けてしまい、京へ行く決心がつかない旨の返事をする。

そういえば、御代替《みよが》わりにともなって伊勢に下ったあの斎宮《さいぐう》も代わり、六条御息所《ろくじょうのみやすどころ》も帰京したのである。光君は変わることなく何かとお見舞いをし、めったにないほど親切にしている。けれども、昔だってあのお方のお心は冷淡だった、今さらよりを戻してかえってつらくなるような思いはしたくない、と御息所は光君のことを考えないようにしている。光君も御息所を訪ねるようなことはしない。無理に御息所の気持ちをなびかせたとしても、自分の心がその先どうなるのかわからないし、あちこちかかわり合いになるような忍び歩きも、身分上、窮屈に思えてきて、無理をしてでもという熱心さはない。ただ前斎宮《ぜんさいぐう》が、どんなにうつくしく成長したか、その姿を見てみたいと思うのである。

御息所は、かつての六条の旧邸を修理し手入れして優雅に暮らしている。趣味のよさは昔と変わらず、すぐれた女房も多く、彼女たちを慕う風流な男たちの集う場となり、さみしいようではあるが、心落ち着く生活を送っている。ところが急に御息所は重い病にかかり、なんとはなしに心細い気持ちになり、罪深くも、斎宮という仏道修行と離れたところで何年も過ごしていたことがおそろしく思えてきて、出家してしまった。

光君はそれを聞き、もはや色恋めいた気持ちはないけれど、やはり話し相手としては相応な人だと思っていたので、出家を決意したことがいかにも惜しく思え、驚いて邸《やしき》に向かった。御息所に心をこめて挨拶をする。すぐ近くの枕元に座を用意して、御息所は脇息《きょうそく》に寄りかかって返事をするが、いかにも弱々しい様子なので、今も変わらない自分の気持ちをわかってもらえないままに終わってしまうのではないかと無念に思い、光君は激しく泣いた。

これほどまでに思ってくれているのかと、女君も胸がいっぱいになり、娘である前斎宮のことをお願いする。

「ひとり心細くこの世に残されることになります。どうか何ごとにおいても人並みにお扱いくださいませ。ほかにお世話を頼める人もおらず、この上なく不幸な身の上でございます。無力な私ですが、もうしばらく生きながらえておりますうちは、あれもこれも分別がおつきになるまで、お世話申し上げようと思っておりましたのに……」

と消え入るような声で泣く。

「そのような仰せがなくとも、前斎宮のことをお見捨て申し上げるはずなどありません。ましてお話を伺いましたからには、気のつく限りは何ごともお世話申し上げようと思います。けっしてご心配なさいませんように」

「それはとても難しいことです。本当に頼りになる実の父親など、後をまかせられる人があっても、母親に先立たれた娘はじつにかわいそうなものでございましょう。まして、お世話くださる方が恋人の扱いをなさるとしたら、おもしろくない事態も起こるでしょうし、ほかの人に憎まれることもあるでしょう。おかしな気のまわしようですけれど、どうかそのような色ごとには巻きこんでくださいませんよう。不幸な我が身を引き合いに考えましても、女はちょっとしたことでもの思いを重ねますから、娘には、そのようなつらい思いとは無縁に生きてほしいと願っているのです」

ずいぶんばつの悪いことを言うものだと思ったが、

「この数年、何ごとにも分別がついてきましたのに、昔の浮気心がまだ残っているようにおっしゃるのは、不本意です。まあいいでしょう、自然と私の気持ちもわかっていただけるでしょう」

と光君は言う。外は暗くなり、室内は燭台《しょくだい》の火がものの隙間から漏れてくるので、もしかしたらと思い、そっと几帳《きちょう》のほころびから中をのぞいてみると、ほの暗い灯《あか》りの元、髪はいかにもうつくしく肩のあたりで切り揃えた人が脇息に寄りかかっている様子は、まるで絵に描いたようにしみじみとうつくしい。几帳の東側に横になっているのが前斎宮なのだろう。そばの几帳が無造作に押しやられていて、目をこらして眺めると、頬杖《ほおづえ》をついてもの悲しい面持ちである。少ししか見えないが、じつに愛らしい人のように見える。肩や背にかかる髪、頭のかたち、気配は、上品で気高いが、小柄でかわいらしい様子なのがはっきりと見てとれて、じりじりと逢いたい気持ちに駆られるが、御息所がああまでおっしゃったのだから、と思いなおす。

「たいへん苦しくなってまいりました。こんな姿は失礼でございますから、早くお引き取りくださいませ」

と御息所は女房に手を借りて横になる。

「おそば近くに参りました甲斐あって、少しでも快方に向かいましたらうれしいのですが、おいたわしいことです。どのようなご気分でいらっしゃいますか」と、几帳か

らのぞく様子なので、

「とてもひどい姿でおります。この病もいよいよという時にお越しくださいましたのは、まことに浅からぬ宿縁と存じます。気になっていたことを少しでも申し上げることができましたので、きっとあなたはお力をお貸しくださると、頼もしく思います」

「このような御遺言を承るべき者のひとりと思ってくださること、まことに心に染みいります。故桐壺院《きりつぼいん》の御子《みこ》たちは多くいらっしゃいますが、私と親しく交わってくださる方はほとんどおりません。院はこちらの姫君を御子たちと同じように考えていらしたのですから、私もそのつもりで親しくさせていただきましょう。私も人の親となっていい年頃ですが、育てるべき娘もなく、もの足りなく思っていたところですから」

などと話して光君は帰っていった。それから今までよりねんごろに、たびたび見舞いを遣わせた。

それから七、八日たって、御息所は亡くなった。光君は気落ちし、世の無常を思い、心細くもなり、宮中に参内《さんだい》することもなく、葬儀についての指示をしている。光君のほかに頼りになるべき人もいないのである。かつて前斎宮に仕えていた宮司など、前々から出入りしている者がかろうじてことを取り仕切った。光君自身も御息所邸に行き、前斎宮に挨拶を伝える。

「何もわからず取り乱しております」と、女別当《にょべっとう》を通して返事がある。

「亡き母君に私からも申し上げ、また母君から御遺言くださったこともございますので、これからは遠慮なく頼りにしていただければうれしく存じます」と光君は言い、女房たちを呼んであれこれとなすべきことを命じている。じつに頼もしく、今までのつれなかった態度も帳消しになるほどである。

葬儀はたいへん盛大に行い、光君の臣下も数え切れないほど差し向けて奉仕させた。光君はぼんやりとしたまま精進をし、御簾《みす》を下ろしてその中にこもって勤行をする。前斎宮へはたえず便りを送った。ようやく心が落ち着いてきた前斎宮からも返事が来るようになった。光君に返事を書くなど憚られたけれど、乳母《めのと》などが「代筆では畏れ多いことでございます」と勧めたのである。

雪と霙《みぞれ》が乱れ降って荒れ模様の日、光君は、どんなに前斎宮が打ちひしがれ、さみしくもの思いに沈んでいるだろうかと案じ、使者を差し向けた。

「この今の空をどのようにご覧になっていますか。

降り乱れひまなき空に亡き人の天翔《あまかけ》るらむ宿《やど》ぞかなしき

(雪と霙が降り乱れ、やむ間もない空を、亡き母君がお邸《やしき》を離れられずに天翔っていらっしゃるのだろうと、悲しく思うのです)」

と曇ったような空色の紙に書いた。まだ年若い前斎宮の心に残るようにていねいに書いたそのうつくしさは、目もくらむほどである。

前斎宮は返事をしづらい様子ではあったが、そばに仕える女房が「代筆では失礼にあたります」とまた迫るので、薄鼠色《うすねずいろ》の、たいへん香ばしく洒落た紙に墨の濃淡を交じらせて

消えがてにふるぞ悲しきかきくらしわが身それとも思ほえぬ世に

(消えることもできず日を送っているのが悲しいです。我が身が我が身とも思えないこの世の中で)

遠慮がちな書きぶりだが、じつにおっとりとしていて、筆跡は上手ではないけれど愛らしく品がある。

この前斎宮が伊勢に下向した時から、光君は、放っておくことなどできない気持ちだったのだが、今は、心のままに思いを打ち明けることができるのだと考え、一方では、例によって、それも気の毒かと思い返す。亡き御息所がそのことについて案じていたのは当然のことだが、世間の人々もきっと同じような邪推をしかねない、そんな邪推ははねのけて下心なく面倒をみよう、今の帝《みかど》がもう少し分別ある年齢になったら、

入内させよう。自分には育てる子もおらずもの足りないのだから、たいせつにお世話しよう、と決意するのだった。

光君はじつにこまやかで親身な手紙を送り、必要があればみずから訪ねていく。「畏れ多いことですが、亡き母君の身代わりと思って、親しくおつきあいくださいましたら本望です」と光君が言うが、前斎宮はむやみに恥ずかしがる内気な性質で、かすかにでも声を聞かせるなど、とんでもないことと思っている。女房たちもどう取りなしたらいいものかと、前斎宮の人柄をみなで案じている。

ここには女別当や内侍《ないし》といった人々、あるいは同じ皇室の血筋の人々など、たしなみ深い女房たちが多い。まだだれにも言わずひそかに考えている入内をさせても、ほかの方々に引けをとることはないだろう。それにしてもどうにかしてはっきりと姿を見てみたいものだ、などと思っているのは、気を許せる親心からと言えるのかどうか……。

光君は、我ながら自分の心がどう変わるかわからないので、前斎宮を入内させようという考えについても口外せずにいる。そして六条邸の人々は、御息所の法事のことも格別に執り行う光君の類いまれなる厚意をみなよろこび合っている。

はかなく過ぎていく月日とともに、六条の邸はいよいよさみしく、心細いことばかりが増えていき、仕えていた人たちも次第に暇をとって散り散りに去っていく。邸は下京《しもぎょう》の京極《きょうごく》あたりにあるので、人家も少なく、日没の頃に山寺の音があちこちから響くにつけ、前斎宮《ぜんさいぐう》は声を上げて泣く日を過ごしている。母と娘と一言に言っても、御息所《みやすどころ》と前斎宮はかたときも離れることなく過ごしてきて、伊勢下向の際も親が付き添うという前例のないことなのに、前斎宮が無理に母君を誘ったほどなのである。なのに死出《しで》の旅立ちにはお供することができなかったと、涙が乾く間もないほど悲しみ嘆いている。

前斎宮の邸に仕えている女房たちは、身分の高い者もそうでない者も大勢いる。けれど光君が、

「たとえ乳母でも自分勝手なことをしでかしてはならない」と父親ぶって言いつけているので、気後れするくらい立派な光君の様子に、不都合なことがお耳に入るようなことがあってはならないと思い、ちょっとした恋の取り次ぎなどもすることはない。朱雀院《すざくいん》も、昔、前斎宮が伊勢下向した日の大極殿《だいごくでん》の、厳かで立派だった儀式で、不吉に思えるほどうつくしかった前斎宮の姿が忘れられず、「院の御所においでなさい。かつての斎院など、私の姉妹の皇女たちがいらっしゃるのと同様に、こちらでお暮ら

しくください」と、以前御息所に伝えていた。けれど御息所は、院にはれっきとした妃《きさき》たちがいる中で、娘には大勢の世話役もいないのにどんなものだろうと心配し、また、朱雀院がひどく病弱であることもおそろしく感じられ、院が亡くなるようなことがあればまた悲しい思いをさせてしまうのではないか、と躊躇《ちゆうちよ》したまま日を送っていたのだった。御息所亡き今、ましてだれが宮仕えの世話などできようかと女房たちはあきらめているが、朱雀院はなおもねんごろにその意向を伝えた。

それを光君は耳にして、院から意向が伝えられているのにそれに背いて冷泉帝《れいぜいてい》へと横取りするのも畏れ多いことであると思うが、前斎宮のあまりの愛らしさに、手放すのはこれもまた残念で、藤壺《ふじつぼ》の宮に相談することにした。

「このような次第で思い悩んでおります。前斎宮の母、御息所はじつに落ち着いた思慮深い方でしたのに、私のよからぬ浮気心のせいでとんでもない浮き名を流すこととなり、恨めしい男と思われたままになってしまいましたのを、心苦しく思っております。生きているあいだはその恨みが消えることなく、亡くなってしまわれましたが、いまわの際に、この前斎宮のことを遺言なさいました。私をそのような信頼に足る者とお聞きになっていて、何もかも余すところなく打ち明けていい相手だと認めてくださったのかと思うと、たまらない気持ちになります。関係のない人たちであっても気の毒なことは黙って見過ごせないものです。まして亡くなられた後であっても、私への恨みを忘れるほどのことをして差し上げたいと思うのです。帝のことですけれど、本当にご成長なさいましたが、まだ幼い年齢でございますから、少しは分別のあるお方がおそばにお仕えしてもいいのではないかと思うのですが……。ご判断いただけますか」

と話すと、藤壺の宮は、

「よくぞ考えてくださいました。朱雀院のお気持ちを思うと、畏れ多いことでありますし、お気の毒でもありますけれど、御息所の遺言にかこつけて、院のお気持ちには気づかなかったふりをして、入内をおさせになったらいいと思いますよ。院は、そのことにとくにご執心というわけでもなく、今はもっぱら仏道の修行にご熱心ですから、あなたさまからそのようにお伝えになっても、さほど深くお咎《とが》めになることはないと思います」と言う。

「では、母宮であるあなたのご意向ということで、前斎宮をも妃のひとりとして認めてくださいますならば、私はお口添えするだけにいたしましょう。あれやこれやと充分に考え尽くしましたし、ここまで私の考えもすっかりお話ししましたが、それでも世間がなんと言うかと心配です」と光君は言い、後日、藤壺の宮の言葉通り何も知らないふりをして二条院に前斎宮を引き取ろうと考える。紫の上にも、「このように思っている。お話し相手として過ごせば、ちょうどよい年頃のお仲間でしょう」と話して聞かせると、紫の女君はそれをよろこび、前斎宮の二条院への転居の準備をはじめる。

藤壺の宮は、兄である兵部卿宮《ひょうぶきょうのみや》が次女をなんとか早く入内させたいと、大騒ぎして教育しているのを知っているので、兵部卿宮をよく思っていない光君がどのような態度をとるかと心を痛めている。権中納言《ごんちゅうなごん》（頭中将《とうのちゅうじょう》）の娘は、現在、弘徽殿女御《こきでんのにょうご》と呼ばれている。祖父の太政大臣の養女としてそれははなやかにだいじに育てられている。帝もいい遊び相手だと思っている。

「兵部卿宮の姫君も同じお年頃でいらっしゃるから、どうしてもままごと遊びのような気がするでしょう。ですから大人びたお世話役ができますのはとてもよろこばしいことです」と藤壺の宮は思い、またそう口にもし、そのような意向を帝にも伝えている。また光君の、何ごとにつけても行き届かないところなく、政務の補佐役はもちろんのこと、明け暮れの日々のことも含め、帝へのこまやかな心遣いがじつに愛情深く見えるので、藤壺の宮はそれをたのもしいことと安心している。自身はいつも病気がちでいるので、宮中に参内してもゆっくりと帝のそばにいることも難しい。そんなわけで、帝より少し年長で、そばに付き添うべきお世話役がぜひとも必要なのである。

蓬生《よもぎう》

志操堅固に待つ姫君

あの紅い花の姫君は、志高く、どれほど困窮しても、荒れ果てた邸で光君をただ信じて待っていたそうです……。

*登場人物系図
△は故人

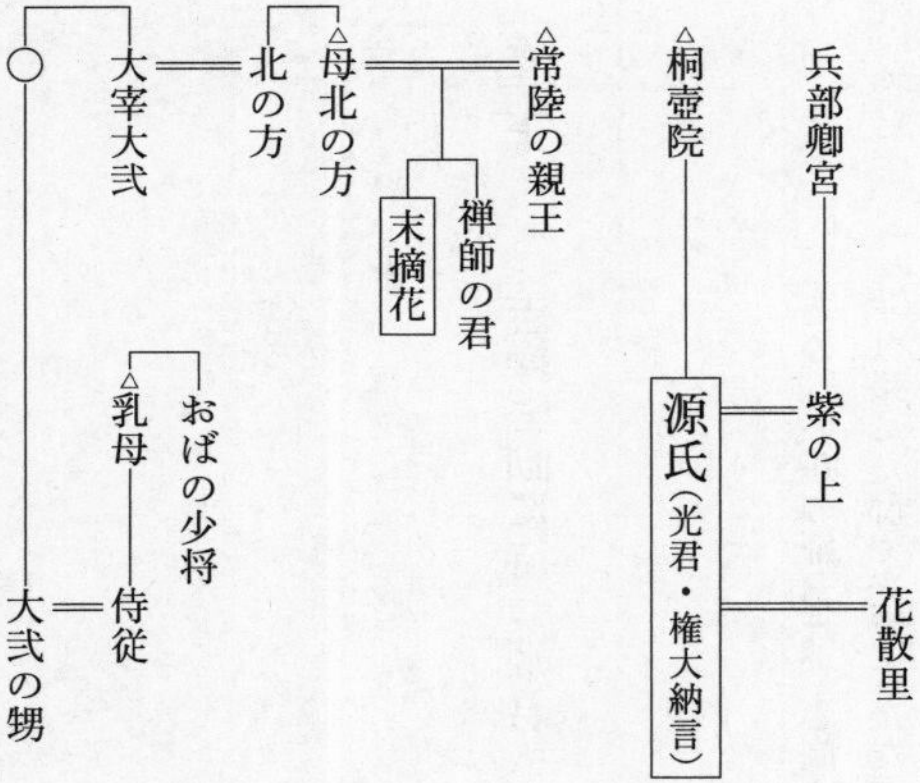
兵部卿宮
紫の上
花散里
△桐壺院
源氏（光君・権大納言）
△常陸の親王
禅師の君
末摘花
△母北の方
北の方
大宰大弐
おばの少将
△乳母
侍従
大弐の甥

光君《ひかるきみ》が、須磨《すま》の浦《うら》で涙に暮れて苦境の日々を過ごしていた頃、都でもそれぞれに嘆き悲しんでいる女たちが多くいた。それでも、自身の暮らしによりどころのある人々は、一途《いちず》に光君を思う気持ちは苦しいだろうが、二条院の紫《むらさき》の上《うえ》なども不自由のない暮らしぶりで、光君の旅の住まいとも、互いの様子がわかるように手紙のやりとりをしていたし、官位を失った後のかりそめの衣裳《いしょう》などを、季節に合わせて用意することで、つらい気持ちを紛らわすこともできたろう。しかし、なまじ光君に情けをかけられながらも、そうとは世間にも知られず、光君が都を去ったこともよその噂《うわさ》で想像するだけの人々、だれにも知られず悲しい思いをしている人々も多かったのである。

常陸宮《ひたちのみや》の姫君（末摘花《すえつむはな》）は、父宮が亡くなってからというもの、ほかにはだれひとり世話をする人もいない身の上で、非常に心細く暮らしていたが、思いもよらぬ光君の訪問を受け、それからずっと面倒をみてもらっていた。光君のゆたかな経済力からしてみれば、取るに足らない援助であり、あるかなきかの情けとばかり光君は思っていたのだが、何ぶん援助を待つ姫君の暮らしが貧しいので、まるで大空の星の光を盥《たらい》の水に映し取るような、存外の幸福と思っていたところへ、光君の須磨退居という一大事が起きたのである。光君はこの世のことはすべて厭《いと》わしくなって思い乱れ、思いのさほど深くない人々のことは、なんとはなしに忘れてしまい、須磨に行ってしまった後はわざわざ便りを送ることもしなかった。姫君はしばらくは光君の援助の名残《なごり》で泣く泣く過ごしていたが、年月がたつにつれて、気の毒なほどさびれた暮らし向きになってしまった。

昔から仕えている女房たちは、

「いやはや、なんて残念なご運なのかしら。思いがけず、神さま仏さまがあらわれなさったような光君さまのお心遣いに、こんなご縁も降って湧くこともおありになるのかと、信じられないような気持ちでいたのに、世は常ならずとは言うけれど、ほかにお頼りできる方もない姫君の御身の上が本当に悲しくって……」とぶつぶつ嘆いている。つましい暮らしに慣れていたかつての長い年月は、嘆いてもどうしようもない貧しさも当たり前のこととして過ごしていたが、なまじ光君の援助を受けて人並みの暮らしを送ったせいで、女房たちはもはや辛抱できなくなって嘆いているのだろう。かってはは少しでも役に立ちそうな女房たちは、光君の噂を聞いて自然とこの邸《やしき》に集まり、住み着いていたのだが、みな次々と散り散りに去ってしまった。女房の中には寿命の尽きる者もいて、月日がたつに従って、身分の上の者も下の者も人数は減るばかりである。

もともと荒れていた常陸宮邸であるが、いよいよ狐も棲《す》み着いて、気味の悪い鬱蒼《うっそう》とした木立からは、朝に夕に梟《ふくろう》の声が響いている。今まで人の住む気配があればこそ、そのようなあやしげなものたちも阻まれて影をひそめていたが、今は木の霊など奇っ怪なものどもが、我がもの顔で姿をあらわし、何やらたえがたいことばかりが続けざまに起きるので、たまたま残って仕えている女房は、「もうどうしようもありません。風流な家作りを好むあの受領《ずりょう》たちが、このお邸の木立に目をつけて、売却してくださいませんかと、つてを求めてこちらの意向を伺っていますけれど、そのようにいたしませんか。こうまではおそろしくないお住まいに、どうかお移りになってくださいませ。このお邸に残ってお仕えしている私たちも、もう辛抱できないのです」と訴えるが、

「まあ、とんでもない。人聞きの悪いことを。私の生きているあいだに、お邸を手放すなど考えられません。こんなに不気味に荒れ果てているけれど、両親の面影が残っ

ている古いお邸だからこそ、心もなぐさめられるのです」と姫君は泣く泣く言い、邸を売るなど思いもしないようである。

調度類も、じつに古風でよく使い慣らした品々で、いかにも昔風の造りで立派なものばかりである。生半可に骨董《こっとう》をかじった者がそうした品々をほしがって、もともと故常陸宮がとくべつ名のある人に作らせたものだと聞き出して、譲ってはくれまいかと、こんなに貧しい暮らしなのだからと見くびって意向を尋ねてくる。女房たちは、「もう仕方がありません。それこそ世の常です」と、なんとか目立たないように品物を選び、差し迫った今日明日の生活の苦しさを乗り切ろうとする時もあるのを、姫君はきつく戒め、

「この私が使うようにと父宮はお思いになったから、作らせておおきになったのですよ。それをどうして下々の者の家に飾らせたりできますか。亡き父宮のお気持ちを無視するなんてとてもできません」と、そんなことは許さないのである。

ほんのちょっとした用件でも訪ねる人のいない姫君の身の上である。ただ兄の禅師《ぜんじ》の君だけは、ごくたまに山科《やましな》から京に出る時に顔を出す。その禅師もまれに見るほどの古風な人で、法師と一概にいっても、彼は処世のすべを知らず、浮き世離れした聖《ひじり》のような暮らしをしていて、邸の生い茂った草や蓬《よもぎ》などを妹のために取り払ってやら

ねば、などと考えもつかない。そんなわけで、浅茅《あさじ》は庭の表面を覆い隠すほど茂って、蓬は軒と争うように高く生えのびている。葎《むぐら》の蔓《つる》が這《は》いまわり西東の門を閉ざしてしまったのは用心がいいようだが、築地《ついじ》の崩れたところは馬や牛が踏みならしてしまい、春夏になれば、牧童までが邸の中で牛馬を放し飼いにしているのはいったいどういうつもりなのか、じつにけしからぬ話ではありませんか。

八月、野分《のわき》が激しく吹き荒れた年、渡り廊下も倒壊し、粗末な板葺《いたぶ》きだった幾棟もの雑舎は、骨組みだけがわずかに残った。こうなっては邸に残ろうという下仕《しもづか》えの者もいない。朝夕の食事のための煙も絶え、あまりにも悲しく、みじめなことばかりである。盗人という情け容赦のない者でも、その窮状を察してか、この邸に用はないとばかり通りすぎて寄りつかない。こんなすさまじい野や藪《やぶ》のようではあるが、姫君のいる寝殿だけは昔ながらのしつらえで、ぴかぴかに掃除する人もなく塵《ちり》は積もっているけれど、乱れたところのないきちんとした暮らしを送っている。

なんということもない古歌や物語といった気ままな遊びによって、人は所在なさを紛らわし、こうしたさみしい暮らしもなぐさめるものだけれど、この姫君はそうした方面にも疎い。わざわざ風流ぶるわけではなくても、とくべつな用がない暇な折、気心の知れた者同士で気軽に手紙を送り合ったりしていれば、若い人は四季折々の木や草の風情《ふぜい》にも心がなぐさめられようものを、だいじに育ててくれた父宮の考え通り、世間は用心すべきものだと信じて、手紙を送り合ってしかるべき人々ともまったくつきあいを持っていない。古びた厨子《ずし》を開けて、「唐守《からもり》」「藐姑射の刀自《はこやのとじ》」「かぐや姫」といった物語を絵に描いたものを、たまに暇つぶしに眺めている。古歌にしても、趣向をもって選び出し、その歌の説明や背景、作者をはっきりさせてその心を理解するのがおもしろいのだが、姫君は、堅苦しい紙屋紙《かんやがみ》やけばだった陸奥国紙《みちのくにがみ》に珍しくもない古歌が書いてあるものなど、実際ひどく興ざめなものを、さみしさにこらえきれない折々には広げているのだった。この頃の人々がよくやるらしい読経《どきよう》や勤行《ごんぎよう》といったものは恥ずかしいことと思って、見る人がいるわけでもないのに、数珠《じゆず》を手に取ることもない。かように折り目正しく暮らしているのである。

以前姫君の代わりに返歌をした、侍従《じじゆう》という乳母子《めのとご》だけが、長年暇をとることもなく仕えていたが、彼女がこの邸と同様に出入りしていた斎院が亡くなり、この邸だけではとても暮らしていけそうもなく、不安に思っていた。

この姫君の母親の妹で、落ちぶれて受領の妻になった者がいた。娘たちをたいせつに育てていて、娘たちのためにそう見苦しくない若い女房をさがしていたので、侍従はまったく知らないところよりは、かつて自分の親も出入りしていたのだからと思って、その人の元へも時々通うようになった。姫君は、かくも人見知りする性質なので、この叔母《おば》と親しいつきあいもしていない。

叔母は、「亡き姉上は私をお見下げになって、家の恥とお思いでしたから、姫君のお暮らし向きがいくらお気の毒でいらしても、お見舞い申し上げられないのです」などと、小憎らしい文句を侍従に言い聞かせては、ときどき姫君に便りを出していた。

もともと受領のような身分に生まれついた並みの人は、かえって身分の高い人の真似《まね》に夢中になって、上品に振る舞う者も多いのだが、この叔母は高貴な生まれでありながら受領の妻にまで成り下がるような宿世《すくせ》の人なので、心根が少々下品なのである。

私はこうして劣った身分として見下されてきたのだから、この宮家が落ちぶれていく今の機を逃さず、どうにかしてこの姫君を私の娘たちの召使にしたいものよ、古風で融通が利かないところがあるけれど、なんの心配もいらないお世話役ではないか。

叔母はそう思い、

「時々私どもの家にいらしてください。お琴の音を聴きたがっている娘たちがおりますから」と言う。侍従も、そのようにいつも誘っているが、姫君は意地を張り合う気持ちからではなく、ただたいへんな引っ込み思案なために、そのように親しくつきあおうとしないのを、叔母は癪《しゃく》に障るのである。

こうしているうちに、叔母の夫は大宰大弐《だざいのだいに》に任ぜられた。娘たちを適当な人に縁づけて任地に下るつもりだが、やはりこの姫君を連れていきたいという思いが強く、「こうして遠方に下ることになりました。いつもお見舞いしていたわけではありませんが、心細いお暮らしぶりとはいっても、近くにおりましたから安心できたあいだはともかく、これからはお気の毒で気掛かりでなりません」と言葉巧みに誘うのを、姫君は頑として受けつけない。

「なんて小憎らしい。ご大層なこと。おひとりで思い上がっていたって、こんな草ぼうぼうのところで何年も住み着いていらっしゃる方を、源氏の大将殿だってたいせつにお思いになったりするものですか」と、叔母は嫌みを言ったり呪ったりした。

こうしているあいだに、光君が世間に許され都に帰還することとなり、天下の人々はよろこんで大騒ぎをしている。だれも彼も、我先にと光君への深い誠意を知ってもらおうと競い合う男女に、光君は、身分の高い低いに関係なく人の心というものを見てとって、身に染みてわかることがさまざまあった。このようにあわただしくしているうちに、常陸宮の姫君のことをますます思い出すことなく、月日がたってしまった。

これでもうおしまいだろう、と姫君は思う。

これまでずっと、今までと一変してしまった光君の境遇を、なんと悲しく残酷なことだと思いながらも、草木の萌《も》え出る春にはふたたびめぐり逢《あ》えますようにと祈り続けてきた。けれど、取るに足らない下賤《げせん》の者たちもがよろこんでいる光君の御昇進のことを、私は他人《ひと》ごととして聞いているほかない。光君が京を離れる時のあの悲しみは、ただ自分ひとりだけのものと思えたのに、そんな甲斐《かい》もない光君との仲だったのだ……。そう思うと心が砕け散るほど悲しくなり、姫君は人知れず声を上げて泣いた。

大弐の妻である叔母は、それ見たことか、こんなふうに頼る人もおらず、みっともない暮らしぶりの人を、相手になさるお方があるものか、仏や聖《ひじり》だって罪業軽く生まれついた人をこそよく救ってくださるというのに、こんなに落ちぶれていながらえらそうに世間を見下して、父宮や母宮がご存命でいらしたときと何も変わらない高慢さ、救い難くて不憫《ふびん》ですらある、とますます姫君を愚かしく思い、

「やはりご決心なさいませ。世の中がつらい時は、そんなことのない山奥に尋ね入りなさいと言いますよ。田舎なんておそろしいとお思いかもしれませんが、むやみに悪いようにはお扱いいたしませんよ」と、言葉巧みに言うので、すっかり気力をなくしている女房たちは、

「おっしゃる通りになさればいいのに。どうせたいしたことも起きそうにない御身の上なのに、何をお考えになってこんなに我をお通しになるのだろう」と、ぶつぶつと

文句を言い合っている。

侍従も、大弐の甥《おい》だという男とねんごろな仲になり、その男が侍従を都に置いていくはずもなく、あわただしく旅立つこととなり、「姫君をお残ししていくのがつらいので……」と下向を勧めるけれど、姫君は、こんなにも長いあいだ訪れることのない光君にまだ望みをかけている。心の中では、いくらなんでも、ずっと後々までも思い出してくださらないなんてことがあろうか、と思っている。しみじみとお心のこもった約束をしてくださったのに、私の運のなさのせいで、このように忘れられてしまったのだ。けれど風の便りにでも、私のこのみじめな暮らしのことをお耳にされたら、かならず思い出して訪ねてくださるに違いない、とずっと思っているのである。なので、全体的に住まいは前よりひどく荒《すさ》んでいるが、姫君の強い意志で、ちょっとした調度などもなくさないようにして、厳格なほど昔と同じようにたえ忍んで暮らしている。声を上げて泣く時も多く、ひどくふさぎこんでいる姫君であるが、ただ、木こりが赤い木の実を顔につけたままでいるように見えるその横顔は、ふつうの人ならとても見るにたえないだろう。いえ、これ以上は書きますまい、気の毒であるし、口が悪いと思われてしまうでしょうし……。

冬になるにつれて、ますますすがるべきものもなく、姫君は悲しい思いに沈んで過ごしている。光君は、故桐壺院《きりつぼいん》の法華《ほっけ》八講会《はっこうえ》を、天下をあげての一大法要として盛大に催した。ことに僧は並の者は呼ばず、学才にすぐれ修行を積んだ、高徳の僧ばかりを残らず選んだ。姫君の兄である禅師《ぜんじ》の君も選ばれていた。禅師はその帰り際、常陸宮邸に立ち寄って、

「これこれこういった次第です。源氏の権大納言《ごんだいなごん》殿の御八講に参列したのです。じつに尊く、この世に極楽浄土があらわれたような荘厳さでした。盛大で、趣向の限りを凝らしていらっしゃいました。源氏の君は、仏か菩薩《ぼさつ》の化身でいらっしゃるのでしょう。ああしたお方がなぜ五濁悪世《ごじょくあくせ》のこの世にお生まれになったのだろうか」

と話し、そのまま帰っていった。言葉少なく、ふつうのきょうだいのように語り合うこともないので、姫君は身のつらさを打ち明けることもできないのである。それにしても、こんなに不運な身の上の私を、悲しく不安なままでお見捨てになるとは、情けない仏菩薩ではないかと姫君は恨めしく思う。叔母の言う通りこれまでの縁なのだろうと次第に思うようになってきたところ、その叔母がやってきた。

ふだんはそれほど親しくもないのに、誘い出そうとの下心から、姫君に渡すための装束などを揃《そろ》えて、立派な車に乗って、顔つきも物腰も得意げな様子で無遠慮に訪ね

てきて、門を開けさせるが、邸内はみっともないほど荒れ果てている。門の左右の扉もみな傾き倒れているので、お供の男たちが手伝って、とにかく開けるのも大騒ぎである。陶淵明《とうえんめい》の「帰去来の辞」の一節にも「三径荒に就く《さんけいいくわう》」とあるように、どこだろう、こんなに荒れたところにもかならず草を分けた三つの径《みち》があるはずだ、とさがしあてて進む。ようやく、寝殿の南側、格子を上げた一間へ車を寄せる。姫君は、なんてぶしつけなのだろうと思いはするものの、あきれるほど煤《すす》けた几帳《きちょう》を押し出し、侍従を対応に出した。侍従の顔立ちもずいぶんと衰えている。長年の苦労でやつれているが、やはりどことなく垢抜《あかぬ》けてたしなみのほどがうかがえるので、畏れ多いことだけれども、姫君と取り替えられたらいいだろうに……。

「旅立とうと思いながらも、おいたわしいご様子なのをお見捨てできませんが、侍従を迎えに参りました。私をお嫌いのご様子ですので、ご自身はこちらにはまったくお越しいただけませんが、この人だけは連れていかせてくださいね。どうしてこんなにもお気の毒な有様に……」と、ふつうの人なら当然泣くところであろう。が、叔母は、これからの任地へと思いを馳《は》せているのでうきうきしている。「父宮がご存命の時、亡き姉が私のことを家の恥などとお見捨てになったから、それ以来疎遠な間柄になってしまいましたけれど、今までだってどうしてぞんざいに思ったりしたでしょう。あなたさまが高貴な御身の上のように気位ばかり高くて、源氏の大将殿がお通いになる御宿縁に恐縮しまして、私ごときが親しくさせていただくのもどうかと遠慮して過ごして参りました。けれども世の中はこのようにさだめなきもの、私のような人の数にも入っていない身分の者は、かえって気楽でございましたよ。以前は及びもつかないと拝見しておりましたあなたさまの御身の上が、こんなにも悲しくつらいものになってしまって……。近くにおりましたら、ご無沙汰をしましても、そのうちにとのんびりかまえていられましたが、はるか遠方まで下向することになりますと、あなたさまのことが気掛かりでおかわいそうで……」と話を持ちかけるが、姫君は気を許した返事もしない。

「ご心配はとてもうれしいですが、変わり者の私ですから、どうしてここを出ていけましょう。このまま朽ち果てようと思っています」と言うと、

「本当にそうお思いになるのは無理もありませんが、この世に生きている身を捨てて、こんなに気味の悪い住まいに閉じこもっている人なんておりませんよ。源氏の大将殿がこのお邸をなおしてくだされば、見違えるような玉の台《うてな》にもなろうと頼もしく思いますが、今は兵部卿宮《ひょうぶきょうのみや》の姫君（紫《むらさき》の上《うえ》）にすっかりお心を奪われていらっしゃるとのこと。昔から浮気な御性分で、ちょっとしたおなぐさみにお通いになっていたあち

らこちら、みなお心から離れてしまったそうですわ。ましてこんなに頼りない御身の上となって荒れ果てたお邸に暮らしている人を、一途に自分を頼りにしてくれていたのだと感激して訪ねてくださるなんて、あるはずないじゃありませんか」

などと話して聞かせるのを、その通りだと思うにつけても悲しくなって、姫君は涙を落とす。

けれども姫君の気持ちが動きそうもないので、叔母は一日中思いつく限りのことを言ってみたが困り果て、

「では、せめて侍従だけでも」と、日が暮れてきたので帰りを急ぐ。侍従はそわそわして、泣きながら、

「では、ともかく今日は、こんなにおっしゃってくださるのですから、お見送りにだけでも行って参ります。叔母さまのおっしゃることももっともだと思います。けれどお心がお決まりにならないのも当然ですから、あいだに立つ私もつらい気持ちでございます」と、姫君に耳打ちする。

この侍従までもが私を見捨てていくのかと、恨めしくも悲しくも思うけれど、引き止めるすべもなく、姫君はただ声を上げて泣くことしかできない。形見として持たせてやるべき衣裳も汗染みているので、長年勤めてくれたお礼を伝えるような品物もな

い。自身の髪が落ちているのを取り集めて鬘《かずら》にしたものが、長さ九尺余りもあってみごとなので、立派な箱に入れ、代々伝わる薫衣香《くのえこう》の香り高いものを一壺《つぼ》添えて渡した。

「絶《た》ゆまじき筋《すぢ》を頼みし玉かづら思ひのほかにかけ離れぬる
（離れることはないと頼りにしていた玉かずら――あなたですのに、思いもかけず遠くに行ってしまうのですね）

亡くなった乳母《まま》（侍従の母）の残した遺言もあったので、ふがいない私ですが、あなたは最後まで面倒をみてくれると思っていました。あなたに見捨てられるのは仕方がないことですが、この後私のことをだれに頼んでいくつもりかと、恨めしく思います」と、激しく泣く。侍従も涙でまともに話すこともできない。

「母の遺言は今さら申し上げるまでもございません。長年たえがたい世のつらさを味わって参りましたのに、このように思いもよらない旅路に誘われて、はるか遠方までさまよっていくことになりまして」と言い、

「玉かづら絶えてもやまじ行《ゆ》く道の手向《たむけ》の神もかけて誓はむ
（玉かずらのようにご縁が絶えたとしましても、あなたさまをけっしてお見捨てはしません。行く道々の手向《たむ》けの神さまに誓いましょう）

いつまで生きられるかはわかりませんけれど」と侍従は続けるが、

「どうしたの、暗くなってしまいますよ」と叔母からぶつぶつ言われ、うわの空のまま車に乗り、ふり返りふり返りしながら行くのであった。

今まで長年のあいだつらい暮らしにたえながらも離れていくことのなかった人が、こうして去ってしまい、姫君は心底心細く思っているのに、ほかにどこにも奉公先のなさそうな老女房までが、

「いやいや無理もないことです。どうしてこんなところに住んでいられましょうか。私たちだってとても辛抱できませんもの」と、それぞれに頼れそうな身内を思い出し、邸を出ていこうとしているのを、姫君は居心地の悪い思いで聞いていた。

十一月になると、雪や霰《あられ》が降りはじめ、ほかの邸では溶けて消えることもあるのに、朝日も夕日も遮る蓬《よもぎ》や葎《むぐら》の陰に深く積もって、常陸宮邸は雪の消えることのない越《こし》の白山《しらやま》を思い出すほどである。出入りする下男下女もおらず、姫君はぼんやりともの思いにふけっている。他愛ないことを言ってはなぐさめ、泣いたり笑ったりして気持ちを紛らわせてくれた侍従までもがもういないのである。夜ともなれば、塵の積もった御帳台《みちょうだい》の中の独り寝はさみしく、ひどく悲しい気持ちになる。

さて光君はといえば、やっと会えた紫の上にますます夢中になって、それほどたいせつに思っていなかった人たちのところへはわざわざ出向くこともしない。まして、

あの赤い鼻の姫君はまだ生きているだろうかと思うようなことはあっても、訪ねていこうなどという気持ちに急《せ》かされるわけもなく、そのままあたらしい年となった。

四月の頃、光君は花散里《はなちるさと》のことを思い出し、紫の上《むらさきのうえ》に断った上で、ひそやかに出かけていった。この幾日か降り続いている名残の雨がまだ少しぱらついている。空には月が出て、たいそううつくしい。光君は昔の忍び歩きを思い出し、誘うようにはなやかな夕月に、道々さまざまなことを思い浮かべていると、見るも無惨に荒れた邸《やしき》で、木立が茂って森のようになっているところを通りすぎた。大きな松に藤の花が垂れかかって咲き、月の光に揺れている。風にのってその香りが漂ってくるのがなつかしく感じられる。ほのかな香りである。橘《たちばな》の花とはまた異なった風情を感じ、車から顔を出して見やると、柳の枝も長く垂れて、崩れた土塀を覆っている。見たことのある木立だ、と光君は思うが、それもそのはず、常陸宮《ひたちのみや》邸である。心を強く動かされ、光君は車を停めさせた。いつものようにこのような忍び歩きには惟光《これみつ》がお供をしている。惟光を呼び、

「ここは確か常陸宮の邸だったね」と言うと、

「さようでございます」との返事である。

「ここで暮らしていた人は、今もひとりでいるのだろうか。訪ねてやらなければならないが、わざわざあらためてやってくるのもたいへんだね。ちょうどいい、ついでに入って話してみてくれ。先方の事情をよく確認してから口をきくように。人違いだったら笑い者になる」と光君は命じる。

常陸宮邸では、ひときわもの思いに沈むこの頃で、気力もなく過ごしていたが、昼間のうたた寝の夢に亡き父宮があらわれたので、目覚めた姫君はひどく名残惜しくて、雨漏りで濡《ぬ》れた廂《ひさし》の端を拭かせ、あちこちの敷物を片づけさせたりし、珍しく人並みに歌を詠んだ。

亡《な》き人を恋《こ》ふる袂《たもと》のひまなきに荒れたる軒《のき》のしづくさへ添ふ

（亡き父宮を恋しく思い、涙で濡れた袂の乾く暇もないのに、荒れた家には雨漏りまで加わって）

なんてさみしいことだろう。

惟光は邸内に入り、あちこちをまわって人の声がするところはないかとさがしてみるが、まったくひとけがない。やっぱりそうか、これまでも通りすぎるとき往来からのぞいてみたが、人の住む気配もしなかった、と思い帰ろうとする。すると月が明るく射《さ》しこみ、ふと見やると、格子が二間《ふたま》ほど開けてあり、簾《すだれ》が動くようである。やっとのことで人の気配を見つけ、おそろしいような気持ちであるが惟光は近づいて咳払《せきばら》いをする。ずいぶん年寄りじみた声で、まずは咳《せ》き込み、「そこにいるのはどなた。どちらのお方ですか」と訊《き》いてくる。惟光は名乗り、

「侍従《じじゅう》の君というお方にお目に掛かりたいのですが」と言う。

「その人はよそに行きました。けれど、侍従と同様に思っていただいていい女房がおります」と言う声はひどく年老いているが、聞いたことのある老女の声だと惟光は気づいた。御簾《みす》の内側では、思いもよらないことに狩衣姿《かりぎぬすがた》の男がそっとあらわれ、立ち居振る舞いもしなやかなので、客人などめったに見なくなって久しい目には、もしや狐の変化《へんげ》ではないかと思うけれども、惟光が近づいて言う。

「確かなことをお聞かせください。姫君が昔と変わらない暮らしでいらっしゃるなら、こちらに伺わなければならないと光君は昔と変わらずにお思いです。今夜も、このまま通りすぎることができずに車をお停めになったのですが、どのように申し上げましょうか。どうぞ心配なさらないでください」

それを聞いて女房たちは笑う。

「心変わりをなさるような姫君でしたら、こんな浅茅《あさじ》が原《はら》をお移りにならないはずがありましょうか。お察しになって、ご覧になったままをお伝えください。年老いた私

たちも、信じがたいほど、気の毒な御身の上と拝見して過ごして参りました」とぽつぽつと話し出し、そのまま問わず語りをはじめそうなのを厄介に思い、「ええ、ええ、わかりました。とりあえず、これこれだと申し上げます」と言って、惟光は光君の元に向かう。

「どうしてこんなに遅かったのか。どんな様子だ？　昔あった道も見えないほど蓬《よもぎ》が茂っているな」と光君が言い、

「こうした次第でございます。ようやく訪ねあてて参りました。侍従の叔母の少将という老女房が、昔と変わらない声で言うところによると……」と惟光は中の様子を伝える。

心から気の毒になり、こんなに草も生え放題の中、どんな気持ちで過ごしておいでなのだろう、今までよくも訪ねなかったものだ、と自身の薄情さを思い知る。

「どうしたものだろう。こうした忍び歩きもめったにできないから、こんな機会がないととても立ち寄れない。昔と変わらないご様子と言われてみれば、いかにもそうだろうと思えるような姫のお人柄だった」とは言いながらも、今すぐに邸に入ることはためらわれる。こうした折にふさわしい歌を送りたい気持ちはあるが、あの口の重さも昔と変わらないならば、惟光が待ちあぐねるだろうし、それも気の毒で、思い留《とど》ま

る。

「とても分け入っていけないほどの蓬の露がいっぱいでございます。露を少し払わせてからお入りなさいますように」と惟光が言うと、

尋《たづ》ねてもわれこそとはめ道もなく深き蓬《よもぎ》のもとの心を

（さがしてでも尋ねよう、道もなく深く茂った蓬の元に、昔と変わらないお心を）

光君はそう独り言をつぶやいてかまわず車を降りる。惟光は足元の露を馬の鞭《むち》で払いながら案内する。雨の雫《しずく》も、やはり秋の時雨《しぐれ》のように降りかかるので、「お傘がございます」と惟光は、「本当に『木《こ》の下露《したつゆ》は雨にまさりて』（みさぶらひみ笠と申せ宮城野《みやぎの》の木の下露は雨にまされり（古今集／お供の人よ、笠をおかぶりくださいと申し上げなさい、宮城野の木から落ちる露は雨粒以上ですから））でございますね」と続ける。

指貫《さしぬき》の裾はひどく濡れてしまったようだ。以前から、あるのかないのか判然としなかった中門は、今はもう形もなく、光君が入るのもじつに恰好《かっこう》がつかないのだが、その場に居合わせて見ている人もいないので、気楽ではあった。

姫君は、いくらなんでもいつかはかならず……と待ち続けていた、その思いがかな

ってうれしくはあるが、じつに恥ずかしい身なりで対面することがどうにも決まり悪い。叔母が持ってきた着物類も、不愉快な人からもらったものなので見向きもしなかったのだが、この老いた女房たちが香を入れた唐櫃《からびつ》にしまっておいた。なつかしい香りの染みこんだその着物類を女房たちが取り出してきたので、姫君は仕方なく着替え、あの煤けた几帳《きちょう》を引き寄せて座った。光君は部屋に入り、

「ずいぶん長いあいだご無沙汰していましたが、私の心は変わらずに、ずっと案じておりました。でもあなたはそうでもないのか、お便りもくださらないのが恨めしくて、今までお気持ちを試していましたが、あの三輪《みわ》山の『しるしの杉』ではないけれど、お邸の木立を目にして、通りすぎることができず、あなたとの根比べに負けてしまいましたよ」と、几帳の帷子《かたびら》を少し開けてみると、姫君は以前と同じく恥ずかしそうにして、すぐに返事をすることもない。けれどこんな荒れたところに分け入ってきてくれたその気持ちがいい加減なものではないとわかるので、思い切って、かすかながら返事をする。光君は、

「このような草深い中でお過ごしになった年月がいたわしく思えてなりません。心変わりできないのが私の性分ですので、あなたのお心もどうなっているかわからないいま、露に濡れながらわざわざ訪ねてきたことをどうお思いですか。長年のご無沙汰は、

まあ、どなたにたいしても同じことだと大目に見てくださいますね。今後お気持ちを損なうようなことがありましたら、約束を破ったという罪も負いましょう」と、そんなに深く思っていないことでも、いかにも愛情をこめたふうに言えるのが、光君という人なのです。

ここに泊まろうにも、邸の様子からして目を背けたいほどなので、もっともらしいことを言って邸を出ようとする。「引き植ゑし人はむべこそ老いにけれ松の木高《こだか》くなりにけるかな（後撰集／松を引き抜いて植えた人は老いてしまった、松もずいぶん木高くなったものだ）」という古歌とは異なり「自分で引き抜いて植えた」わけではないが、松の木高くなった年月が身に染みて、光君は、夢のように激動の月日を送った我が身をも思い出さずにはいられない。

「藤波《ふぢなみ》のうち過ぎがたく見えつるは松こそ宿のしるしなりけれ

（松にかかる藤の花を通りすぎることができなかったのは、その松が、私を待つ宿のしるしだったからでした）

数えてみるとずいぶんな年月が積もったようです。都もずいぶん変わってしまって、そんなことにも胸が痛みます。そのうち、鄙《ひな》びたところに落ちぶれた身の上話もゆっくり話して聞かせます。今まで折々の暮らしの苦労も、あなたも私以外に話せる人な

どいないだろうとなんの疑いもなく信じてしまうのも、考えてみれば不思議なことです」と光君が言うと、

年を経て待つしるしなきわが宿を花のたよりに過ぎぬばかりか

（長い年月、あなたをお待ちする甲斐もなかった私の宿を、藤の花をご覧になるついでにお立ち寄りくださっただけなのですね）

と詠む姫君の、几帳の向こうでそっと身じろぎする気配も、漂う袖の香りも、以前よりは女性らしく成熟したのではないかと思える。月の沈む夜半になり、西の妻戸の開いているところからその光が射《さ》しこんだ。渡殿《わたどの》のような建物もなく、軒先も残っていないので、明るい月の光は室内をさえざえと照らし出す。昔と変わらない部屋のしつらえが、忍ぶ草が茂って見るも無惨な外観よりは、よほど風雅である。その昔、夫の留守に、いらぬ疑いを避けるため、塔の壁を壊して夜中灯《あか》りをつけていたという貞淑な女の話を思い出し、その女と同じようにずっと長い年月を過ごしてきたのかと思うと、いとしく思える。一途に恥じらっている姫君にはさすがに気品があり、奥ゆかしく思える。この人を援助するべき人として忘れまいと思っていたのに、もう何年もいろいろなことに紛れて忘れてしまっていたあいだ、さぞやこの自分を恨んだだろうと思うと、なおのこと姫君がたいせつに思える。あの花散里も目立って派手にする人

ではないので、そちらと比べても大差なく、この姫君の欠点もさほど目立たなかったのである。

賀茂《かも》の祭や斎院《さいいん》の御禊《ごけい》などが行われる頃で、いろいろその支度にと、人々から献上されたものが多くあるのを、光君はしかるべき人々にみな配った。なかでもこの常陸《ひたちの》宮《みや》の姫君（末摘花《すえつむはな》）には、こまやかな配慮をし、親しい家臣に命じて召使たちを遣わせ、生い茂った蓬《よもぎ》を払わせ、崩れた塀が見苦しいので板垣を堅固にはりめぐらせた。しかし、このようにして常陸宮の姫君をわざわざさがし歩いたと世間で噂にでもなったら自身としても面目がないので、訪ねることもない。真心こめた手紙は書いている。二条院の近くに邸を作らせているが、「そこにお迎えするつもりでおります。適当な女童《めのわらわ》などさがして仕えさせてください」などと、侍女たちのことまで思いやった手紙に、こんなみすぼらしい蓬に埋もれた邸では身に余るほどのありがたさだと、女房たちも空を仰ぎ、光君の邸に向けてお礼を言っている。

光君といえば、かりそめの戯れだとしても、平凡な人並みの女性には目も向けず耳も貸さず、世間から、これは、と注目され、忘れがたい魅力のある人たちを求めているのだろうと思われているわけです。しかしながらこんな正反対の、何から何まで人並みにも及ばない人を一人前に扱うのは、いったいどんなつもりだったのでしょうね。これも前世の宿縁なのかもしれません。

こんな邸に仕えていてもどうにもならないと馬鹿にしきって、あちこち散り散りになっていった女房や召使たちの中には、今度はまた我も我もと邸に戻ることを競うように願う者もいる。姫君の人柄など、それはもう内気すぎるくらいに人がいいので、女房たちもその気楽さに慣れていたのである。ところが、たいしたことのない生半可な受領《ずりよう》などの家に勤めを変えた者は、今まで味わったことのないような居心地の悪い思いをすることもあり、こうなると露骨な心変わりを隠すことなく邸に舞い戻ってくるのである。

光君は今や、昔にも勝る絶大な勢力で、帰京後は思いやりの心も増し、ことこまやかな指示をしたので、常陸宮邸は活気づき、ようやく人の姿も多くなった。木草《きぐさ》も荒れ果てて気味悪く茂っていたのを、遣水《やりみず》をさらい、植えこみの根元も下草をすっきりと刈り取らせた。これまでさほど目を掛けてもらえなかった下家司《しもげいし》で、なんとか働きぶりを認めてもらいたいと願う者は、光君がこれほどに姫君にご執心であるらしいと見てとって、姫君の機嫌をとりつつ追従している。

姫君はこの邸で二年ほどさみしい日々を送り、その後は二条の東の院というところに移ることとなった。光君が姫君に対面することはめったにないけれど、本邸の近くなので、何かの用でこちらに来ることがあれば光君はちょっと顔を出しもし、そう軽んじた扱いをするわけではない。あの叔母が上京してひどく驚いた話、それから侍従が、この成りゆきをよろこんではいるものの、もう少し辛抱して姫君に仕えるべきであったと思慮の浅さを悔いていることなど、もう少し問わず語りしたくもあるのだけれど、何しろ頭が痛いし、面倒で億劫《おっくう》だし、あんまり気も進まない、また別の機会があればその時にでも、思い出して話しましょう、とのこと。

関屋《せきや》

空蟬と、逢坂での再会

蟬の衣を残して去った女君と再会するとは、どんな宿縁なのでしょう。
やはりこの女君も、光君を忘れることはできなかったのです。

*登場人物系図
△は故人

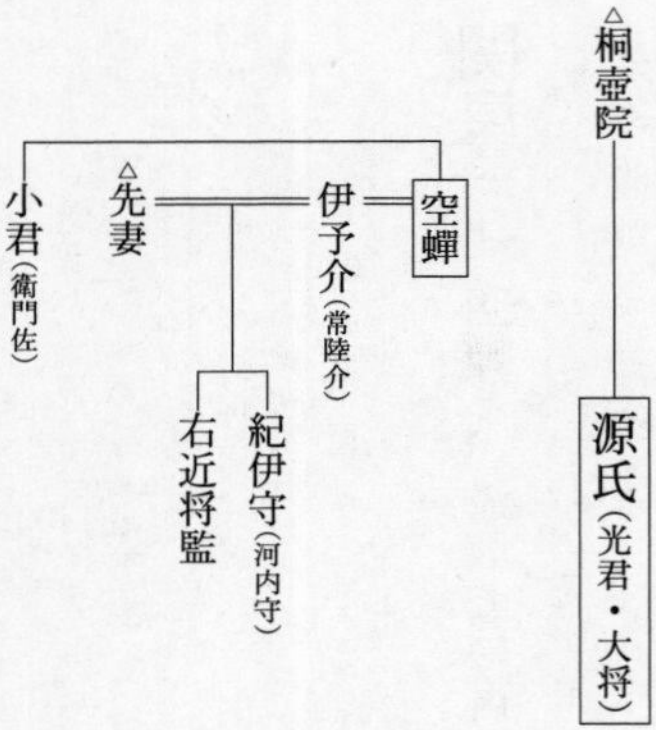
△桐壺院
源氏（光君・大将）
空蝉
伊予介（常陸介）
△先妻
小君（衛門佐）
紀伊守（河内守）
右近将監

伊予介《いよのすけ》と言われていた男は、桐壺院《きりつぼいん》が亡くなったその翌年、常陸介《ひたちのすけ》に任じられて任地に下ったので、妻であるあの帚木《ははきぎ》の女（空蟬《うつせみ》）も連れられていったのである。彼女は、光君《ひかるきみ》が須磨《すま》に退居したこともはるか遠くの地で耳にして、人知れず思いを馳《は》せないこともなかったが、その気持ちを伝えるすべもない。筑波嶺《つくばね》の山を越える風に託すのでは頼りないように思え、ちょっとした便りが来ることもないままに年月ばかりが重なっていく。何年と年数の定まっていたわけではない退居だったが、光君の帰京が決まったその翌年の秋、常陸介も任期を終えて京に戻ることとなった。

常陸介の一行が逢坂《おうさか》の関《せき》に入るその日、ちょうど光君は石山寺《いしやまでら》に祈願成就の願ほどきに詣でることにした。京から来た、この常陸介の息子で紀伊守《きのかみ》だった男など、迎えの人々が、この源氏の大将がこのようにお参りされるそうだと知らせたので、途中混雑するだろうと、まだ夜も明ける前から急いで出立《しゅったつ》したのだが、女車《おんなぐるま》が多く道いっぱいに広がってゆるゆる進むうちに、日も高くなってしまった。打出《うちいで》の浜にさしかかった頃、光君はもう粟田山《あわたやま》をお越えになったと、道をよけきれないほど先払いの人々が大勢やってきたので、常陸介の一行は関山《せきやま》でみな車から降り、あちこちの杉の下に車を引き込んで轅《ながえ》を下ろし、木陰にかしこまって座り、光君が通りすぎるのを待つ。車など、遅らせたものもあり、また前日に出発させたりもしたのだが、やはり常陸介の一族はおびただしい人数である。女車十台ほど、下簾《したすだれ》から袖口や襲《かさね》の色合いなどもこぼれ出て見えるが、田舎っぽくはなく、なかなかの趣味で、光君は、斎宮《さいぐう》の伊勢下向なんぞの折の物見車を思い出さずにはいられない。光君がこのように栄進して久々の外出なので、数え切れないほどの人々が仕えているが、みなこの女車に目を留めている。

九月の終わり頃なので、紅葉《もみじ》がさまざまな色に染まって入りまじり、霜枯れの草は濃く薄くみごとに色づいて一面見渡せるところへ、関屋（関所の建物）からさっとあらわれた光君一行の旅装束の、色とりどりの狩衣《かりぎぬ》、それにふさわしい刺繡《ししゅう》、絞り染めを施したものも、場所が場所だけに趣深く見える。光君の車は簾を下ろしたまま、常陸介一行にいる、あの昔の小君《こぎみ》、今は衛門佐《えもんのすけ》となっているのを呼び出し、

「今日私が関までお迎えにきたことを、いい加減に思い捨てることはできないはずで

す」などと伝言した。心中ではしんみりと思い出すことが多いけれど、ありきたりの伝言しかできず、なんの甲斐《かい》もない。帚木の女も、胸に秘めているが昔のことを忘れずにいるので、その頃を思い返すと胸がいっぱいになる。

行《ゆ》くと来《く》とせきとめがたき涙をや絶えぬ清水《しみづ》と人は見るらむ

（行きも帰りもとめどなく流れる私の涙を、絶えず湧き出る関の清水とあなたはご覧になるでしょうか）

この気持ちを光君がお知りになることはあるまい、と思うと、じつに虚《むな》しく思える。

石山寺参詣から戻る光君を迎えに、衛門佐《えもんのすけ》となった小君《こぎみ》が参上した。先日はお供をせずに通りすぎてしまったことを詫びる。昔、子どもだった頃、光君が身近に置いてかわいがっていたので、官位を授けられたりするまでは光君の恩恵にあやかっていた。しかし光君をめぐって思いがけない世の中の騒ぎがあり、小君は世間を憚《はばか》って義理の兄の任地である常陸《ひたち》についていったのだった。そのことを光君は今まで少々おもしろくなく思っていたのだが、そんなことはおくびにも出さない。昔のようでこそないけれど、今もなお親しい家臣のひとりとして数えている。紀伊守《きのかみ》だった男も、今は河内守《こうちのかみ》になっている。その弟で、右近将監《うこんのぞう》を解任させられ、須磨《すま》へお供してくれた者を、光君はとりわけ目を掛けているので、それでようやくだれもがはっとして、なぜあの時少しでも時勢に迎合してしまったのかと思い出しては後悔している。

衛門佐を呼び出し、光君は帚木の女へと手紙を託す。もうとうにお忘れになってもよさそうなことを、よくいつまでもお心がお変わりにならないものだ、と衛門佐は思う。

「先日はあなたとの深い宿縁を思い知らされましたが、あなたもそのことをおわかりになりましたか。

わくらばに行《ゆ》きあふ道を頼みしもなほかひなしや潮《しほ》ならぬ海

（逢坂《おうさか》での偶然の再会に、期待をしてしまいましたが、その甲斐もなかった。やはり琵琶《びわ》湖は貝のすむ塩の海ではないですから）

あなたをお守りしている関守（常陸介《ひたちのすけ》）が、なんともうらやましく、忌々《いまいま》しくもありました」

と、ある。

「長年のご無沙汰なので、気恥ずかしいけれど、心ではいつも思っていて、昔のことも今であるように思うことが癖になっているのです。色めかしいことだとますますお嫌いになりますか」

と言づけまで添えるので、衛門佐はかたじけないと思いながら姉の元に持っていく。

「とにかくお返事してください。昔よりは私のことも疎んじていらっしゃるかと思っていましたが、まったく変わらないおやさしさで、いよいよ類いまれなお方と思われます。こんないっときのなぐさみごとはなんになろうかと思うかもしれませんが、きっぱりとお断りすることなどとてもできません。女の身としてはお気持ちにほだされてお返事差し上げても、だれも咎《とが》めたりしませんよ」などと言う。今となってはとても気後れがして、何もかもが決まり悪く思えるけれど、久しぶりの手紙だけに、帚木の女もとてもこらえることができなかったのだろうか、

「逢坂《あふさか》の関《せき》やいかなる関なればしげきなげきの中を分《わ》くらむ

（逢坂の関という名ながら、いったいどんな関所であるゆえに、生い茂る木々をかき分けてこんな嘆きを重ねるのでしょう）

夢のように思われます」

と返事を書いた。光君は恋しさも恨めしさも忘れられずに心に留めている人なので、その後も折々に手紙を送って女君の心を揺り動かすのだった。

そうこうしているうちに、この常陸介は老いを重ねたせいか病気がちになり、何とはなしに心細くなったので、子どもたちにただこの妻のことのみを遺言し、すべてを

彼女の望みのままにして、自分の生きていた時と変わりなくお仕えするように、とだけ、明けても暮れても言い続ける。もともと不運な宿世《すくせ》に生まれついたのに、この夫にまで先立たれたら、この先どのように落ちぶれて途方に暮れるのだろうと、嘆き悲しんでいる女君を見て、常陸介は思う。命には限りがあるのだから、もっと生きたいと思っても詮方無いことだが、どうにかして、この人のためにたましいを残しておくことができないものか。子どもたちの気持ちだってどうなるかわからないのだから……。そのことが気掛かりで悲しいと、口にも出し心でも思っていたが、思い通りになるものでもなく、ついに亡くなった。

しばらくのあいだは、父親があんなに言っていたのだからと、子どもたちは残された女君に親切にしていたけれど、うわべはともかく、冷たい仕打ちが多かった。それもこれも世の中の道理であるから、我が身の背負った悲しい運命だと嘆きながら女君は日を送っている。ただこの河内守（紀伊守）だけが、昔からこの継母《ままはは》に色めいた気持ちを持っていてやさしく振る舞うのだった。

「父上がくれぐれもご遺言なさったのですから、至らぬ者ではありますが、遠慮せずなんでもおっしゃってくださいよ」などと機嫌をとって近づいて、なんともあさましい下心が見え見えである。悲しい運命を背負う身でこのように生きながらえて、あげくの果てはこんなとんでもないことを聞かされるのか、と女君は人知れず思い知り、だれにもそうとは言わないままに、尼になってしまった。仕える女房たちは、取り返しのつかないことだと嘆いている。河内守もたいそう恨めしく、「私を厭《いと》わしく思われるあまり、残りのお命もまだ先は長いでしょうに出家なさって、この先どのようにお暮らしになるのでしょう」などと言うが、まったくいらぬおせっかいというもの。

絵《え》合《あわせ》

それぞれの対決

それぞれの絵を見せ合い、批評し合って、勝敗を競ったと言われています。
競ったのは果たして絵だけだったのでしょうか……。

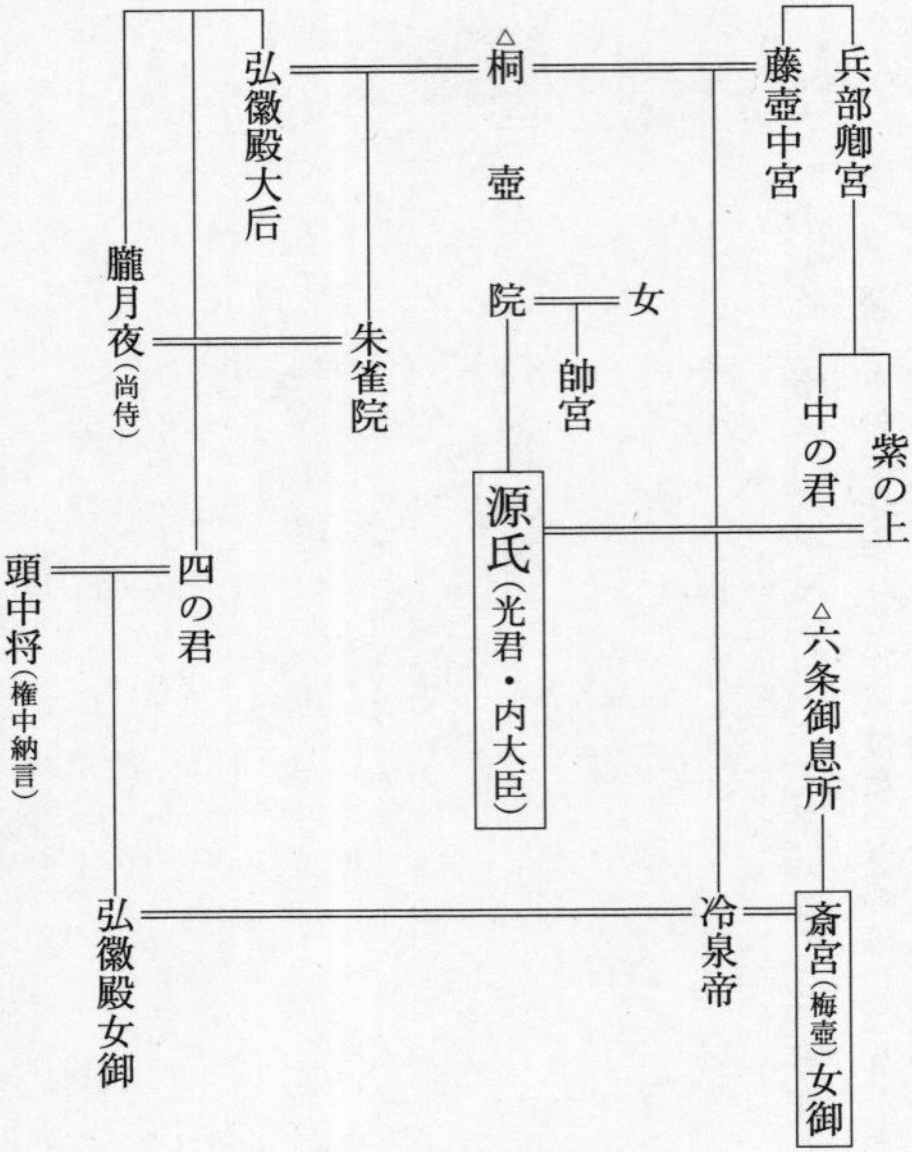
兵部卿宮
藤壺中宮
△桐壺院
弘徽殿大后
朧月夜（尚侍）
朱雀院
女
帥宮
中の君
紫の上
源氏（光君・内大臣）
頭中将（権中納言）
四の君
△六条御息所
斎宮（梅壺）女御
冷泉帝
弘徽殿女御

＊登場人物系図
△は故人

前斎宮《ぜんさいぐう》（六条御息所の娘）の入内《じゅだい》のことを藤壺《ふじつぼ》の宮が熱心に催促している。すみずみまで行き届いた世話をするしっかりした後見人もいないことを案じてはいるが、光《ひかる》君《きみ》は、前斎宮を気に入っていた朱雀院《すざくいん》の耳に入ることを憚《はばか》って、二条院に彼女を移そうという計画を思い留《とど》まった。そして何食わぬ顔で振る舞っているが、ひと通りの支度は引き受けて、彼女の親代わりとして世話をしている。

朱雀院は前斎宮の入内をじつに無念だと思ってはいるが、人聞きも悪いので、手紙を送ることもなくなっていた。しかし入内のその日になって、それはみごとな装束の数々、櫛《くし》など化粧道具の入った箱、身のまわりのものを入れる乱れ箱、香壺《こうご》の箱など、類いまれなるすばらしい品と、また幾種類もの薫物《たきもの》や薫衣香《くのえこう》などめったにないものを、百歩をすぎてもさらに遠くまで香るほど、入念に調合させて前斎宮に贈った。光君もそれを見るであろうことを前々から念頭に置いていたのか、いかにもとくべつな贈り物といったふうだ。ちょうど光君も前斎宮のいる六条邸に来ていたので、これこれでございますと女別当《にょべっとう》がそれらを見せた。櫛の箱のひとつを見ただけで、これ以上ないほど精巧で優美で、めったにないものであるとわかる。挿し櫛の箱につけられた飾りの枝に、紙が結んである。

別れ路《ぢ》に添へし小櫛《をぐし》をかことにてはるけき仲《なか》と神やいさめし

(伊勢にお旅立ちになる時に、二度とお帰りなさいますなとあなたの額に小櫛を挿したけれど、それを理由に、神は私たちを縁なき仲とお決めになったのか)

光君はこれを見つけ、ああやはり、と院の気持ちに思いめぐらせ、たいへん畏れ多く、また申し訳なくも思い、どうにもならない恋にばかり惹《ひ》かれる自分の心癖に顧みると、身につまされる思いである。前斎宮が伊勢に下る時、院はどのようなお気持ちだったのだろう、このように何年もたって前斎宮が帰京し、ようやくかつてのお心のままになさることができるというのに、お望み通りにいかず、弟である帝《みかど》(冷泉帝《れいぜいてい》)に入内してしまうことをどうお思いだろう。御譲位になり、ご身辺も静かになって、世を恨んでおられるだろうか、自分に同じことが起これば平静ではいられないだろう……と考え続けていると、同情の念が深くなり、どうして入内などと勝手なことを思い立って、心苦しくも院のお気持ちを悩ませるのだろう、須磨退居の時は恨めしく思い申したこともあったけれど、やはりやさしくて情け深いお心のお方なのに……と煩悶《はんもん》し、しばらくぼんやりとものの思いに沈んでいる。

「このご返歌はどうなさるのだろう。お手紙では、院はなんとお書きになっていましたか」と光君が訊《き》くと、女別当は返答に困り、院からの手紙は差し出せないでいる。

前斎宮は気分もすぐれず、返事をするのも気が進まない。「お返事申し上げないのも院のお気持ちを無にしてしまい、失礼でございます」と女房たちが説得しても聞き入れないと耳にして、「それはぜったいによくありません。ほんの少しでいいのですからお返事なさいませ」と光君も言った。そう言われて恥ずかしく思いながらも前斎宮は伊勢下向の時を思い出す。優美でうつくしい朱雀帝がひどく泣く様子を、なんとなくかわいそうに思いながら見ていた自分の幼い心が、まるで今のことのように感じられ、すると亡き母のことなど、次々と悲しく思い出される。ただ、

別るとてはるかに言ひし一言《ひとこと》もかへりてものは今ぞ悲しき

（はるか昔にお別れいたします時に「帰るな」と仰せになった一言も、こうして帰京してみますとかえって悲しく思えます）

とだけ、書かれていたでしょうか……。

お使いの者たちへの祝儀として、それぞれの身分にふさわしい品々を渡す。光君は前斎宮がどのような返事を書いたのか見たくてたまらないけれど、そうはとても言えなかった。

朱雀院は、女にしてみたいと思うほどうつくしいけれど、前斎宮も負けないほどで、実際似合いの二人なのである。冷泉帝はまだまだ幼いのに、どうして入内などと不自然なことをするのかと、前斎宮は不愉快に思っているかもしれない……などと、よけいな憶測までして光君は胸を痛めている。しかし今日になって思い留まることなどできないので、一事が万事しかるべき取りはからいを命じ、信頼している修理宰相《すりのさいしょう》にこまかいことまで指示して参内《さんだい》した。おもてだって親代わりだと思われるようなことはすまいと、院に気兼ねをして、ただの挨拶程度と見せかける。

母である六条御息所《ろくじょうのみやすどころ》の存命の時から、すぐれた女房の多い邸《やしき》なので、ふだんは実家にこもりがちだった女房たちも集まってきて、またとなく理想的な様子である。ああ、御息所が生きていらしたら、どんなにはりきってお世話なさっただろうと、亡き人の性分を光君は思い、自分とのとくべつな関係を抜きにして考えれば、だれもが惜しむべき人柄だった、なかなかあんな人はいない、教養の高さはすばらしかった……などと何かの折にふれ思い出すのだった。

藤壺の宮も宮中にいた。帝は、あたらしい妃《きさき》が入内すると聞いていたので、それはいじらしく気を遣っている。十三歳という年齢のわりにはずいぶんとしっかりして大人びている。藤壺の宮も、「このように立派な方が入内なさるのですから、しっかりしたお気持ちでお逢《あ》いになりますように」と言う。帝は心中で、年上の人はずいぶんと気詰まりだろうと思っている。前斎宮は夜がずいぶんと更けてから夜の御殿に参上した。たいそう慎み深い、おっとりとした人で、小柄で華奢《きやしや》な様子なので、帝はなんとすばらしい方だろうと思った。

権中納言《ごんちゆうなごん》（頭中将《とうのちゆうじよう》）の娘である、弘徽殿女御《こきでんのにようご》にはなじみがあるので、昔から帝は彼女を親しみ深くもかわいくも思い、また気兼ねもいらないのだが、この前斎宮は、人柄も女らしくて気後れするほどである。光君の彼女にたいする扱いも手厚くものものしいので、軽々しくはできないと思う。夜の宿泊は平等にしてはいるけれど、打ち解けた子ども同士の遊びのために、昼に出向いていくのは、自然と弘徽殿のほうが多くなる。権中納言は、望むところがあって娘である弘徽殿女御を入内させたのに、前斎宮も入内してきて、競い合うかのように仕えているのを、心中穏やかならぬ思いで見ている。

朱雀院はというと、あの櫛の箱の返事を見るにつけても、前斎宮をあきらめることができないでいる。その頃、光君が参上したので院はしんみりと話をする。話のついでに、斎宮の伊勢下向の時のことを、以前も話していたがまた今日も話し出し、しかしそのように思う気持ちがあったとはとても打ち明けられずにいる。光君も、院の気持ちを知っている素振りは見せずに、ただどう思っているのかを知りたくてあれこれと前斎宮の噂《うわさ》を口にするが、院の悲しそうな顔つきから、その気持ちがけっして浅いものではなかったと思えて、ひどく心が痛む。そこまで院がうつくしいと心に刻んでいる前斎宮の顔立ちを見てみたいものだと光君は思うけれど、かなわない願いなので、悔しくも思う。前斎宮には軽々しいところがまるでなく、かりそめにも子どもっぽい振る舞いがあれば、ちらりとでも姿を見せてしまうこともあるだろうけれど、ますます奥ゆかしくなっていくばかりなので、光君もあれこれと面倒をみているうちに、なんと理想的な人なのかと思っていた。

帝のそばには、こんなふうにほかの人の割りこむ余地もなくぴったりと二人の女性が仕えているので、兵部卿宮《ひょうぶきょうのみや》は自身の娘の入内についてきっぱりと決心できず、帝がご成人あそばしたらいくらなんでもお見捨てにはならないだろう、と時機を待っている。帝の二人の女君への寵愛《ちょうあい》はそれぞれに篤《あつ》く、互いに競い合うかのようである。

さて帝《みかど》は、何にもまして絵に興味を持っている。とくべつに好んでいるからか、自身もまたとなく上手に描くのである。斎宮女御《さいぐうのにょうご》（前斎宮）はじつにみごとに絵を描くので、帝はこちらに関心を持ち、しょっちゅう訪れてはいっしょに絵を描くようになった。若い殿上人《てんじょうびと》たちの中でも、絵を学ぶ者をことさら気に掛け、好ましく思っているほどなので、まして斎宮女御のようなうつくしい人が、絵心もゆたかに、型にはまらず自由に描き、優美な姿勢でものに寄りかかり、ああだろうかこうだろうかと筆を休めて思案している姿の、その愛らしさが深く心に染みいり、帝は俄然頻繁に斎宮女御の元に通うようになり、いっそう寵愛を深めたのである。それを権中納言《ごんちゅうなごん》が耳にして、いかにも意地っ張りの派手好きな性分から、この自分が人に負けてたまるものかとムキになり、名だたる絵師たちを集め、厳しく口止めをして、めったにないほどみごとな絵の数々を立派な紙に幾枚も描かせている。

「絵物語こそ、その意味がわかって、もっとも見応えがある」と言い、おもしろく、また趣きのある物語の場面ばかり選んでは描かせている。年中行事を描いた月次絵《つきなみえ》も、目新しい趣向で和歌を書き添えたものを帝に見せている。非常にみごとなできばえのものなので、帝が斎宮女御のところでもそれらを見ようとするが、権中納言はそうかんたんにはそれらを渡さず、どこまでも秘密にして、帝が斎宮女御のために絵を持ち出すのを惜しみ、手放すことをしない。光君はそれを聞き、

「まったく権中納言の大人げなさは、そうかんたんには変わらないなあ」と笑う。

「むやみやたらに隠して、帝がお気持ちよくご覧になれるようにはせず、お気持ちを焦らせたりするなんてけしからぬことです。私のところには古くから伝わった絵がたくさんございますから、差し上げましょう」と帝に伝え、二条院の古い絵も新しい絵も入っている厨子《ずし》を開けさせ、紫の上《むらさきのうえ》といっしょに、今風なのはそれとそれ、と選び出して揃《そろ》えた。長恨歌《ちょうごんか》や王昭君《おうしょうくん》などの絵は、おもしろくて心に染みいるが、縁起がいいとは言えないので、今回は差し上げるのはよそうと選り分けておいた。

あの須磨《すま》と明石《あかし》で描いた絵日記の箱も取り出させ、この機会に紫の上に見せた。あの時の事情を深くは知らず、今はじめて絵を見た人でも、少しでもものごとの機微をわかる人ならば、涙を抑えることが難しいほど心に響く絵である。ましてあの日々を忘れられず、あの頃の夢を見ているような悲しみを今も忘れない二人は、あらためて当時のことを悲しく思い出すのだった。今まで見せてくれなかったことの恨み言を紫の上は訴える。

「一人ゐて嘆きしよりは海士《あま》の住むかたをかくてぞ見るべかりける

（一人都で嘆いているよりは、あなたといっしょに海士の住む海辺の様子を私
　もこのように見ているべきでした）

そうすれば、不安だった気持ちも紛れたことと思います」と紫の上は言う。本当に
その通りだと思い、

　憂《う》きめ見しそのをりよりも今日《けふ》はまた過ぎにしかたにかへる涙か
（つらい思いをしていたあの頃にも増して、今日はまたこの絵を見て過ぎた日
　に立ち返り、涙がこぼれます）

藤壺《ふじつぼ》の宮だけにはぜひ見てもらわなくてはならないと光君は思う。出来のいい須磨と明石の一帖《じょう》ずつ、それぞれの浦の景色がしっかりと描けているものを選んでいると、あの明石の姫君とその母はどうしているのかと思わずにはいられない。

　こうした数々の絵を光君が集めていると聞き、権中納言はますます熱心に、軸や表紙や紐《ひも》飾りといった装飾を立派に整えた。三月の十日の頃なので、空も穏やかに晴れわたり、人々の気持ちものびやかで、何ということなく風情《ふぜい》のある時期である。宮中でもこれといった節会《せちえ》もないので、ただこうした絵を眺めて妃《きさき》たちも日々過ごしている。それならば帝にいっそうたのしんでもらえるような催しをして献上しようと光君は思いつき、なおさらに入念に集めはじめた。

かくして、斎宮女御のところでも弘徽殿女御《こきでんのにょうご》のところでもたくさんの絵が集められる。弘徽殿女御側の絵物語はこまかく描かれていて、親しみやすさでは勝っているが、梅壺《うめつぼ》の御方（斎宮女御）のところは、昔の物語で、名高く由緒ある絵が多い。弘徽殿方は今風の目新しい物語で、興味深い絵を選んで描かせたので、一見したところ垢抜《あかぬ》けてはなやかな点では、こちらのほうが断然勝っている。帝付きの女房たちも、絵をたしなむ者はみな、これはどう、あれはどうだと夢中になって評価し合っている。

藤壺の宮も宮中に参内している頃だったので、あれもこれも捨てがたく思い、勤行《つとめ》も怠って絵を眺めている。帝付きの女房たちがそれぞれ議論するのを聞き、左と右の二組に分けることを提案した。梅壺の御方を左として、平典侍《へいないしのすけ》、侍従内侍《じじゅうのないし》、少将命《しょうしょうのみょう》婦《ぶ》が入り、右の弘徽殿女御には、大弐典侍《だいにのないしのすけ》、中将命婦《ちゅうじょうのみょうぶ》、兵衛命婦《ひょうえのみょうぶ》が加わる。みな、諸芸に精通した人たちである。彼女たちが思い思いに論じ合う、その言い方をおもしろいと藤壺の宮は思い、まず、最初に作られた、物語の元祖というべき「竹取物語」と「宇津保《うつほ》物語」を取り上げて勝負を競う。

「なよ竹の節々《よよ》を重ねて古くから伝わる物語で、とくにおもしろい筋もないけれど、かぐや姫の、濁ったこの世にあっても汚れることなく、はるかに気位を高く持って天に昇った宿世《すくせ》は高潔で、神代《かみよ》のことのようですから、底の浅い女には想像もできない

でしょうね」と、左方が言えば、右方、

「かぐや姫の昇天したという雲居《くもい》は確かに私どもの及ばぬところなんだから、だれにもわからないでしょうよ。この世では、竹の中に生まれるという宿世なのだから、賤《いや》しい身分の人のことだと思いますね。翁《おきな》の一軒の家だけなら照らせたかもしれないけれど、宮中の畏れ多い帝の隣に后《きさき》として並ぶ御光とはなれなかった。かぐや姫に求婚した阿倍御主人《あべのみうし》が、千金を投げ打って、火をつけても燃えない『火鼠《ひねずみ》の皮衣』を手に入れたその思いも、あっという間に焼けた皮衣みたいに消えてしまって、あっけない。庫持《くらもち》の親王が、本当の蓬莱山《ほうらいやま》に行くのは無理だとわかっていながら、偽物《にせもの》を作って玉の枝に疵《きず》をつけた、そこがこの物語の欠点とします」と言う。

絵は巨勢相覧《こせのおうみ》という絵師によるもので、筆跡は紀貫之《きのつらゆき》である。紙屋紙《かんやがみ》に、唐《から》の綺《き》（錦に似て、それより薄い織物）を裏打ちし、表紙は赤紫、軸は紫檀《したん》と、表装はありふれている。

そして右方は、

「『宇津保物語』の俊蔭《としかげ》は、遣唐使として渡海中に激しい波風にさらわれ、見知らぬ異国に漂着したけれど、それでも最初に抱いた志を遂げて、ついには唐の朝廷にも我が国にも、すばらしい音楽の才を広く知らしめ、名を残しました。その昔の人の心を伝えるのに、絵の技術も唐と日本と両方取り入れて、工夫の多い点では、これに並ぶものがないでしょう」と言う。白い色紙、青い表紙に、黄の玉の軸である。絵は飛鳥《あすか》部常則《べのつねのり》、筆跡は小《お》野道風《ののみちかぜ》なので、斬新で洒落《しゃれ》ていて、目にもまばゆいほどである。これにたいして左方は反論できずにいる。

次に、「伊勢物語」と「正三位《じょうざんい》」とで競い合い、これも決着がつかない。これも、右方は目新しくはなやかな感じで、宮廷の光景をはじめとして近頃の世の中の有様を描いているのは、なかなかに見どころがある。左方の平典侍《へいないしのすけ》は、

「伊勢の海の深き心をたどらずてふりにし跡と波や消《け》つべき

（「伊勢物語」の海ほど深い本質を考えもせずに、ただ古びたものとけなし去っていいのですか）

ありふれた恋愛沙汰を、いいように飾り立てただけの物語に気圧《けお》されて、在原業平《ありわらのなりひら》の名前を無にしてしまっていいのですか」と、苦戦している。右方の大弐典侍は、

「雲の上《うへ》に思ひのぼれる心には千尋《ちひろ》の底もはるかにぞ見る

（宮中にまで上がった「正三位」の女君の高い志と比べたら、「伊勢物語」などはるかに低い海の底ですよ）」とやり返す。

藤壺の宮は、

「宮中に上がろうとした兵衛《ひょうえ》の大君《おおいきみ》の気位の高さは、たしかに捨てがたいけれど、業平の名前をおとしめることはできませんね」と言い、

みるめこそうらふりぬらめ年経《へ》にし伊勢をの海士《あま》の名をや沈めむ

（見た目には古びてしまっていても、年月を経てまだ語り継がれる「伊勢物語」の名を沈めてもいいのでしょうか）

こうした女同士の議論で、騒々しく言い合っているので、絵物語一巻に言葉を尽くしてもそれでも決着がつかない。絵の知識のない若女房たちは死ぬほど見たがっているけれど、帝付きの女房も藤壺の女房もほんの少しも見ることができない。それほど藤壺の宮はこの催しを内密なものとしている。

光君があらわれて、このようにみなが侃々諤々《かんかんがくがく》と言い争っているのに興味を覚え、「どうせなら帝の御前でこの勝負を決めましょう」と言い出した。こんなこともあろうかと、絵の中でもとくべつすばらしいものは選り分けて残しておいたが、あの須磨と明石の二巻も、考えるところがあってその中に加えておいた。権中納言も熱心さでは光君に引けをとっていない。この当時はこのように興ある絵物語や歌絵を集め整えることが天下の流行だったので、

「今さらあらためて描かせることはおもしろくない。ただ持っているものだけで競お

う」と光君は言うが、権中納言はこっそりと部屋を用意して絵師に描かせている。朱雀院《すざくいん》もこの評判を耳にして、梅壺に絵を譲っていた。一年に迎える数々の節会の際の、心に残る光景を、かつての絵師たちがそれぞれ描いた絵に、醍醐《だいご》天皇が手ずから詞書《ことばがき》を書き添えたものに加えて、院自身の在位中のことを描かせた絵である。その中に、以前梅壺が斎宮として伊勢に下った日の大極殿《だいごくでん》の儀式を描いたものがあった。深く心に残る日だったので、どのように描くべきかくわしく指示し、公茂《きんもち》に描かせたものがみごとな出来だったので、それを梅壺に贈ったのである。優美な透かし彫りの沈《じん》（香木）の箱に、同じようにうつくしい飾りの枝など、じつに目新しいものだ。便りはただ口上で、院の御所の殿上人である左近中将《さこんのちゆうじよう》を使いに送った。あの大極殿での斎宮の御輿《みこし》を寄せた場面を描いた神々しい絵に、

身こそかくしめの外《ほか》なれそのかみの心のうちを忘れしもせず

（我が身こそこうして今注連《しめ》の外――宮中の外にいますが、その昔、心の内に思ったことはけっして忘れません）

とだけ書いてある。返歌をしないのもたいそう畏れ多いので、なかなか詠みづらいけれど、下向のとき院にもらった櫛《くし》の端を少しだけ折って、

しめのうちは昔にあらぬここちして神代のことも今ぞ恋《こひ》しき

（注連の内――宮中はかってとまったく変わってしまった気がして、神に仕えた昔も今は恋しく思えます）

と梅壺は書いて、薄い藍色の、唐の紙に包んで送った。使いの者への祝儀などは、さりげないながらじつに優雅な品である。

院はこれを見て、限りなくせつなく思い、自身の御代を取り戻したいと思った。光君をも恨めしく思ったことだろう。しかしこれも、罪なき人に罪を負わせた過去の報いなのかもしれず……。

院の絵は、母である弘徽殿大后《こきでんのおおきさき》からも伝わって、弘徽殿女御《こきでんのにょうご》のほうにも多く集まっただろう。尚侍《ないしのかみ》の君（朧月夜《おぼろづきよ》）も、こうした絵の趣味はだれよりもすぐれていて、趣を凝らしたものを集めている。

何日と決めて、急なことのようだけれど、品よく風雅に、しかしおおごとにならないようにして、左方と右方の絵を帝《みかど》の御前に集めた。清涼殿《せいりようでん》の台盤所《だいばんどころ》（女房の控え所）に帝の御座所《おましどころ》をしつらえて、その北と南にそれぞれ左方、右方と分かれることとなった。殿上人《てんじようびと》は、後涼殿《こうろうでん》の簀子《すのこ》にそれぞれ応援したい右左と分かれて座る。左方は、絵を入れた紫檀《したん》の箱に、それをのせる蘇芳《すおう》の華足《けそく》、敷物には紫地の唐《から》の錦、華足に敷く打敷《うちしき》は薄紫の唐《から》の綺《き》である。女童《めのわらわ》が六人、赤い表着《うわぎ》に桜襲《さくらがさね》の汗衫《かざみ》、表着の下の袙《あこめ》には紅に藤襲《ふじがさね》の織物を着ている。見かけもしつらえも、並外れてすばらしい。右方は、沈の箱に浅香《せんこう》の下机、打敷は青地の高麗《こま》の錦、机の足の飾りの組糸を垂らし、華足の趣向もはなやかである。女童は、青色に柳の汗衫、山吹色の袙を着ている。みな、帝の御前に絵の箱を並べ据える。帝付きの女房たちは、左が前、右が後ろとそれぞれ応援する側と揃いの装束に身を包んで分かれている。

帝から呼ばれ、内大臣の光君と権中納言《ごんちゅうなごん》も参加する。その日は光君の弟、帥宮《そちのみや》も参内した。帥宮はじつにゆたかな趣味を持っている上、絵も好んでいるので、光君が内々で勧めたのだろうか、あらたまって呼び出されたのではなく、たまたま殿上にいたところ、帝から声をかけられて御前に参上したのである。彼がこの判定をすることとなった。じつにみごとに筆の限りを尽くした絵がたくさんある。帥宮もなかなか判定することができずにいる。例の、左方の春夏秋冬を描いた絵も、昔の名人たちが趣のある題材を選び、思うままのびのびと描いた作品は、たとえようもなくすばらしいのだが、しかし紙に描かれた絵は幅に限りがあって、山や川の悠々とした趣を充分にあらわし尽くせないところもある。一方右方の、ただ筆の巧みさや、絵師の趣向によって飾り立てられているだけの、今風で深みのない絵も、昔の絵に劣らずはなやかではあり、なるほどおもしろいと思える点ではかえって勝っていて、数々の論争の、今日は左右それぞれに思うことも多いのである。

朝餉《あさがれい》の間の障子を開けて藤壺《ふじつぼ》の宮も顔を出す。宮も絵には精通していると思うと、光君もこれはすばらしい機会だと思う。ところどころ帥宮の判定が心許《こころもと》ない時に、求められて意見を言っている光君も、まったく非の打ちどころがない。判定つきがたく、夜になる。

左方の梅壺女御《うめつぼのにょうご》から、最後の一番に須磨《すま》の巻が出される。それには権中納言も平静ではいられない。弘徽殿女御の右方も用心して、最後の巻にはとっておきのすばらしいものを選んでおいたのだが、光君のようにすぐれた描き手の、心の限り、思い澄まして心静かに描いたものとは比べものになるはずもない。帥宮をはじめとして、だれもが涙を禁じ得ない。あの当時、この場にいる人々が悲しい、いたわしいと思い描いていたよりも、光君の住まいの様子や、その時考えていたことなどが、まるで今、目にしているかのようにはっきりとわかる。そのあたり一帯の景色や、見知らぬ浜辺、磯の様子を残すところなく描きあらわしている。草体にひらがなをところどころまぜて、正式な漢文のくわしい日記ではなく、心に染みる歌もまじっているので、残りの巻まで見たくなる。だれもうほかのことは念頭になく、たくさんの絵にたいする興味はこの須磨の巻にすっかり移ってしまい、みなそのみごとさに感嘆している。何もかもこの巻に吹き飛ばされるようにして、左方の勝利となった。

夜明けが近くなるにつれ、いろいろな思いがこみ上げてきて、盃《さかずき》を傾ける光君は昔話をつらつらと話しはじめる。

「幼い時から学問に身を入れていましたが、少しは見込みがあるとお思いになったのか、父院が、『学問というものは、世間であまりに重んずるからだろうか、学問に秀でた人が、長寿と幸福の両方を手に入れるのはずいぶん難しいことのようだ。身分高く生まれ、学問などしなくとも人に劣るはずはないのだから、あながちこの道に深入りせぬようにしなさい』とそうおっしゃって、本格的な学問以外の諸芸をも教えてくださいましたが、出来が悪いということもなく、しかしとりたててとくべつに得意なものもありませんでした。絵を描くことだけは、不思議だけれど、とりとめもないことなのに、どうしたら満足のいくように描くことができるだろうと幾度も思ってきました。それが、思いがけなく山賤《やまがつ》の身となって、各地の海の深い趣をこの目で見て、絵画の奥深さを極めたような気がしたのですが、それでも筆の力には限りがあるので、心のままにはうまく描けなかったと思っていました。こういう機会でもなければご覧に入れることはなかったのですが……。度を越した熱中ぶりだと後々噂になるだろうか」と帥宮に言う。

「どんな学問、芸術も、その気がなければ習得できるものではありませんが、それぞれの道に師匠がおり、学ぶ過程がしっかりとあれば、深さ浅さはともかくも自然と結果は得られるに違いありません。書画の道と碁を打つことだけは、不思議と生まれ持った才気の差がはっきりとして、深く学んでいるとは思えない愚か者でも、才気があれば描けることも打てることもありましょう。名門の子弟のなかには、やはり抜きん出た人がいて、何ごとでもこの才気のままに習得してしまうようです。故院の元で、親王、内親王たちのどなたも、さまざまな芸能をお習いにならなかったお方はございません。その中でもあなたは格段に熱心にお習いになり、その伝授をご習得になった甲斐《かい》があって文才は言うに及ばず、そのほかのことでは、七絃《しちげん》の琴《きん》をお弾きになることにもっともすぐれておられ、それから横笛、琵琶《びわ》、箏《そう》の琴《こと》も次々に習得なさったと故院もおっしゃっていました。世間の人もそう思っておりますが、絵はやはり筆のついでに、ちょっとしたお遊びでお描きになるご趣味と思っていましたのに、このように思いがけないほど、昔の墨書きの名人たちも跡をくらまして逃げそうなくらいお上手なのは、かえってけしからぬことですよ」と、帥宮は酔っ払って言い、しまいには泣きながら故院のことを話しはじめ、みな涙に暮れた。

三月二十日あまりの月が上り、こちらにはまだ光が届かないけれど、空一面がうつくしい頃なので、書司《ふみづかさ》の琴を持ってこさせ、和琴《わごん》は権中納言が引き受ける。光君がすぐれているとはいうが、この権中納言も人よりすぐれてみごとに弾く。帥宮は箏の琴、光君は琴《きん》、琵琶は少将命婦《しょうしょうのみょうぶ》が弾く。殿上人の中から音楽にすぐれている者を呼び出して拍子を取らせる。なんともいえずみごとである。夜が明けてくると、花の色も人の顔もぼんやりと見えてきて、鳥もさえずりはじめ、心も晴れ晴れとしてすばらしい朝ぼらけである。下賜品の数々は藤壺の中宮が用意した。帥宮は、それとはべつに帝から御衣《おんぞ》を与えられた。この当時は、人々はこの絵の評定に熱中し、もちきりになる。「あの浦々の巻を、どうぞお納めください」と光君に言われ、藤壺の宮は、この巻のはじめの部分や、残りのものも見たいと思うけれど、「いずれまた、順々に」と光君は言う。帝も満足そうにしているのを、光君はうれしく思う。

こうした些細《ささい》なことでも、光君は斎宮女御《さいぐうのにょうご》を引き立ててしまうので、権中納言は、やはり娘の弘徽殿女御は斎宮女御の世評に圧《お》されてしまうのではないかと気が気ではないようだ。それでも、帝の気持ちはもともと弘徽殿女御に深くなじんでいるし、勝負の後もその寵愛が変わらないことを権中納言はこっそりと確信して安心し、「いくらなんでもお見捨てにはなるまい」と思うのだった。

数々の正式な節会《せちえ》にも、「この帝の御時からはじまったと、後世の人が言い伝えるような事例を加えよう」と光君は考え、私的なこうしたたわいもない遊びも、珍しい趣向で催して、すばらしい盛栄の御代である。

しかしながら光君はこのような時にあっても、この世は無常だと思い、「帝がもう少し大人になられたのをお見届け申したら、やはりこの世を逃れて出家しよう」と深く心に決めているようである。

「昔の例を見聞きしても、若くして高位高官にのぼり、世間に抜きん出た人は、長生きはできないものだ。今の御代では、地位も人望も私には身の程に過ぎるほどになってしまった。途中で一度、苦境に沈んだ苦しみの代償として、今こうして生きながらえているのだ。今後も栄華が続くのならば、やはり長くは生きられまい……静かに引きこもって、後世のための勤行《ごんぎょう》に励んで、そして長生きもしよう」と思い、山里の静かな地所を手に入れ、御堂《みどう》を作らせた。本尊や経巻の準備も同時にするようだが、まだ幼少の子どもたちをたいせつに育てたいという思いもあり、今の今現世を捨て去るのは難しそうである。いったいどうするつもりであるのか、どうもわかりかねます……。

松《まつ》風《かぜ》

明石の女君、いよいよ京へ

明石から大堰へと移っても、二条院へ移るのを女君はためらっているとか。
けれど光君は、幼い姫君を引き取りたいに違いありません。

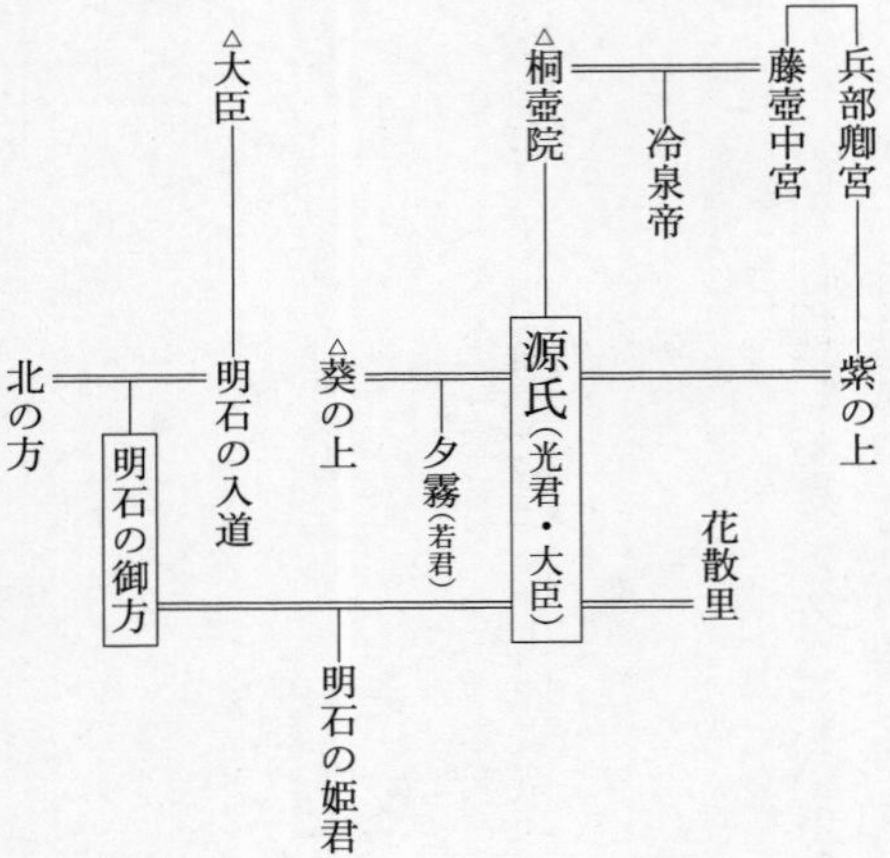
兵部卿宮
藤壺中宮
冷泉帝
△桐壺院
△大臣
紫の上
源氏（光君・大臣）
夕霧（若君）
△葵の上
明石の入道
北の方
花散里
明石の御方
明石の姫君

＊登場人物系図
△は故人

二条院の、東の院も立派に造営し、花散里《はなちるさと》の君を移り住まわせることとなった。西の対《たい》とは渡殿《わたどの》をかけて、政所《まんどころ》、家司《けいし》などの詰め所もそれぞれきちんと設けさせる。東の対は、明石《あかし》の御方の住まいに予定している。北の対はとくに広く造営させ、いっときにせよ愛を交わし、哀れに思い、行く先々のことまで約束し、光君《ひかるきみ》を頼りにしている女たちがいっしょに住めるように部屋ごとに仕切りを設けてある。いかにも好ましいみごとな部屋で、隅々まで行き届いている。寝殿は空けておき、自身が時々やってきた折に休めるようにして、それにふさわしい設備をしつらえた。

明石にはたえず便りを送り、もう心を決めて上京するようにと伝えているが、御方は、やはり自身の身の程をわきまえていて、思い悩んでいる。

自分とは比べものにならないほど高い身分の女性たちでさえ、きっぱりと離れてしまうわけでもないのに光君に冷たくされて、悩みが増えるようだと噂《うわさ》で聞こえてくる。

まして自分など何ほどでもない者が、どうしてそんな方々の中に出ていくことができよう。きっとこの姫君の不名誉になるような、人並みでもない身分を人に知られるだけだろう。たまにちょっとお顔を出してくださるのを待つだけのことで、もの笑いのたねになるようなことがどれほど多いか……。かといって、このような田舎にお生まれになって、姫君が人並みの扱いもお受けになれないのも、あまりにもお気の毒ではある……。と悩み、光君の申し出を恨みがましく断ることもできずにいる。入道と母君も、なるほどそういうものかもしれないと案じ、二人ともかえって悩みは深くなった。

昔、母君の祖父で中務宮《なかつかさのみや》という人が領有していたところが、大堰川《おおい》のあたりにあったのだが、その後しっかりと相続する人もおらず、長年荒れ果てていることを思い出して、中務宮の存命中から引き続き管理人をしている者を呼び出し、入道は相談を持ちかける。

「現世をもうこれまでと見切りをつけて、このようなところに落ちぶれることになったが、年をとって思いがけないことが起きて、あらためて都の住処《すみか》をさがしているのだが、いきなりはなやかな人の中に出ていくのは居心地《いごこち》も悪いだろうし、田舎暮らしに慣れた娘も落ち着かなかろう。昔の家をさがして住まわせようと考えている。必要なものはこちらから送ろう。修理をして、ひと通り人が住めるように手入れをしてもらえまいか」と入道は持ちかける。

「今まで何年も所有する方もいらっしゃらず、ひどく荒れ果てた藪《やぶ》になっておりますので、私は下屋《しもや》を手入れして住んでおりますが、この春から源氏の大臣殿《おとど》が造営なさっている御堂《みどう》が近いものですから、あのあたりはもの騒がしくなっております。壮大な御堂の数々を建てて、多くの人が造営にかかっているようです。閑静なお住まいをお望みでしたら、お勧めできませんが」と管理人が言う。

「いや、そのことだが、その大臣殿のお力にお頼りしよう、と思うところもあるのだ。そのうちだんだんと家の内部は整えよう。まず急いでおおかたの手入れをしておいてほしい」

「私自身の所有するところではございませんが、ほかにご相続なさる方もいらっしゃいませんので、ひっそりした住まいに慣れて、長年静かに暮らしていたのです。敷地内の田畑などはずいぶん荒れていましたので、亡くなった民部大輔《みんぶのたいふ》にお願いしてお下げ渡していただきまして、しかるべきお礼をお納めして、耕作しているのです」と、そのあたりのものを取り上げられないか不安に思って、髭《ひげ》もじゃの小憎らしい顔で、鼻を赤くし、口をとがらせて言うので、

「その田畑などというようなものはどうでもいい。今まで通りに耕していたらよかろう。証文などはこちらにあるけれど、俗世のすべてを捨てた身なので、長年どうなっているかも調べていないが、そうしたことも近々きちんと処置しよう」と、入道が源氏の大臣殿と関係のありそうな様子をにおわせるので、管理人は厄介なことになったと思い、その後、入道から費用などをたくさん受け取って急いで家を修理した。

光君は、入道がこのようなことを考えているなどとは知りもせず、上京をなかなか承諾しないのを不審に思う。姫君がそのような田舎にものさみしく暮らしているのを、後に人が噂するようになったら、母君の素性に加えさらに一段と人聞きも悪く、姫君の疵《きず》となってしまう、と思っていたところに、大堰《おおい》の邸《やしき》の手入れを終えた入道から、これこれの領地があることを思い出しましたと申し出があった。京の人たちの中に出てくるのを嫌がってばかりいたのは、そう思っていたのだったか、と光君も納得した。なかなかたいした配慮であると光君は感心する。

惟光朝臣《これみつのあそん》であるが、例によって人目を忍ぶ恋の道には、いつとなくかかわってくる者なので、このたびも大堰に遣わせ、しかるべきようにあちこちの支度などをさせた。

「周囲は景色もよく、あの明石の海辺を思い出させるようなところでございました」と報告するので、明石の御方にはふさわしくないところではなさそうだと光君は思う。

光君が造らせている御堂は、嵯峨《さが》の大覚寺《だいかくじ》の南にあたり、流れ落ちる滝の見える滝殿などの趣向は、大覚寺に劣らず風情《ふぜい》ある寺だ。大堰の邸は川べりにあり、それはみごとな松の木陰に無造作に建ててある寝殿の簡素な造りも、自然と山荘のような情趣に富んでいる。光君は室内の調度にまで気を配った。

光君は親しい家臣をごく内密に明石に遣わせる。もう逃れようのない御方は、いよいよ上京するのだと思うが、長年過ごしてきた明石を離れるのも名残《なごり》惜しく、父入道が心細げにひとり残ることを思うと心乱れ、何もかもが悲しく思える。どうしてこう心をすり減らすようなことばかりの身の上なのか、光君と露ほどもかかわりを持たない人がうらやましいと御方は思う。両親も、光君からのお迎えで上京するという幸運は、寝ても覚めても願ってきた長年の本望がかなったのだと心からよろこんではいるが、これから会えずに過ごすつらさがたえがたく悲しく、夜も昼もぼんやりし、「そうなると、姫君とはもうお目に掛かれなくなるのか」と、入道は同じことばかり言い続けている。

母君もひどくせつない思いでいる。何年ものあいだ、夫の入道とは同じところには住まず、別々に暮らしていたし、まして娘もいなくなってしまうのなら、いったいだれのために明石に残ろうというのか。けれども、ただかりそめに契りを交わした程度の浅い関係であっても、幾度も逢《あ》って慣れ親しめば、別れの悲しみはひと通りではないだろうに、ましてや、偏屈そうな坊主頭や、その気性こそ頼りになりそうにないけれど、それはそれとして、この明石を終《つい》の住処《すみか》として、いつか命が終わるまではと思ってともに過ごしてきたのに、あわただしく別れて離れてしまうのも心細いのである。田舎暮らしに鬱々としていた若い女房たちは、京に行くのはうれしくもあるものの、忘れがたい浜辺の景色を前に、もう二度と帰ってはこられないだろうと、打ち寄せる波と涙で袖を濡《ぬ》らしている。

季節は秋で、よりいっそうしみじみとしたもの悲しさが募るようである。出発という日の明け方、秋の風が涼しく吹き、虫の音もせわしげに響く中、御方が海のほうを眺めていると、入道がいつもの後夜《ごや》（勤行）の時刻より早くに起きて、洟《はな》をすすりながらお勤めをしている。

めでたい門出を祝って縁起の悪い言葉は使わないようにしているが、だれも彼も涙をこらえきれない。姫君は、それはそれはかわいらしく、入道には夜に光るという玉のように思えて、たいせつに扱ってきたのだが、姫君もまたなついてそばにつきまとっている、その気持ちもいとしく思える。このように常人とは異なった出家の身を縁起でもないと思いながらも、かたときも姫君を見ることもできなくなれば、どうして暮らしていけようと涙を流す。

「行《ゆ》くさきをはるかに祈る別れ路《ぢ》に堪《た》へぬは老《おい》の涙なりけり

（姫君の遠い旅路とはるか未来を祈る別れの時に、こらえきれないのはこの老人の涙です）

まことに縁起でもない」と言い、入道は目を押し拭って涙を隠す。母尼君は、

もろともに都は出《い》できこのたびやひとり野中の道にまどはむ

（かつてはあなたといっしょに都を出てきましたが、今度の旅は私ひとりで、野中の道できっと途方に暮れるでしょう）

と泣き出すが、それも無理はない。今まで夫婦として連れ添ってきた長い年月を思えば、あてになるのかわからない光君の心を頼りに、一度は捨てた俗世に帰っていくのも、考えてみれば不安である。御方は、

「いきてまたあひ見むことをいつとてか限りも知らぬ世をば頼まむ

（生きてふたたび父君にいつ会えるかと、命の限りもわからない世をあてにするのでしょうか）

せめて都までごいっしょに……」と入道を熱心に誘うが、あれこれと理由を挙げて、そうはできない旨を言いながらも、さすがに旅の道中が気掛かりの様子である。

「この世のことをあきらめるようになった最初は、播磨守《はりまのかみ》としてこんな田舎に覚悟を決めて下った時ですが、それはただあなたという娘のため、思い通り明け暮れのお世話も充分にできるだろうと思い、決意したのです。けれど、我が身の不運を思い知らされることが多く、志を遂げることができなかったのです。だからといって今さら都に帰って、うだつの上がらない元の受領《ずりよう》に戻っても、貧しい家の荒れ果てた状態を立てなおすことなどできないのだから、公私につけて笑われ者の名を広め、亡き親の名を辱めるだけでしょう。そんなことはしたくないので、都には帰らず出家を決意した次第です。それで、地方に赴任したことがそのまま出家の門出となったのだと、人にも思われるようになったのですが、出家についてはよくすっぱり決心したとは思います。けれど、あなたがようやく大人になられて、分別もおつきになってくると、どうしてこんなつまらない田舎にうつくしい錦を隠さなければならないのかと、愚かな親の心の闇は晴れることなく、嘆き続けていたのです。神仏をお頼り申して、たとえ今はこうであっても、こんな不運な私に引きずられて、あなたが山賤《やまがつ》の庵《いおり》で一生を送られることはあるまい、そう思う自分の心ひとつを頼りにしていたところ、思いもよらずうれしいできごとの数々が起きまして……。それなのにかえって我が身の程をあれやこれやと悲しく思い嘆いていましたが、姫君がこうしてお生まれになられた御宿縁のたのもしさを思うと、このような浜で月日をお過ごしになるのはかたじけない、格別の運命をお持ちになっているのですから。これからお目に掛かれない悲しみは静めようもありませんが、私は永遠にこの世を捨てた気持ちでおります。あなたと姫君は、世の中をお照らしになる運命をお持ちなのです。ほんの少し、この田舎者の心をお乱しになるというだけの因縁があったのでしょう。天上界に生まれる人でもおそろしい三つの道に墜《お》ちると言います、そのいっときの苦しみだと思って、今日は永久のお別れを申し上げます。私の命が尽きたとお聞きになりましても後の法要などはお気にかけたりなさいませんよう。逃れがたいこの世の別れにお心を動かしませんよう」と突き放すように言いながら、

「茶毘《だび》に付されて煙となる夕べまで、やはり未練がましく、姫君の将来を、日に六度の勤めの際にともにお祈りすることになるでしょう」と、ここでもうべそをかいている。

車をたくさん連ねるのも大げさであるし、分けていくのも面倒である。迎えの家臣たちもできるだけ目立たないようにと指示されていたので、こっそりと船で行くことにした。辰《たつ》の時刻（午前八時頃）に船出をする。昔の人が「ほのぼのと明石の浦の朝霧に島隠れゆく舟をしぞ思ふ（古今集／ほんのりと明るくなる明石の浦に立ちこめる

朝霧に、島の陰に消えていく舟を思う)」と詠んだ朝霧の中に船が遠ざかっていくにつれ、入道は悲しみに打ちひしがれて、悟りの境地に居続けることもできそうになく、たましいが抜けたようにぼんやり彼方を見つめている。尼君は、今まで長い年月をこの地で過ごしてきて、今まさに京に帰ると思うと感無量になり、泣き出してしまう。

かの岸に心寄りにし海士船《あまぶね》のそむきしかたに漕《こ》ぎ帰《かへ》るかな

(彼岸に心を寄せていた尼の私が、捨てた世のほうに漕ぎ帰ることになるとは)

明石の御方、

いくかへり行《ゆ》きかふ秋を過ぐしつつ浮木《うきき》に乗りてわれ帰《かへ》るらむ

(幾度も去ってはまた来る秋をこの明石で過ごしてきましたが、今さら浮き木のような頼りない船に乗って都へ帰っていくのでしょうか)

順風が吹き、予定していた日ちょうどに京に着いた。人目につかぬようにという心づもりがあるので、道中もかんたんな装いである。大堰の邸の様子は風情があり、長年過ごしてきた明石の海辺に似ているので、引っ越したような気もしない。祖父の中務宮《つかさのみや》がいた昔の頃が思い出されて、しみじみと胸に染みることが多い。あらたに増築した廊《ろう》は立派な外観で、庭の遣水《やりみず》も工夫を凝らしてある。まだ手入れは充分に行き届いていないが、住んでしまえばこのままで間に合いそうである。

光君は親しい家司《けいし》に命じて、無事の到着を祝う宴の用意をさせる。光君自身はいつ訪ねていくか、その口実を考えているうちに日が過ぎた。

上京したものの、光君の訪問もないままかえってもの思いにふけることが多く、また捨ててきた明石の家も恋しくなり、することもない所在のなさに、明石の御方はあの別れの時に光君から形見として受け取った琴《きん》を掻《か》き鳴らしている。折しも秋、さみしさにたえかねて、ひとけのない自室にこもり、くつろいで少し弾いていると、松風がその響きに、決まり悪くなるほどぴったりと合わせて吹いている。尼君はもの悲しい面持ちで横たわっていたが、起き上がり、

身をかへてひとり帰《かへ》れる山里に聞きしに似たる松風ぞ吹く

（昔とはすっかり変わって尼の身となり帰ってきた山里に、かつて聞いたことのあるような松風が吹いています）

明石の御方は、

故里《ふるさと》に見し世の友を恋《こ》ひわびてさへづることを誰《たれ》か分くらむ

（故郷の親しい友が恋しくて弾く琴の音を、都のだれが琴の音と聴き分けてくれるでしょうか）

このように頼りない気持ちで日々を暮らしている。光君はだんだん落ち着いていられなくなり、もはや人目を憚《はばか》ることもせずに大堰に向かうことにした。紫の上《むらさきうえ》には、こういう次第だとはっきりと知らせてはいなかったが、いつものように、ほかから耳にしてしまってはまずいと思い、あらかじめ断りを入れる。

「桂《かつら》に用事があるのだが、いやもう、思いのほか日にちが過ぎてしまってね。訪ねると約束した人までが、あのあたりの近くまで来て待っているそうなので、気の毒でね。嵯峨野《さがの》の御堂にも、まだ飾り付けをしていない仏の手入れをしなければならないから、二、三日はそちらに行っているよ」

紫の上は、光君が桂の院というところをにわかに造らせていると聞き、そこに例の女君を住まわせることになったのかと思い、おもしろくはない。「森で碁を打つ童子たちを夢中で見ていた木こりが、ふと気づくと、斧《おの》の柄が朽ちていたという昔話がありますね。あなたも、斧の柄が朽ちてしまうほどの長いあいだ、あちらに行ったきりになるのでしょうか。待ち遠しいこと」と、不満を隠さない。またいつも通り、面倒な拗《す》ね方をして。かつて忍び歩きをしていた頃とはすっかり人が変わったようだと世間の人も噂しているのに……と思いながら、何やかやと機嫌をとっているうちに日も高くなった。

ひっそりと、先払いも親しい者だけで、用心を重ねて出かけていった。夕暮れ時に大堰に着く。明石で狩衣《かりぎぬ》に身なりをやつしていた時ですら、この世のものとは思えないほどうつくしかったのに、まして久しぶりの再会のためにきちんと身なりを整えた光君の直衣《のうし》姿は、この上もなく端麗でまばゆいほどで、悲しみに閉ざされていた子を思う御方の心の闇も晴れていくようだ。光君ははじめての対面に感激して、姫君を見ていてもどうして平静でいられるだろう。今まで会えなかった年月さえひどく後悔するほどである。葵《あおい》の上《うえ》の産んだ若君を、いかにもうつくしいと世間ではもてはやしているけれど、やはり時勢におもねってはじめから色眼鏡で見ているからだろう、こんなふうに抜きん出た人は幼い時からはっきりわかるものだ、と、にっこり笑う姫君の、あどけなく、愛敬にあふれてつややかな顔を、なんとかわいらしいのだろうと思う。乳母《めのと》の、明石に下った時はやつれていた容姿が今は一段とうつくしくなり、ここ幾月かのできごとを親しげに話すのを感慨深く聞き、あの塩焼く小屋のそばで暮らしていた日々のことをねぎらうのだった。

「ここ大堰もずいぶん人里離れていて、訪ねてくるのも難しいから、やはりかねてから私の考えているところにお移りなさい」と光君は言うが、

「まだとても都に慣れませんので、もうしばらくは……」と御方が答えるのも無理は

ない。その一夜、あれこれと愛を語り、将来を約束して明かした。

光君は、修繕しなければならないところを、管理人や、新たに任命した家司に命じる。桂の院に光君が来ると耳にして、付近の光君の荘園に仕える者たちが院に集まっていたが、みな大堰の邸を訪ねてきた。庭の草木が折れているのを彼らに手入れさせる。

「そこここの立石もみな転がってなくなってしまっているが、見映えよく置きなおせば、風情のある庭になりそうだ。しかしこうした仮の住まいにわざわざ手入れするのもつまらないものだ。そうしたところでいつまでも住むわけにはいかないのだから、去る時は去りがたくなるし、執着も残る。そのつらさは私も明石で味わった」と、過去のことも口をついて出て、泣いたり笑ったり、打ち解けて話す様子はじつに魅力的である。のぞき見ていた尼君は、老いも忘れ、ずっと悶々《もんもん》としていた心も晴れる思いがして、つい笑顔になっている。

東の渡殿の下から流れる遣水をなおさせるということで、じつに優美な袿《うちき》姿でくつろいでいる光君を、尼君はなんとすばらしいお姿かとうれしく見ていると、光君は仏前に供える閼伽《あか》の道具があるのに気づく。

「尼君もこちらにおいでですか。ひどくだらしない恰好《かっこう》でおりまして」と、直衣を取

り寄せて身にまとう。几帳《きちょう》に近づき、

「申し分なく姫君をお育てくださったことを思いますと、心をこめて勤行《ごんぎょう》なさったおかげだとありがたく思います。すっぱりと俗世を離れていらしたお住まいを捨てて、この憂き世にお帰りになったお心は並大抵のものではないと思います。また明石には入道がお残りになってどんなに案じておられるかと、胸が痛みます」と親しげに語りかける。

「一度は捨てた俗世に今さらながら帰ってきまして、思い悩んでおります気持ちをそのようにお察しくださるだけで、長生きした甲斐《かい》もあったとうれしく思います」と尼君は泣きながら言い、「荒磯《あらいそ》の田舎にお育ちになるのではあまりにもおいたわしいと思っておりました幼い姫君も、今はもう将来も安泰とお祝い申しておりますが、母の素性の浅い根ざしのゆえにどうなりますかといろいろ悩みは尽きません」と続ける様子は、さすがにたしなみの程が感じられ、昔話に、かつて中務宮がここに住んでいた時のことなどを尼君に語らせていると、手入れのすんだ遣水の音が何か言葉を挟むように聞こえてくる。

住み馴《な》れし人はかへりてたどれども清水《しみづ》ぞ宿のあるじがほなる

（かつてここに住み馴れていた私は帰って——かえって昔のことを思い出しか

ねていますが、遣水は主人顔《あるじがお》で昔のままの音を立てています）

さりげなく途中で声をひそめる尼君の歌を、優雅でたしなみがあると光君は聞く。

「いさらゐははやくのことも忘れじをもとのあるじや面《おも》がはりせる

（遣水は昔のことを忘れてはいないだろうけれど、元の主人が尼になり、様変わりしてしまったので、主人顔もできるのだろう）

さみしいですね」と嘆息して立ち上がるその姿は光を放つかのようで、尼君は類いまれなるお姿だと思わず感じ入る。

光君は嵯峨野の御堂に行き、毎月十四、十五日、月末の日に行うことになっている普賢講《ふげんこう》、阿弥陀《あみだ》、釈迦《しやか》の念仏三昧《ねんぶつざんまい》はいうまでもなく、ほかにも多くの仏事をつけ加え、営むべきことなどを定め置く。御堂の装飾や仏具のことについては人々にお触れを出して命じている。月の明るく照らす中、光君は大堰に戻った。

御方は、光君が明石の夜をちょうど思い出している時を逃さず、あの琴《きん》を差し出した。なんとなくものさみしく思っていた光君はじっとしていられずに琴を受け取り、掻き鳴らす。あの時と絃《げん》の調子も同じままで、光君は昔に戻り、今がその夜であるかのような錯覚を抱く。

契《ちぎ》りしにかはらぬ琴《こと》の調べにて絶えぬ心のほどは知りきや

（約束した通りに今も変わらないこの琴の調べで、あなたを思い続けてきた私の心の深さはわかったでしょう）

女は、

かはらじと契りしことを頼みにて松の響きに音《ね》を添へしかな

（心変わりはしないというお約束の言葉と琴を頼りにして、松風の響きに琴の音を合わせて泣いておりました）

と歌を返すその様も光君と不釣り合いではないのは、まったく身の程を過ぎた幸せと言っていいでしょうね。

以前よりずっと女らしく成熟し、うつくしくなった顔立ちや物腰に、見捨てていけそうになく、幼い姫君は姫君で、いつまで見ていても見飽きることがない。どうしたものか、このまま日陰の身として育つのでは、あまりにも気の毒だしもったいない、二条院に連れてきて心ゆくまでたいせつに育てたら、将来、人に何か言われることもないだろう、と思うけれど、一方では、御方がどう思うかと考えるとそれもかわいそうで、言い出すことができず、光君は涙ぐんで姫君を見つめている。幼心にも少し恥ずかしがっていた姫君は、だんだん打ち解けてきて、何か言っては笑ったりしているのを見るにつけ、いよいよ輝くようにうつくしい。光君が姫君を抱いている様子はいかにも立派で、この父を持つ姫君の宿縁のすばらしさを思わずにはいられないほど。

翌日は京へ戻る日なので、光君は少し寝過ごして、そのまま邸から帰るはずだったのだが、桂の院に多くの人が押しかけてきていて、ここ大堰にもたくさんの殿上人《てんじょうびと》が迎えにきている。光君は装束に袖を通しながら、

「まったくみっともないことだ、こんなふうにわざわざ見つけ出されるような隠れ家でもないのに」と、人々の騒がしさに急《せ》き立てられるようにして邸を出る。御方のことが気に掛かり、何気ないふうを装って立ち止まると、戸口に姫君を抱いた乳母があらわれる。姫君がかわいらしくてならないといった面持ちで光君はその頭を撫《な》で、

「これから会わずにいたらどんなにつらいだろう。今まで放っておいたのだから、我ながら勝手だけれど。どうすればいいだろう。ここはずいぶん遠い」と言う。

「今まで遠く離れてお目に掛かるのをあきらめていたこの何年よりも、これからのお扱いがどうなるのかはっきりしませんのが心配です」と乳母。

姫君が手を差し出して、立っている光君に抱かれようとするので、光君は膝をつき、

「不思議だよ、なぜこんなにも気苦労が絶えない身の上なのか……。しばしの別れもつらいものだ。母君はどうした、なぜいっしょに出てきて別れを惜しまないのか。そうしてくれたら安心なのに」と言うので、乳母は笑い、御方にこれこれですと伝える。

御方は、久しぶりの逢瀬《おうせ》にかえって気持ちが乱れて伏せっていて、すぐに起き上がることもできない。それを光君は、あまりにも上品ぶっていると思う。女房たちもやきもきしているので、御方はしぶしぶいざり出てくるが、几帳に半ば姿を隠しているその横顔は、はっとするほど優美で気品にあふれている。しなやかな身のこなしは、皇女《ひめみこ》のひとりと言っても不足はないほど。光君は帷子《かたびら》を引き上げて、親しく話しかけようと、しばらくふり返って見ていると、御方はあれほど気持ちを抑えていたのに、さすがに見送りをしている。光君はうつくしさの盛りである。以前は背ばかりすらりとしていたが、その背と釣り合うほどにちょうどよく肉が付き、貫禄があるとはまさにこうした姿を言うのだろう。指貫《さしぬき》の裾に至るまでしっとりとうつくしく、こぼれ落ちるほどの魅力にあふれている……などと御方は思うが、それはあまりにもひいき目というもの。

あの当時解任されていた蔵人《くろうど》（伊予介《いよのすけ》の子）も今は復職していた。靫負《ゆげい》の尉《じょう》として、今年五位に叙せられている。昔とは打って変わって晴れやかな顔で光君の太刀《たち》を受け取りに近づいてくる。知り合いの女房の姿を簾《すだれ》越しに見つけて、

「あの頃のことを忘れたわけではございません、畏れ多いのでご遠慮しておりました。明石の浦風を思い出しました今朝の寝覚めの折にも、お手紙を差し上げる手立てもご

ざいませんで……」と気取って言う。すると女房は、

「『白雲の八重《やへ》立つ』この山里は、明石の浦の『島がくれ』にも劣らずさみしいところですから、どなたも『松も昔の友』ではないと途方に暮れておりました。昔をお忘れにならない方もいらしたとは、心強いです」と、

「白雲の絶えずたなびく峰にだに住めば住みぬる世にこそありけれ（古今集／白雲がたなびくこんなに遠い山の峰でさえ住めば住める、それが世の中）」

「ほのぼのと明石の浦の朝霧に島隠れゆく舟をしぞ思ふ（古今集／ほんのりと明るくなる明石の浦に立ちこめる朝露に、島の陰に消えていく舟を思う）」

「誰をかも知る人にせむ高砂《たかさご》の松も昔の友ならなくに（古今集／だれを友とすればいいのか、長寿で知られる高砂の松さえ昔からの友ではないのに）」

　これらの歌を踏まえて返してくるので、これはまいった、と靫負の尉は思う。この女を気に入っていたのだが……と興ざめの思いになるが、「いずれ、改めまして」ときっぱりとあきらめて光君の元に戻る。

　身なりを整え、じつにものものしく光君が歩き出すと、お供の者はやかましく先払いをし、車の後ろの席に頭中将《とうのちゆうじよう》や兵衛督《ひようえのかみ》を乗せる。

「なんとも気軽な隠れ家を見つけ出されてしまい、おもしろくない」と光君は悔しそ

うである。

「昨夜はよい月でしたのに、お供に遅れてしまったのを残念に思っていたものですから、今朝は霧を分けて参った次第です。山の紅葉《もみじ》はまだ早いようですが、野辺の色どりは今が盛りです。何々の朝臣《あそん》が小鷹《こたか》狩りにかまけて遅れたのは、どうなりましたでしょう」などと頭中将たちが言う。

「今日はやはり桂の院に」と予定を変えて、光君はそちらに向かう。突然の饗宴《きょうえん》だと大騒ぎになり、鵜匠《うしょう》たちも呼ばれて集い、彼らの会話に、光君は明石での海士《あま》のおしゃべりを自然と思い出す。野で鷹狩りをしていた朝臣たちが、獲物の小鳥をほんのしるしばかり結びつけた荻《おぎ》の枝を土産にしてやってくる。酒盃《しゅはい》が順々に幾度もまわってきて、川辺を歩くのはあぶなそうなので、酔いにまかせて一日中桂の院で過ごす。それぞれ四句の漢詩を作り、月があざやかに射《さ》しこむ頃には管絃《かんげん》の遊びもはじまって、たいそうはなやかな宴である。絃楽器は、琵琶《びわ》、和琴《わごん》くらいで、それに笛は名手ばかり、季節にふさわしい曲を吹いていると、川からの風が吹いてきてじつに味わい深くなる。月も高く上り、何もかもすべてが澄みわたっている夜も更ける頃、殿上人が四、五人連れだってやってきた。清涼殿《せいりょうでん》に伺候していたのだが、管絃の遊びのあったついでに「今日は六日間の物忌《ものい》みの明ける日だから、光君はかならず参内《さんだい》なさるはずなのに、どうしたのだろう」と帝《みかど》が言い、この桂の院に泊まっているらしいと耳にして、使いとして送ったのである。使いは蔵人弁《くろうどのべん》である。

「月のすむ川《かは》のをちなる里なれば桂の影はのどけかるらむ

(月の澄む川向こうの里ですから、月の光ものどかであることでしょう。あなたものんびりしているのでしょうね)

うらやましいものです」

とある。光君は参内していないお詫《わ》びを託す。宮中の管絃の遊びよりも、やはり場所が場所だけに、おそろしいほどすばらしく響く音楽に聴き入って、さらに酔いも深まっていく。桂の院には使者や出席者への褒美や引き出物の用意もないので、大堰の邸に「おおげさにならないような用意の品はないだろうか」と使いに訊《き》きにいかせる。大堰からはありあわせの品がそのまま送られてくる。衣裳《いしょう》の櫃《ひつ》二箱である。蔵人弁は急いで宮中に帰るので、光君はその中から女の装束を肩に掛けて与える。

久かたの光に近き名のみして朝夕霧《あさゆふぎり》も晴れぬ山里

(ここ桂は、その名ばかりは月の光に近いようですが、朝夕の霧も晴れない山里でございます)

帝のお出ましを待つという気持ちからだろう。「なかに生《お》ひたる」(「久かたのなかに生ひたる里なれば光をのみぞ頼むべらなる」古今集／月に覆われた里ですので、光だけが頼りです）と古歌の一節を吟じ、明石で眺めた淡路島《あわじしま》を思い出し、躬恒《みつね》が「所からか」といぶかしんだ話（「淡路《あはぢ》にてあはと遥かに見し月の近き今宵《こよひ》は所からかも」新古今集／淡路島で「あれは」と思うほどはるか遠くに見えた月が今宵近くに見えるのは、場所のせいだろうか）などをはじめると、感じ入って酔いにまかせて泣く者もある。

　めぐり来て手に取るばかりさやけきや淡路《あはぢ》の島のあはと見し月

（月日もめぐり、自分も都に戻ってきて、手に取るほどにはっきり見える月は、

　淡路ではるか遠くに見ていたのと同じ月だろうか）

と光君が詠むと、頭中将、

　浮雲にしばしまがひし月影のすみはつるよぞのどけかるべき

（浮き雲にしばし姿を隠した月がうつくしく澄みきった今宵は、いつまでものどかでありましょう――悲運に沈んだあなたが帰って照らす世は、いつまでも平安でありましょう）

少し年配で、亡き桐壺院《きりつぼいん》の時代にも親しいつきあいのあった左大弁は、

　雲の上《うへ》のすみかを捨てて夜半《よは》の月いづれの谷にかげ隠しけむ

(雲の上の住処《すみか》——宮中をお捨てになって、夜半《よわ》の月——桐壺院はどこの谷間に姿をお隠しなのでしょう)

と、思い思いに歌はたくさん詠まれたようだが、から、すべて書いてもわずらわしいですからね……。

親しい内輪のしんみりした話が少しくだけてくると、千年のあいだでも見聞きしていたいほどの光君の容姿なので、みな斧の柄も朽ちるほどここで過ごしてしまいそうだが、昨日に引き続き今日はさすがに、と光君は急いで帰っていく。褒美の品々を身分に応じて肩に掛けてもらった人々が、霧の絶え間に見え隠れしているのが、まるで庭の花々に見間違えるような色合いで、なんともうつくしい。近衛府《このえづかさ》の、音楽の名手である舎人《とねり》たちがお供にいて、このままではもの足りないと、神楽曲「其駒《そのこま》」などをくずしてうたう。人々が自分の袿《うちき》を脱ぎ、舎人たちの肩に掛け、その色合いは、吹く風が着せた秋の紅葉のようである。

大騒ぎで帰還する人々のざわめきを、大堰の御方ははるか遠くに聞き、光君の去った名残もさびしくもの思いにふけるのである。便りもせずに立ち去ったことが、光君もまた心残りである。

二条院に帰り、光君はしばらく休んでから、紫の上に里山の話を聞かせる。

「お暇をもらった日数も過ぎてしまって、本当にすまない。あの好き者たちがさがしあてて、やってきて、無理に引き留めるのでついずるずると……。今朝は気分がすぐれないよ」と言い、寝室に入ってしまう。いつものように紫の上は拗《す》ねているようだけれど、あえて気づかないふりをして「比べるべくもない相手を自分と比べて考えるのも、みっともないよ。自分は自分と思いなさいな」と教えさとす。

日が暮れる頃、宮中に参内する際に、わきに隠すようにして急いで書いているのは大堰への手紙らしい。はたから見ても、心をこめてこまやかに書いているように見える。ひそひそと何か言い含めて使いの者に託しているのを、紫の上に付いている女房たちは憎らしく思っている。

その夜、光君は宮中に滞在するつもりだったが、なおらなかった紫の上の機嫌をとるため、夜更けではあったが退出した。先ほどの返事を使いの者が持ってくる。光君は、紫の上に隠すこともできずにそれを広げる。彼女の気に障るようなことも書かれていないようなので、

「これ、あなたが破いて始末したらいい。ああ、面倒くさい。こうしたものが人目についたりしてしまうのも、もう似合わない年齢になってしまった」と、脇息《きょうそく》に寄りかかる。内心では大堰の御方のことがしみじみと恋しくてならず、灯をぼんやりと眺め、

それ以上は何も言わない。手紙は広げたままになっているけれど、紫の上は目を向けることもしないので、「わざと見ないようにしているその目つきが気になるな」と言って笑うその魅力は、そこら中にこぼれそうなほどだ。光君は紫の上にそっと近づき、「じつは、かわいらしい姫君も生まれて、宿縁も浅くはないと思うのだが、そうかといって姫君を私の子として一人前に育てるのも世間体がよくないところがある。私といっしょにいろいろ考えて、あなたに決めてほしいことがある。どうだろう、あなたが育ててくれないだろうか。三歳にもなっているのだが、無邪気でいるのを見ると放っておけなくてね。幼げな腰のあたりも人目につかないよう袴《はかま》を着せてやりたいと思う。失礼だと思わないのなら、三歳の袴着《はかまぎ》の儀で、腰結いの役を務めてくれないだろうか」と話す。

「私がいつも嫉妬をしているなんて……。心外な邪推ばかりなさるあなたの意地悪なお心に気づかないふりをして、素直に振る舞うこともないと思っているだけです。きっと私はまだおちいさい姫君のお気に召すことでしょう。かわいい盛りのお年ですね」と、紫の上はちいさく笑う。幼い子どもが無性に好きな性質《たち》なので、引き取って、だいじに育てたいと思うのである。

どうしたものか、本当に姫君を引き取ろうかと光君は思い悩む。大堰へ行くことはなかなかに容易ではない。嵯峨野の御堂の念仏などの機会を待って、月に二度ばかりの逢瀬のようだ。一年に一度の七夕よりはまだましなのだから、私ごときがこれ以上は望むまいと、御方はあきらめてはいるものの、やはりどうしてもの思いに沈まずにいられるだろう。

薄《うす》雲《ぐも》

藤壺の死と明かされる秘密

この年は凶兆を示す天変地異が多く起きたと言われています。
それもこれも、あの秘密が明かされる時だとの警告かもしれません。

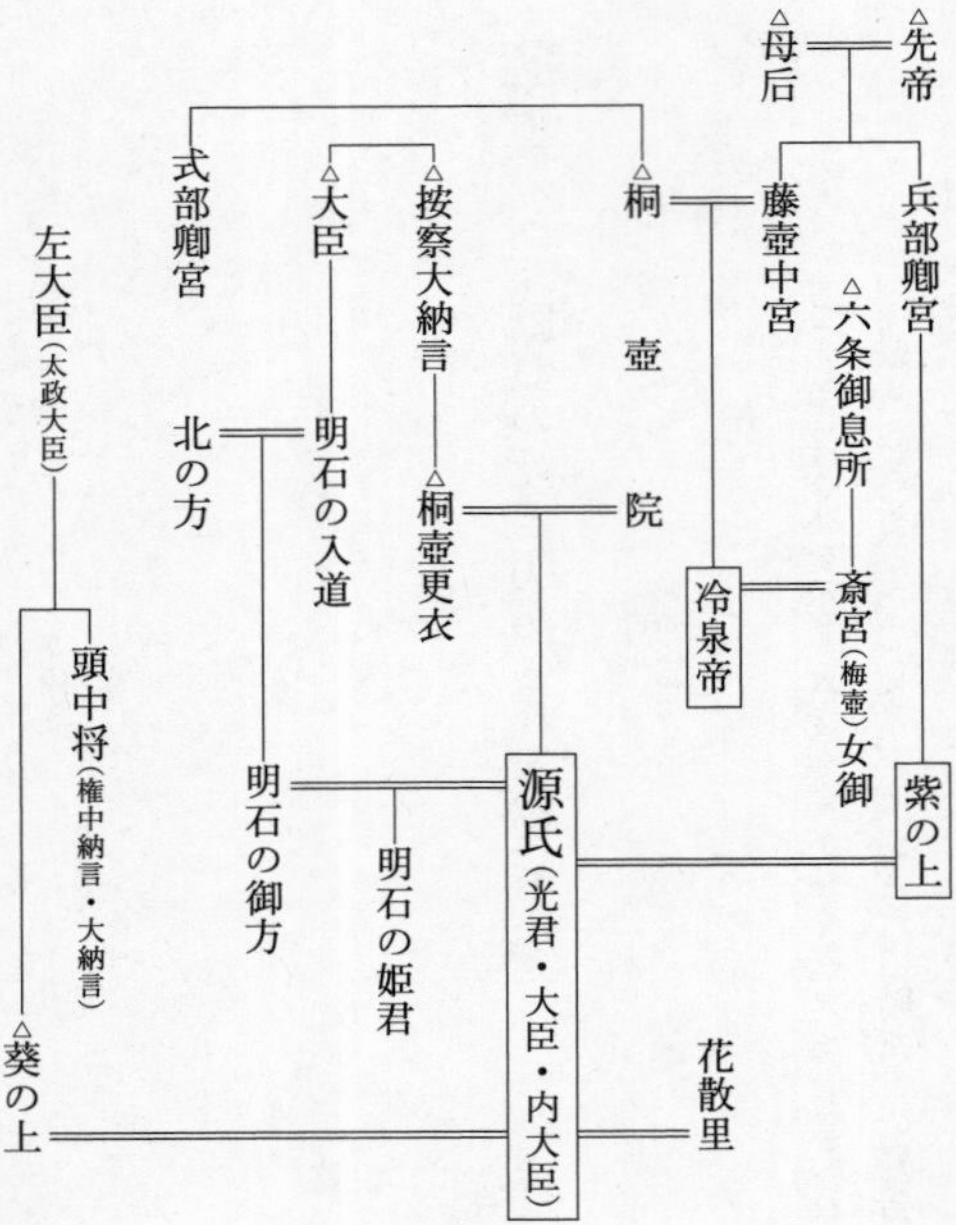
△先帝
△母后
兵部卿宮
藤壺中宮
△桐壺院
式部卿宮
△大臣
△按察大納言
左大臣（太政大臣）
北の方
明石の入道
△桐壺更衣
△六条御息所
冷泉帝
斎宮（梅壺）女御
紫の上
源氏（光君・大臣・内大臣）
明石の御方
明石の姫君
頭中将（権中納言・大納言）
△葵の上
花散里

＊登場人物系図
△は故人

冬になるにつれ、川べりの大堰《おおい》の暮らしはいっそう心細さが募り、明石《あかし》の御方はぽっかりと頼りない心地《ここち》で暮らしている。光君《ひかるきみ》は「やはりこうしてばかりはいられない。思い切って近くにお移りなさい」と勧めるけれど、移り住んで光君のつれなさをしっかり知ることとなったら、もうおしまいだと自分は絶望するだろう、その時はどう嘆いたらいいのか……と御方は思い悩んでいる。

「それならば、この姫君だけでも……。こんなところにいてはかわいそうです。姫君については思うところもあるので、ここには住まわせてはおけません。二条院の対《たい》（紫の上《むらさきのうえ》）もこのことは知っていて、いつも会いたがっているのだから、しばらくのあいだあちらになじませて、袴着《はかまぎ》の儀のことなども内々ではなくきちんと行いたいと思うのです」と、光君は真面目に相談を持ちかける。そのようなつもりなのだろうと以前から思っていたので、御方は胸のつぶれる思いだった。

「今さら高貴なお方のお子のようにたいせつに扱われましても、人が漏れ聞くだろう噂《うわさ》を取り繕うのは、かえって難しいのではないでしょうか」と、御方が手放しにくく思っているのも当然ではあるが、光君は、

「つらくあたられるのでは、などと疑わないでくださいね。あちらとは何年もいっしょにいるけれど、こうした子どもに恵まれないのがさみしいので、前斎宮《ぜんさいぐう》（梅壺女御《うめつぼのにようご》）はすっかり大人だけれど、無理にお世話しているような次第でね……まして、こんな憎むほうが難しい幼い人を、いい加減には放っておけない性質《たち》なのです」と、紫の上の人柄が申し分ないことも話して聞かせる。

昔は本当に、いったいどのようなお方のところに落ち着きになられるのかと、人の噂でもうすうす聞こえてくるほどだった光君の浮気心が、きれいさっぱりとお静まりになったのは、紫の上との宿縁が並のものではなく、そのお方の人柄も大勢の方々の中でひときわすばらしいのだろう、と御方は想像する。自分のような取るに足らない者が肩を並べられるはずもないのに、図々しく出ていけば、そのお方も私のことを身の程知らずとお思いになるかもしれない。この身のことならどうなろうと同じこと、けれどこの先まだ長い姫君の御身の上は、結局はそのお方の心ひとつにおまかせすることになるのだろう、ならば、光君のおっしゃる通り、こうして物心もつかないうち

にお譲りしたほうがいいのかもしれない……。けれど、手放したら手放したで、どんなに心配なことだろう。ここでの暮らしの所在なさをなぐさめるすべもなく、どうやって日を過ごしていけばいいのか。それに光君も、姫君がいないのなら何をあてにして、ときおりでもお立ち寄りくださるだろうか……。

御方はあれこれ思い悩み、自身の身の上を情けなく思うばかりである。

母の尼君は思慮深い人なので、

「悩むのも愚かしいですよ。姫君を手放してお目に掛かれないのは、それは胸が痛むことでしょう。けれど結局のところ、姫君のためにどうするのがよいか考えるべきです。源氏の大臣《おとど》も、いい加減なお気持ちでおっしゃっているのではないと思いますよ。ただもうご信頼して、姫君をあちらにお移しなさい。母方の家柄次第で、帝《みかど》のお子もそれぞれに差があるようです。この源氏の大臣も、この世に並ぶ者もいないご立派なお方でありながら、臣下でいらっしゃるのは、母君の父上だった亡き大納言が今ひとつご身分が低くいらしたために、更衣腹《こういばら》などと言われなさって、その違いのせいだということですよ。帝のお子だってそうなのですから、ましてふつうの家の私たちなどは比べものにもならないでしょう。それに、もし母君が親王《みこ》や大臣の姫君だったとしても、その母君が正式な妻でないのであれば、身分は劣っていても正式な妻から生まれた子のほうが世間でも重んじられますし、父親の扱いも同じようにはいかないものです。ましてこの姫君は、もしあちらの身分の高い方々にこうした女のお子がお生まれになったら、すっかり無視されておしまいになりますよ。それぞれの身分にふさわしく、親もたいせつに育ててこそ、子どもは大きくなっても人から軽んじられることもなくなるのです。御袴着《おんはかまぎ》の儀にしても、いくらこちらが一生懸命やっても、こんな深い山里ではなんの見映えがありますか。何もかもあちらにおまかせして、あちらでどうお扱いになるか様子を見ていらっしゃい」と言い聞かせる。

思慮深い人に判断してもらっても、また占わせてみても、やはり「お移しになったほうがいいでしょう」とばかり言われるので、御方もあきらめがついてきた。光君も、心を決めながらも、御方の悲しみもよくわかるので強くも言えずにいる。

「袴着のことは、どうなさるのか」と手紙を送ると、

「何ごとにおいても、ふがいない私のそばでは、将来がお気の毒なことになるばかりとは思います。そうかといって、そちらのみなさまの前にお連れしても、どんなにもの笑いになるでしょう」との返信で、光君はますます不憫《ふびん》に思う。よき日取りなどを占い師に選ばせて、ひそやかに、必要な準備の手はずを整えさせる。姫君を手放すことは心底たえがたいことに思えるが、姫君の幸福を第一に考えなくてはならないと、

御方は自分に言い聞かせる。

乳母《めのと》ともこれで別れなくてはならないのである。明け暮れのさみしさも所在なさも、なんでも語り合っていつも心をなぐさめてきたのに、これからは姫君ばかりか乳母までいなくなって、頼るものもなくどんなに心細いことだろうと、御方は泣いた。

「こうした前世からのご縁だったのでしょうか、思いがけないことでおそばにお仕えすることになりまして、それから今までずっとやさしくしていただいて、忘れられず恋しく思われるでしょう。これでご縁が切れるなどということはよもやありますまい、いつかはまたごいっしょになれます日をと、心頼みにはしておりますが、しばらくのあいだはおそばを離れて、思いもよらなかったお勤めをするのが不安です」と乳母も泣き出し、そうして日を過ごすうち、十二月になった。

雪や霰《あられ》がちらつくことが多く、心細さもいっそう募り、どうしてこうも悩みの絶えない身の上なのだろうと御方は嘆息しつつ、いつにもまして姫君の髪を撫《な》でたり櫛《くし》を入れたりしている。雪が空を暗くして降り積もった朝、御方は過去のこと未来のことを際限なく考えて、いつもなら縁側近くにまでは出ないのに、池の水に張った氷などを眺め、やわらかい白い衣を重ね着して、ぼんやりもの思いに沈んでいる。その姿の髪かたちといい、後ろ姿といい、この上なく高貴な人と言ったところで、まずこの御

方のような人のことだろう、と女房たちは思う。落ちる涙を拭い、
「こんな日には、今までにましてどんなに頼りない思いをするでしょう」と、いかにも弱々しく泣き、

雪深み深山《みやま》の道は晴れずともなほふみかよへ跡《あと》絶えずして

（雪の深いこの山道は晴れることがなくても、どうか雪道を踏み分けて、絶えず文を届けてくださいね）

と御方が詠むと、乳母も泣き、

雪間《ゆきま》なき吉野の山をたづねても心のかよふ跡絶えめやは

（雪の晴れる間もない吉野の山奥をさがしてでも、心を通わせる文の途絶えるはずがありますか）

となぐさめる。

この雪が少しとけた頃、光君が大堰にやってきた。いつもは待ち焦がれているのに、とうとう姫君を迎えにきたのだと思うと、胸がふさがるようで、だれのせいでもない、こうなったのは自分のせいだと悔やまれる。自分の意思で決めたのだ、もし嫌だと拒否すれば、無理にとはおっしゃらなかったろうに、なんと馬鹿なことを……と思うものの今さら断ればいかにも軽率というものだと考えなおす。

光君は、姫君がじつにかわいらしい様子で座っているのを見て、とてもいい加減には思えないこの人との宿縁であると実感する。この春からのばしている姫君の髪は、尼のように背のあたりで切り揃《そろ》えられていて、ゆらゆらとうつくしく、顔つきや目元のほのかな涼やかさを今さら言い立てるほどもない。このかわいい姫君をよそに渡して遠くから案ずるのだろう母親の心の闇を察すると、胸が痛み、くり返し安心するように言い続けて夜を明かす。

「いいえ、せめて、こんな取るに足らない私のような者としてではなく、姫君をお育てくださるのならば……」と言うものの、こらえきれずに忍び泣くのが哀れである。

姫君はただ無邪気に、車に乗ろうと急いでいる。車を寄せてあるところに母君がみずから抱いてあらわれる。片言ながら、かわいらしい声で、母の袖を握りしめ「乗りましょう」と引っ張っているのにも、身を切られるような思いで、

末遠《すゑとほ》き二葉《ふたば》の松に引き別れいつか木高《こ》きかげを見るべき

（行く先の遠い二葉の松——姫君と今別れて、いつの日にまた大きくなられたお姿を見ることができるでしょう）

御方は最後まで言い切ることができず、激しく泣き出してしまう。無理もない、なんとつらいことだろうと光君は、

「生《お》ひそめし根も深ければ武隈《たけくま》の松に小松の千代《ちよ》をならべむ

（深い縁があって生まれたのだから、いずれは武隈の相生《あいおい》の松のように、やがては私たちでこの姫と末永く暮らすことになるでしょう）

安心してお待ちなさい」と、なぐさめる。きっとそうなるだろうと御方は心を静めるけれど、とてもたえられそうもない。乳母と、少将という上品な女房だけが、守り刀や人形を持って車に同乗する。お供の車にはきちんとした若い女房や女童《めのわらわ》などを乗せ、二条院まで見送るようだ。

二条院へ向かう道すがら、後に残った御方の悲しみを思い、自分は罪深いことをしているのだと光君は心を痛める。暗くなってから到着し、車寄せをするが、あたりの様子は今までとは異なり、たいそうはなやかで、田舎暮らしに慣れた乳母や女房たちは、これから気後れしながらお勤めをすることになるのだろうかと不安になる。けれども光君は西の部屋を姫君のためにとくに入念にしつらえていて、ちいさな道具類もかわいらしく整えている。乳母の部屋には、西の渡殿《わたどの》の北側にあたるところを用意してある。姫君は道中で眠ってしまった。車から抱き下ろされても泣くことはない。西の部屋で果物や菓子などを食べるも、だんだんあたりを見まわして、母君が見当たらないことに気づいてさがしはじめ、いじらしくも泣きはじめてしまうので、乳母が呼ばれ、あやしてなぐさめるのだった。

大堰の山里の所在ない暮らしを思うと、どんなにつらかろうと光君は思うけれど、姫君が明け暮れ思い通りにたいせつに扱われているのを見ると、これでよかったのだと思うのである。世間からいかがなものかと非難されるべき疵《きず》のひとつもない子が、紫の上に生まれればよかったのに、と残念にも思う。姫君は、最初のうちは母君や慣れ親しんだ人をさがして泣くこともあったけれど、だいたいは素直でかわいらしい性格なので、紫の上にすぐになついて慕っている。本当にすばらしいお子がやってきたものだと紫の上もよろこんでいる。紫の上はほかのことは見向きもせずに姫君を抱いてあやしているので、乳母も自然と紫の上の近くに仕えることになり、なじんでいった。また、この乳母のほかに身分も高く、乳のよく出る人を選び、仕えさせもした。

袴着は、とりたてて特別な準備をするわけではないけれど、それでもその支度は格別である。飾り付けは、まるで雛遊《ひいなあそ》びのような感じでかわいらしい。参列した客人も、常日頃から人の出入りの多い邸《やしき》なので、さして目立つこともなかった。ただ、襷《たすき》を胸元で結んだ姫君の様子が、いつにもましてかわいらしく見える。

大堰では、いつになっても姫君が恋しく思え、御方は手放した自分のふがいなさを嘆いている。あんなふうに教えさとしはしたものの、尼君もいよいよ涙もろくなり、こうしてたいせつにされているという噂を聞くとうれしく思う。こちらからはいったい何をしてあげられるのか、ただ乳母をはじめとして、姫君に付いている女房たちに、すばらしい色合いの衣裳《いしょう》をと尼君は思い、用意をして贈ったのである。

御方に待ち遠しい思いをさせるのも、やはり姫君を手放したからだと思わせてしまうと気の毒なので、年の内に光君は大堰に出向いた。ずっとさみしくなった邸に、明け暮れとたいせつに世話をしてきた姫君もおらず、どんなに嘆いているかと思うと胸が痛み、便りもしょっちゅう送る。紫の上も今はもう恨み言を言うこともなく、かわいらしい姫君に免じて大目に見ている。

新しい年になった。すっきりと空も冴《さ》えわたり、何ひとつ不足のない二条院の様子はたいへんにめでたく、新年に備えて調度もすっかり磨き上げられている。続々と年賀の挨拶に人が押し寄せる。年輩の人々は七日に、昇進のお礼を伝えに連れだってやってきて、年若い人は、何ということもなく晴れ晴れとたのしそうに姿を見せる。それより身分の低い人々も、心の内では何か悩み事があるのかもしれないが、表面上は意気揚々として見える時期である。

東の院の西の花散里《はなちるさと》の女君も、暮らしぶりは優雅で、申し分のない様子である。仕えている女房たちや女童《めのわらわ》も行儀よく、心を配りながら暮らしているが、やはり光君の近くにいることの利点はあって、のんびりした暇のある時は光君がふと顔を出すことも多い。夜に泊まっていくことはないけれど、女君はおっとりしていて気持ちがまっすぐで、自分はこのくらいの宿縁に生まれついた身の上なのだろうと納得して、めずらしいほどどっしりかまえておおらかなので、光君は折々の援助なども紫の上《むらさきのうえ》の暮らしぶりに遜色ないようにしている。そんなわけでだれもこの女君をおろそかにすることはなく、紫の上同様に仕え、別当たちも勤めを怠ることなく、かえって万事すべて整って、安泰な日々である。

光君は大堰《おおい》の御方の所在なさにもたえず心を砕いていて、公私ともに忙しい時期が落ち着いてから大堰に向かうことにする。いつもより念入りに身支度をして、桜襲《さくらがさね》の直衣《のうし》にすばらしい色合いの衣裳を重ね着し、香を焚《た》きしめ身繕いをし、紫の上に暇乞《いとまご》いをする。その姿が、くまなく射《さ》しこむ夕日にふだんよりもいっそう麗しく見え、紫の上は穏やかならぬ気持ちで見送った。姫君はあどけなく指貫《さしぬき》の裾にまとわりついて後についていこうとし、外にまで出てしまいそうなのを、光君は立ち止まり、なんとかわいらしいのかと思う。姫君をなだめ、「明日帰り来《あすかへりこ》む」と催馬楽《さいばら》の一節を口ずさんで出ていくのを、渡殿《わたどの》の戸口で見ていた紫の上は、中将の君を通じて光君に伝える。

舟とむる遠方人《をちかたびと》のなくはこそ明日《あす》帰《かへ》り来《こ》む夫《せな》と待ち見め
（舟――あなたを引き留める遠方のお方がいないのでしたら、明日帰られる夫
と思ってお待ちしますのに）
たいそうもの慣れた口ぶりで中将の君が伝えるので、光君はじつにはなやかな笑み
を見せ、
行《ゆ》きて見て明日《あす》もさね来《こ》むなかなかに遠方人《をちかたびと》は心置くとも
（あちらへ行ってみて、明日になったら本当に帰りましょう、なまじその遠方
のお方が気分を害しても）
なんのことかわからずに無邪気にはしゃいでいるちいさな人を、紫の上はなんとか
わいらしいのだろうと思い、あちらの「遠方のお方」にたいする不愉快さも、今は薄
れているのだった。自分だったら、愛《いと》しい子を手放していったいどんな気持ちになる
だろう、恋しくておかしくなりそうだろう、と姫君の顔をまじまじと見つめ、抱き上
げて自身のかわいらしい乳を含ませてたわむれているその姿は、ついだれもが見つめ
てしまうすばらしさである。近くに控える女房たちは、「どうして同じことなら、こ
ちらの子としてお生まれにならなかったのだろう」「本当に、ままならないもの……」
と語り合っている。

大堰では、じつにのどかに、隅々まで行き届いた暮らしをしていて、家の様子も一風変わっていて珍しい。さらに御方本人は逢《あ》うたびごとに、身分の高い人に引けをとらないほどになり、容姿やたしなみがいちだんと女性らしく成熟していく。ただふつうの受領《ずりょう》の娘で、とくに目立つようなところがないとしても、そういう人を妻にするということも世間にないわけではないが、しかしあの、世にも珍しい偏屈な父親の評判は困ったものではあるな……、この人の身分はこれでもう充分なのに、などと光君は思う。

束の間の逢瀬《おうせ》で、いつも満足することもなく別れるからか、落ち着くこともなく帰っていくことがつらく思え、「夢の渡りの浮橋か」と、ぽつりとつぶやく。「世の中は夢の渡りの浮橋かうちわたりつつものをこそ思へ（男女の仲は夢の渡り場にかかる浮橋のように頼りないのか、あの人を訪ねてもものの思いは増すばかり）」の一節である。光君は箏《そう》の琴《こと》を引き寄せ、以前明石で御方と琴をともに弾いた夜を思い出し、どうしても琵琶を弾くようにと御方に催促する。御方は箏に合わせて琵琶を少し弾いて見せ、どうしてこうもみごとな技量を身につけているのかと光君は感心する。姫君の様子をくわしく話して聞かせて過ごす。

この大堰はこのような田舎ではあるが、時々光君が宿泊することもあるので、ちょっとした果物や菓子、強飯《おこわ》などを食べることもある。近くにある御堂《みどう》や桂《かつら》の院に行くふりをしては立ち寄り、心底この御方に心を奪われているわけではないが、かといって、はっきりとけじめをつけてつれない扱いをすることもないので、格別の寵愛《ちょうあい》なのだとわかるのである。女もこうした光君の気持ちをよく理解していて、出過ぎた振舞いをすることもなく、また、ひどく卑下するということもなく、光君の気持ちに寄り添って好ましい態度でいる。

並外れて高貴な身分の方のところでも、光君はこれほどまでにおくつろぎになることはなく、気品ある態度をお崩しにならない、と聞いている。もし私が近くに移り、ほかの女方たちにまじれば、かえって珍しくもなくなって、人に見下されるようなこともあるだろう、ときたまにせよ、こうして足を運んでいただくからこそ、私も動じないでいられるのだ……と御方は考える。明石でも、入道も永久の別れなどとは言っていたが、光君の意向や態度を知りたがって、互いに不安がないように使いの者を通わせては、胸のつぶれる思いをすることもあるが、また、晴れがましく、よかったのだと思うこともたくさんあるのだった。

その頃、光君の義父である太政大臣が亡くなった。世の重鎮であった人なので、帝《みかど》もまた深く嘆いた。朱雀帝《すざくてい》の頃、一時期隠居をする時でさえ天下の騒ぎになったのだから、今はまして世間は深い悲しみに包まれた。光君もひどく気落ちして、政務のすべてを任せてしまったからこそ自分も休んでいられたが、これからは心細くも、忙しくもなるのだろうと思うと、ますます気がふさぐ。冷泉帝《れいぜいてい》は実際の年齢よりは格段に大人びて成人し、世の政《まつりごと》についても光君が心配することはないのだけれど、ほかに後見をまかせられる人もいないので、だれにその役目を頼めば、静かに仏道に専念したいという自分の望みがかなうのだろうと思うと、この不幸がどこまでも残念なものに思われる。後の法要なども、光君は、故太政大臣の子息や孫たち以上に、誠心誠意行ったのである。

その年は、全体的に世の中が騒がしかった。朝廷でも何かの前触れらしきことがしきりと起こり、穏やかならず、天空にも、いつもとは異なる月、日、星の光が見え、不思議な雲が浮かび、世の人々は不安を覚えている。天文博士たちが調査し奏上した文書にも、通例とは異なった奇っ怪な事柄が多かった。光君だけは、心の内に、ある痛みとともに思い当たることがあるのだった。

藤壺《ふじつぼ》の尼宮も、正月以来ずっと病気が続き、三月にはひどく重くなってしまったので、お見舞いの行幸《ぎょうこう》があった。桐壺院《きりつぼいん》が亡くなった時冷泉帝はまだ幼くて、さほど深く悲しむこともなかったのだが、今回はひどく胸を痛めているようなので、藤壺もいっそう悲しく思う。

「厄年の今年はきっと逃れられないのだろうと思っておりましたが、そう重い病とも思えませんでしたので、寿命を悟っているような顔をいたしますのも、世間の人がわざとらしい、嫌みなことだと思うのではないかと遠慮しまして、後世のための供養などもとくにいつもと違うことはいたしませんでした。参内《さんだい》して、ゆっくりと昔話などしたいと思っておりましたが、気分のいい時も少なくて、どうにもできぬまま今日まで過ごしてしまいました」と弱々しく話す。三十七歳である。けれどもまだまだ若々しく、うつくしい盛りに見える姿が、帝にはいっそう惜しくも悲しくも思える。

「ご用心なさらねばならないお年ですのに、ご気分がすぐれずにこの幾月ものあいだお過ごしになられていて、心から案じておりました。ご祈禱《きとう》などもふだんより特別にはなさらなかったとは……」と、たいへんな嘆きようである。つい最近になってようやく事態の重さに気づき、さまざまな加持祈禱をさせたのである。このところ、いつものご病気とばかり思って気を許していたことを光君も深く後悔している。しきたりがあるので帝はほどなくして帰っていくが、悲しみに沈んでいる。

藤壺の宮はひどく苦しみ、はっきりと話すこともできないが、心の内では思い続けている。すばらしい宿世《すくせ》の元に生まれ、この世の栄華も他に並ぶ人のない自分ではあったけれど、心に秘めた苦悩も、また人に勝る身の上であった、と。こうした事情を帝がまったく知るはずもないことをさすがにいたわしく、このことだけが、藤壺はいつまでも気掛かりで、思いが絡まり合ってほどくすべもなく、この世の未練として残りそうな気がするのだった。

光君は、公的な立場としても、このように尊い人々が次々と亡くなってしまうことを嘆いている。藤壺の宮への秘めたる哀慕は限りなく深く、祈禱などあらゆる手を尽くす。この幾年かはあきらめていた藤壺への思いですら、今一度言わずにきてしまったことがたまらなく悔やまれ、几帳《きちょう》近くに寄り、介抱している女房たちに容態を訊《き》く。今は親しい者たちだけがそばに仕えていて、くわしく説明する。

「この幾月か、ご気分がすぐれずにいらっしゃったのに、仏前のお勤めをほんのいっときでも怠ることなくなさったお疲れが積もって、すっかりお弱りになってしまわれました。この頃では蜜柑《みかん》のようなものでも手にしようともなさらず、ご回復の望みもなくなってしまいました」と、多くの者が泣いている。

「桐壺院《きりつぼいん》のご遺言通りに、帝の御後見役をお務めくださいますこと、長年のあいだ身に染みてありがたく思っていました。いったいどうした折に、この感謝の気持ちをお伝えしようかとのんきに考えていましたのが、今となってはことごとく無念です」と、藤壺の宮がかすかな声で取り次ぎの女房に伝えているのが漏れ聞こえてくる。返事をすることもできず泣き出してしまう光君の姿は、なんとも痛々しい。あまりに激しく泣けば、何か疑われるかもしれないと周囲の目を気にして、心を強く保とうとするけれど、ずっと前から知る藤壺のことを思い、自身の特別な思いを抜きにしても、もったいなく惜しまれる人であるのに、人の命は思いのままにならぬものゆえ、この世に引き留めることができないのは、なんと無力なことだろうと光君は深く悲しみに沈んでいる。

「頼りにならない私ではありますが、昔から、帝の補佐をしっかり務めなければならないと、心の及ぶ限り、おろそかにならぬよう気をつけてきました。なのに、太政大臣がお亡くなりになったことだけでも世の無常が感じられてならないのに、あなたまでこのようなご容態で、もうどうしていいのかさっぱりわかりません。私もこの世にはそう長くいられないような気もします」と光君が話している最中に、灯火がふっと消えるように藤壺の宮は息を引き取った。光君は何を言ってもどうにもならないこの悲しい別れを激しく嘆く。

貴い身分の人の中でも、藤壺の宮は世の人にあまねく慈悲深い人だった。権勢をかさに着て人々の嫌がることをしてしまうなど自然とよくあることだが、藤壺にはそうした道に外れたところがいっさいなく、人々の奉仕であっても、世の中の負担となりそうなことはさせなかった。仏事供養においても、人に勧められて、盛大に目立つようなことをする人などは、昔のすぐれた天子のおさめる世にすらいくらでもあったというが、この藤壺は、そのようなことはなく、ただ元々持っていた財産と、支給される年官《つかさ》、年爵《こうぶり》、御封《みふ》といった給与の中から、差し支えない範囲で、心のこもった善行をしていたので、何もわからないような山伏のような者までがその死を惜しんでいる。

葬儀においても、世をあげての騒ぎで、悲しく思わない人などいない。殿上人《てんじょうびと》たちはみな同じ喪服の黒一色を身につけて、晴れやかとはいかない春の暮れである。二条院の庭の桜を見ても、光君は南殿《なでん》で行われた桜の宴を思い出す。「深草の野辺の桜し心あらば今年ばかりは墨染《すみぞめ》に咲け（古今集／草深い野辺に立つ桜よ、もし心があるならば今年だけは墨色に染めた花を咲かせてほしい）」を思い、「今年ばかりは」と光君はつぶやいて、深い悲しみを人に見咎《みとが》められるのを避け、ひとり念誦堂《ねんずどう》にこもり一日中泣き暮らす。夕日が鮮やかに射《さ》しこみ、山際の梢《こずえ》が輪郭をはっきりとさせ、鈍色《にびいろ》の雲が薄くたなびいていく。あまりの悲しみに何も目に映らないほどだが、しかし光君はしみじみとその景色に眺め入る。

入り日さす峰にたなびく薄雲《うすぐも》はもの思ふ袖に色やまがへる

（入り日の射す峰にたなびいている薄雲は、悲しみの喪に服す私の袖に色を似せているのだろうか）

聞いている人はだれもいないので、せっかくの歌ももったいないことですが……。

七日七日《なぬかなぬか》に行われる法要の四十九日を過ぎ、落ち着いてくると、帝《みかど》はなんとなく心細い気持ちになった。亡き藤壺《ふじつぼ》の宮の母后《ははきさき》が在世中から引き続いて、代々の祈禱師として仕えてきた僧都《そうず》がいる。藤壺の宮もたいそう尊敬し、親しくしていた僧都で、朝廷でも信頼が篤《あつ》く、重大な勅願も多く立てている高徳の僧である。齢《よわい》七十ほど、近頃は自身のための勤行《ごんぎょう》をするため山にこもっていたが、藤壺回復の祈禱のために京に出てきて、以来帝から呼ばれ、いつもそばに控えている。藤壺の法事が終わってからも、やはり今までのように帝の近くに仕えてほしいと光君に勧められ、

「この年では夜居《よい》のお勤めなどはとても無理とも思いますが、そのようにおっしゃっていただいて畏れ多いことですから、昔からお仕えさせていただいた感謝もこめまして」と、帝のそばに控えることとなった。

ある静かな暁のことである。ほかに人もおらず、宿直《とのい》の人も退出してしまった時、

僧都は老人らしい咳払《せきばら》いをして、世の中のあれこれを話しはじめ、そして言うには、

「まことに申し上げにくいことで、お聞かせ申してはかえって罪にあたるかもしれないと憚《はばか》られるのですが、ご存じでいらっしゃらないのでしたら罪深く、天の眼《め》もおそろしく思うことがございます。それを私の心中ひそかに嘆きつつ命果てたとしましたら、まったく無益なこととなります。仏も、私を不正直だとお思いになるでしょう」

とだけ言い、それ以上何も言えないでいる。帝は、いったい何ごとかといぶかしむ。この世に執着の残るような不満でもあるのだろうか、法師というものは、聖僧とはいえ、道に外れた邪念が深くてどうにも得体が知れないところがある、と思い、

「幼い頃から心を許してきたのに、何か私に隠していることがあるとは、ひどいではないか」と言う。

「めっそうもございません。仏が他言を戒め守られている真言の秘法をも、何も隠すことなくご伝授いたしております。まして私が隠し立て申すような、どんなことがございましょう。しかし、これは過去未来にわたる重大事でございますが、お隠れになりました桐壺院《きりつぼいん》と藤壺の宮、ただいま世の政《まつりごと》をおさめていらっしゃる源氏の大臣《おとど》にとって、すべて、このまま内密にしておきますと、世間に取り沙汰されてかえってよからぬ結果になりはしませんでしょうか。私ごときの老僧の身には、たとえどんな災

いがありましてもなんの悔いがございましょう。仏と天のお告げがありますから申し上げるのでございます。あなたさまをご胎内にお宿しになった頃から、藤壺の宮は深くお嘆きのことがあり、拙僧にご祈禱をお申しつけになったご事情がございました。くわしくは法師の身にはよくわかりかねることでございます。その後不慮のできごとがありまして、源氏の大臣がいわれのない罪に問われなさいました時、宮はますますおそろしくお思いになって、重ねて多くのご祈禱をお申しつけなさいました。そのことを大臣もお聞きになり、またさらに大臣もご祈禱をお申しつけになって、以来あなたさまがご即位なさいます時まで、いろいろとお勤め申し上げておりました。仰せつかりましたご祈願と言いますのは……」と、くわしく話すのを聞いていると、あまりにも思いがけない、またあまりにもあってはならないことで、帝はおそろしくも悲しくも、千々に心が乱れる。しばらく返事もないので、僧都は、出過ぎた真似《まね》を帝は不愉快に思っているのかと困惑し、そっとかしこまって退出しようとするのを帝は引き留める。

「何ひとつ知らずに過ごしていたら、来世まで罪と問われるべきことを、今まで心の内に秘めておられたとは、かえってあなたは油断のならない人だと思う。ほかにこのことを知っていて世間に漏らすような人はいるのだろうか」

「いえけっして、拙僧と王命婦《おうみょうぶ》のほかには、このご事情を知る者はございません。だからこそたいそうおそろしく思えるのです。天変がしきりに警告し、世の中が騒がしいのは、このためであります。まだあなたさまが幼くいらっしゃって、ものの道理がおわかりになるはずもなかったあいだはそれでよかったのです。だんだんとご成長なさいまして、何ごとも分別のおつきになるのを待って、天はその咎《とが》をあきらかに示しているのです。いっさいのことは親の御時からはじまるもののようでございます。何の罪とご存じないままいらっしゃるのがおそろしく思いまして、口外するまいと心に決めておりましたことを、あえて申し上げた次第でございます」と泣きながら打ち明けているうちに、夜も明け、僧都は退出した。

帝は、悪夢のようにおそろしいことを聞かされ、ひどく動揺した。果たしてご存じであったのかと、亡き桐壺院のことを思っても気掛かりであり、光君が臣下として朝廷に仕えていることも、申し訳のない、また畏れ多いことに思える。あれこれと思い悩み、日が高くなるまで寝室から出ずにいる。それを光君が聞きつけて、驚いて参内するが、その姿を見ると帝はますますたまらない気持ちになり、とめどなく涙を流す。それを、亡き母宮のことを涙の乾く暇もないほど悲しんでおられるのだろうと光君は思いこむ。

その日、亡き桐壺院の弟、式部卿宮《しきぶきょうのみや》が亡くなったという奏上を受け、帝は、いよいよ世の中が穏やかではなくなってきたと悲嘆に暮れる。こうした異常なことが続いているので、光君は二条院にも帰ることができず、帝のそばに控えている。

光君としんみりと話をしているうちに、帝は、

「私の命も終わりなのでしょうか。なんとなく不安で、いつもと違う気がします。世の中もこのように騒ぎが続くので、何もかも落ち着かない思いです。亡き母宮が心配なさるでしょうから、譲位についても遠慮していましたが、これからは気楽な身分で暮らしたいと思うのです」と相談を持ちかける。

「とんでもないことです。世の中が穏やかでないことは、かならずしも政治が正しいか間違っているかによるものではありません。昔の賢い帝の御時にも、よからぬことが続くこともありました。また聖天子の世にも、尋常ではない事件も多く起きたことが唐土《もろこし》でもあるのです。我が国も同様です。まして、年齢的におかしくはない方々が寿命を迎えたのですから、帝がお嘆きになることはありません」と、多くの例を挙げて説明する。政治に関する話なので、その一端をここに書き記すのも気が引けることで……。

黒い喪服を身につけ、ふだんより地味にしている帝の顔立ちは光君とうりふたつで

ある。帝も、今まで鏡を見てもそうは思っていたのだけれど、僧都の話を聞いた後では、光君をじっと見つめているとことさらにこみ上げる思いが抑えがたく、なんとかしてあの話をそれとなく話したいと思う。しかしさすがに光君も決まり悪く思うに違いないので、まだ若い帝は憚られ、急に話し出すこともできない。ただあたりさわりのない世間話を、いつもよりずっと親しみをこめて話す。帝がにわかにかしこまった面持ちになり、いつもとは様子がまるで違うことを、賢い光君の目には、何か変だ、と映るが、さすがにこうもはっきり帝が秘密を知ってしまったとは思いもしていなかった。

帝は、王命婦にもくわしいことを訊いてみたいと思っているが、今さら、故母宮がそれほどまでに隠し通したことを知ってしまった、と王命婦に思われたくない気持ちもある。ただ光君にはなんとかしてそれとなく訊いてみて、これまでにもこうした事例はあったのかと問いたい、と思うものの、まったくそうした機会はない。やむなくますます学問に熱心になり、さまざまな書物をあたってみると、唐土では、公然のものとしても内密のこととしても、血筋の乱れた事例がじつに多い。日本にはそうしたことはいっさい見受けられない。たとえあったとしても、このように内密のことをどうして後世の人が知り得るはずがあろう。皇子《みこ》として生まれて臣下となった人で、その後、納言、大臣と務めたのち、あらためて親王にもなり、帝位にも就いた人も、たくさんの例があった。ならば光君がすぐれた人柄であることを理由に、帝位をお譲り申し上げようか……と帝は思いをめぐらせている。

秋の除目《じもく》で、光君が太政大臣に就任することが内々に決まった折に、帝は、考えていた譲位の意向を光君に打ち明けた。光君は顔を上げることもできずおそろしいことだと思い、ぜったいにあってはならない旨を伝えて辞退する。

「亡き桐壺院のお心は、大勢の皇子たちの中でもとくべつに私のことをお思いになってくださいましたが、帝位をお譲りになろうとはまったくお考えになりませんでした。そのお心に背いて、及びもつかない帝位に就くことがなぜできましょう。もともとの院のご意向通り、朝廷に臣下としてお仕えし、もう少し年齢を重ねましたなら穏やかな勤行《ごんぎょう》の日々を過ごさせていただこうと思っております」と、いつもと変わらない口ぶりで言うので、帝はひどく残念に思う。

太政大臣の就任が決まっているけれど、光君はもうしばらくこのままでと思うところがあり、ただ位だけ昇進し、牛車《ぎっしゃ》の宣旨《せんじ》を与えられ、牛車に乗って御所へ出入りすることを許された。帝はそれでは満足できず、また畏れ多いことだと思い、なおも親王となることを勧めるのだが、光君は、そうなると政務の補佐をする人もいなくなる、権中納言《ごんちゅうなごん》（頭中将《とうのちゅうじょう》）は大納言となって右大将を兼任しているが、もう一段昇進したなら、そのとき政務はみなこの人に譲ろう、その後で私は平穏な暮らしに入ろう……と考えている。

光君はやはりあれこれと考えてみて、故藤壺の宮のためにも気の毒であり、また帝があぁして悩んでいることに接しても畏れ多く、いったいだれがあの秘密を漏らしたのかと不審に思っている。王命婦は後任として御匣殿《みくしげどの》の部屋に移り、仕えている。光君は王命婦と会い、

「あの秘密を、藤壺の宮が何かの時にほんの少しばかりでも漏らしたことがあるか」

と事情を訊いてみるが、

「いいえまったくございません。宮様は、帝がちらりとでもこのことをお耳に入れなさったらたいへんなことになるとお思いになって、一方では、秘密にしたままでは帝が罪をお受けになってしまわれると、ともかくも帝の御身をご心配なさっていました」

王命婦の話を聞き、人並みすぐれて思慮深かった藤壺の宮を思い出し、光君はどこまでも恋しく慕うのだった。

倒をみている。

斎宮《さいぐうの》（梅壺《うめつぼの》）女御《にょうご》は、光君の思った通り帝《みかど》のすばらしい世話役で、帝にも深く愛されている。気配りも人柄も申し分なく理想的で、光君はありがたく思いたいせつに面倒をみている。

秋の頃、女御は二条院に退出した。女御の寝殿は輝くばかりのしつらえで、光君は今はもっぱら親代わりとして面倒をみている。秋の雨がしとしとと降り、庭先の植えこみは色とりどりに乱れ露に濡《ぬ》れている。亡き六条御息所《ろくじょうのみやすどころ》のことが次々と思い出され、光君は涙で袖を濡らして女御の御殿を訪れる。鈍色《にびいろ》の濃い直衣《のうし》を着た光君は、世の中の騒動にかこつけてずっと精進を続けている。数珠《じゅず》を隠すようにして優雅に振る舞うその姿は、限りなくうつくしい。光君は御簾《みす》に入り、几帳《きちょう》だけを隔てて女御に直接話しかける。

「庭先の草花もひとつ残らずみごとに咲きましたね。まったくおそろしいような年ですが、草花は無邪気に季節をよろこんでいるようで、胸を打たれる思いです」と、柱に寄りかかっている姿が、夕方の薄明かりに映えて、神々しいほどである。亡き御息所の思い出や、あの野宮《ののみや》を訪ねて立ち去りがたかった曙《あけぼの》のことなどを光君は話す。しみじみと思い出に浸っている様子である。女御も「かくれば」と思うのだろうか（「いにしへの昔のことをいとどしくかくれば袖ぞ露けかりける」昔のことを思い出すと袖が濡れてしまう）、少し泣いているのがひどく可憐《かれん》で、身じろぎする気配も驚くばかりにたおやかで、優美に感じられる。その姿を見ることができないのはなんと残念なことだろうと胸が騒ぐのは、まったく困ったこと……。

「今まで、とくに悩みなく過ごそうと思えばそうできた日々も、やはり自分のせいで色恋の迷いは絶えることがありませんでした。理不尽な恋をして、相手の方に気の毒な思いをさせてしまったこともたくさんありました。その中で、最後までわかり合うこともなく、わだかまったまま終わってしまったことが二つあります。まずひとつは、お亡くなりになったあなたのお母様のことです。いたわしいほどに思い詰めたままお亡くなりになってしまったのが、私の一生消せない悲しみです。あなたをこうしてお世話することができ、親しくしていただけるのを、せめてもの罪滅ぼしと思ってみるけれど、私へのわだかまりはついぞ晴れぬままであったことが、やはり重く心にのしかかります」と言い、二つと言ったもうひとつは話さないでいる。「一時期、生きているかもわからないほど落ちぶれていた時に、あれこれと願っていたことは、帰京して少しずつ思い通りになりました。東の院に住んでいる人（花散里）は、頼りなくお暮らしだったのを心苦しく思っていましたが、今は安心することができました。気立てのよいところなど、私もあちらもわかり合っていますので、じつにさっぱりしたつきあいなのです。こうして京に戻り、朝廷の補佐をさせていただくよろこびは、さほど感じないのに、このような色恋のことではいつまでも気持ちを抑えられないのです。あなたのことは、とくべつな思いを抑えての親代わりということをわかってくださいますか。せめて、かわいそうにとおっしゃっていただかなくては、どんなにか張り合いのないことでしょう」

女御はどうしていいのかわからず返事もできない。

「やはりわかっていただけないのですね。ああ情けない」と、光君はほかのことに話をそらしてしまう。「今は、どうにか平穏に、この世に命ある限りは、執着を残さず後世のための勤めも思うさまにして、隠居して暮らしたいと思っていますが、この世の思い出にできそうなことが何もないのがやはり残念なのです。まだひとかどでもない幼い娘がおりますが、成人するのがひどく待ち遠しいのです。畏れ多いことですが、あなたにこの一門を広げていただいて、私の亡き後もあの子に目を掛けてやってください」

女御は、ひどくおっとりした様子でやっと一言ばかり返事をする。その様子がひどく離れがたく魅力的で、しんみりとした気持ちで光君は日暮れまでその場で過ごす。

「そうした現実的な願いはともかく、一年のうち移り変わる四季折々の花や紅葉《もみじ》、空の景色につけても、気の晴れるようなたのしいことをしたいものです。春に咲き誇る花、秋のみごとな野、それぞれ人が優劣を争って論じていますが、なるほどとその季節の味方をしたくなるようなはっきりした結論はないように思います。唐土《もろこし》では、春の花の錦に勝るものはなしと言っているようですし、和歌の言葉には、秋の情趣をとりあげるものが多い、どちらもその季節季節を思えば目移りがして、花の色も鳥の声もとても優劣などつけられません。手狭な私の邸《やしき》でも、四季折々の魅力が味わえるように、春の花咲く木も植えて、秋の草も野から掘り移し、聞く人もいない野辺の虫も放したりして、どなたにも見ていただきたいと思うのですが……。あなたはどちらの季節により魅力を感じますか」

女御はなんと答えにくいことを、と思うが、むげに黙っているのも具合が悪いので、

「私などにどうしてわかるでしょうか。本当に、いつとも決められませんけれど、『いつとても恋《こひ》しからずはあらねども秋の夕《ゆふべ》はあやしかりけり（古今集／いつといって恋しくない時はないけれど、秋の夕べは不思議と人恋しい）』と古歌にある通り、秋の夕べははかなく亡くなった母の思い出のよすがのように思えます」と、少しも気取らずに言いかけてやめてしまうのも、ひどくいじらしく、光君はこらえきれずに、

「君もさはあはれをかはせ人知れずわが身にしむる秋の夕風《ゆふかぜ》

（秋の夕べに心を寄せるのならば、私と思いを交わしてください、人知れず秋の夕風が身に染みるこの私と）

恋しさを忍びがたい時もあるのです」

女御は、どんな返事をしたものか、おっしゃることがよくわからないといった様子である。このついでに、光君は胸の内を隠しておくことができず、恨み言もきっといろいろと言ってしまったことでしょう。少々手荒なことをしてしまいたい衝動に駆られるけれど、女御が本当に嫌だと思うのももっともであるし、自身でも、年甲斐《としがい》もなくけしからぬことだと思いなおし、ため息をついている。その姿も奥ゆかしく優美ではあるのだが、女御は疎ましく思うのだった。そっと少しずつ奥に入っていく気配を察し、

「なんともひどく嫌われたようですね。私が本当に思慮深いならば、こんな目には遭わないのでしょう。仕方ない、これ以上は嫌わないでくださいね。つらくなりますから」と言い残し、光君は帰っていく。しっとりした残り香までが、女御には疎ましく感じられる。女房たちは格子を下ろして「このお敷き物の移り香、なんとも言いようがありませんね」「どうしてこう何から何まで『柳が枝に咲かせ』たお方なのかしら。おそろしいほど」と言い合っている。「梅が香を桜の花に匂《にほ》はせて柳が枝に咲かせて

しがな（後拾遺集《ごしゅういしゅう》／梅の香りを桜の花に匂わせて柳の枝に咲かせたい）」を引いて、完璧な人だと言うのである。

光君は西の対《たい》に行き、すぐには部屋に入らず、ひどくもの思いにふけって庭近くに横になっている。灯籠を遠くのほうにかけて、女房たちを近くに集めていろいろと話をさせる。こういうやむにやまれぬ恋に胸を痛める癖はまだなおらない、と我ながら思い知らされる。これは本当にまずかった。おそろしく罪深いという意味では、藤壺《ふじつぼ》の宮とのことがはるかに勝るけれど、あのかつての恋は、思慮の浅い若気の至りとして仏も神も大目に見てくださったかもしれない、しかし今回は……、と思いを冷まそうと自省するにつけても、いやいや恋の道に関しては昔よりは危なげもなく、思慮深さが身についてきたものだと自覚もする。

女御は、秋の情趣をわかったように答えたことを悔やみ、恥ずかしく思い、ひとりくよくよと思い悩み、具合まで悪そうなのに、光君は何ごともなかったかのようにそっけなく、いつもより父親ぶって世話を焼いている。

紫の上に、

「女御が秋のほうが好きだというのもよくわかるし、あなたが春の曙に心惹《こころひ》かれているのももっともなことだと思う。四季折々に咲く花を愛《め》でながら、あなたの気に入るような管絃《かんげん》の遊びをしたいものだね。公私ともに忙しい私には似つかわしくないけれど、いつかはなんとか思い通りの暮らしがしたいものだ。あなたが退屈しないかと心配でね」などと言って機嫌をとる。

大堰《おおい》の御方もどうしているだろうかと光君はいつも思っているが、ますます外出もままならない身分となり、大堰まで出向くのは難しくなってしまった。

御方は、自分との仲をどうにもならないとあきらめている様子だが、なぜそんなふうに思うのだろう。気やすくこちらに移って、いい加減な暮らしはしたくないと思っているのは、身の程知らずの思い上がりではないか、とは思うものの、やはり気の毒になり、例によって御堂《みどう》の不断の念仏を口実にして、大堰へ向かうのだった。

大堰は住んでみれば荒涼としたさみしいところで、さほど深い事情がなくとも、哀愁も募ってくるというもの。まして、御方は光君にようやく逢うことができ、このつらい宿縁も、姫君まで誕生したのだからさすがに浅くはないだろうと思っても、かえって気持ちは乱され、光君はなだめかねている。生い茂った木々の向こう、いくつもの篝火《かがりび》の光が、遣水《やりみず》の蛍のように見えるのも風情がある。

「水辺の暮らしに明石でなじんでいなかったら、ここでの光景も珍しく感じたでしょうに」と光君が言うので、

「いさりせしかげ忘られぬ篝火《かがりび》は身の浮舟《うきふね》やしたひ来にけむ

（明石の漁火《いさりび》を思い出させるこの篝火は、私を追いかけてきた浦の浮舟――あの頃の悲しみでしょうか）

あの頃とまったく同じつらさです」と御方は言う。

「浅からぬしたの思ひを知らねばやなほ篝火《かがりび》のかげは騒げる

（私の浅くはない心の底を知らないから、篝火の影のようにあなたの心も未《いま》だに騒ぐのでしょう）」

光君は詠み、「うたかたも思へば悲し世の中を誰《たれ》憂きものと知らせそめけむ（古今六帖／本当に悲しいことだ、男女の仲はつらいとだれが教えたのだろう）」から、「誰憂きもの」とだけつぶやいて、逆に恨んでみせる。

たいがい気持ちもしみじみと落ち着く秋の頃で、光君は御堂での勤めにも専念し、いつもより長く滞在したからか、女君の気持ちも少しは紛れただろう、との話ですが……。

朝《あさ》顔《がお》

またしても真剣な恋

真剣な恋だという噂が耳に入れば、紫の上も不安になるというものでしょう。
朝顔の姫君は、拒み続けたということですが……。

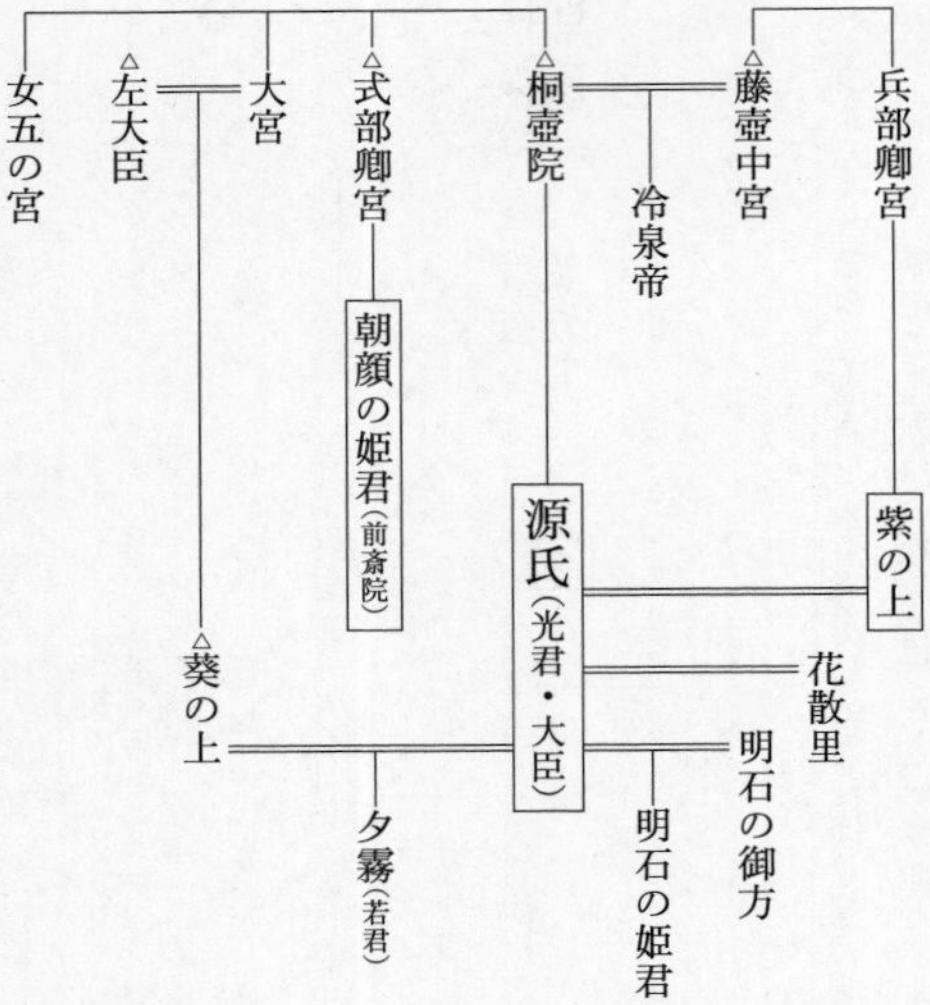
兵部卿宮
△藤壺中宮
冷泉帝
△桐壺院
△式部卿宮
大宮
△左大臣
女五の宮
紫の上
源氏（光君・大臣）
朝顔の姫君（前斎院）
花散里
明石の御方
明石の姫君
△葵の上
夕霧（若君）

＊登場人物系図
△は故人

賀茂《かも》の斎院《さいいん》（朝顔の姫君）は、父親である式部卿宮《しきぶきょうのみや》の喪に服すため、斎院を退下《たいげ》した。光君《ひかるきみ》はいつもの通り、いったん恋をしたら忘れない性分なので、彼女にもお見舞いの便りを幾度も送っている。かつて困ったことになったのを覚えているので、姫君は気を許したような返事もしない。光君はなんとつまらないことだろうと思っている。

九月になり、姫君が実家である桃園《ももぞの》の邸《やしき》に移ったと光君は耳にした。桃園の邸には光君の叔母《おば》である女五《おんなご》の宮《みや》が住んでいるので、叔母を訪ねるのを口実に桃園に向かう。故桐壺院《きりつぼいん》が、きょうだいのこの宮たちを格別だいじに思っていたので、光君は彼らともずっとつきあいがあるようだ。同じ寝殿の西に姫君、東に叔母が住んでいる。式部卿宮が亡くなってまだ間もないのに、邸はもう荒れてしまったように思え、あたりの気配もものさみしい。

叔母の女五の宮は光君と対面して話をする。ひどく老けこんでいる様子で、咳《せき》ばかりしている。葵《あおい》の上《うえ》の母親である大宮は姉にあたるのに、いつまでも申し分なく若々しいが、この叔母は似ても似つかず、声は野太くいかにも無骨であるのは、それぞれの境遇ゆえのことだろう。

「桐壺院がお亡くなりになってからというもの、ずっと心細い気持ちでおりまして、年もとるにつれてだいぶ涙もろくなってきてしまいました。この上、式部卿宮まで私をお見捨てになって逝《い》ってしまわれたので、ますます生きているのか死んでいるのかわからないままに過ごしておりますが、あなたがこうして立ち寄ってご挨拶くださるので、このつらさも忘れそうです」と言う。

ずいぶん年老いてしまわれたものだと光君は思うが、かしこまって、

「院がお隠れになってからは何かにつけて昔とは様変わりしてしまいまして、身に覚えのない罪に問われて見知らぬ土地で苦労しましたが、たまたま朝廷に仕えさせていただくことになりました。そうなるとまたごたごたと落ち着かず、暇もなくて、長いあいだこちらに参上して昔のお話なども聞かせていただきたいと思いながらもかなわず、ずっと気に掛けておりました」と言う。

「本当にまあ、あきれてしまうほど、どちらを見ても無常な世の中を、私自身は相も変わらず過ごしておりますが、長生きもなかなかつらく思うことも多いのです。けれ

どうしてあなたがまた世間にお戻りになってうれしく思いますよ。あのご不幸な時代を途中までしか知らずに死んでしまいましたら、私もそれはもう残念に思えたに違いありませんからね」と声を震わせる。「本当におうつくしく成人なさいましたね。まだ童《わらわ》でいらしたお姿を拝見しました時は、この世にこんな光り輝くお方がお生まれになるなんて、とたいそう驚きましたけれど、それからときたま拝見するごとに、そらおそろしく思わずにはいられませんでした。今の帝《みかど》があなたに本当によく似ていらっしゃると人々が噂《うわさ》申し上げるのを聞きますと、いえいえきっとあなたよりは劣っているでしょうと私は推測しているのですよ」と、長々と話しやめないので、こう面と向かって褒めそやす人なんていないものだが、と光君はおかしくなる。

「山賤《やまがつ》となって気持ちが沈んでいたあの数年の後は、すっかりやつれてしまいましたのに。帝の御容姿は、昔の世にも並ぶ人はいないだろうと思うほど、すばらしいうつくしさと拝見いたします。とんでもないご推測です」

「ときどきお目に掛かることができましたら、どんなに寿命も延びることでしょう。今日は老いも忘れ、憂き世の悲しみもすっかり消えた心地《ここち》です」と言い、また泣き出す。「三の宮（大宮）をうらやましく思いますよ。あなたともしかるべきご縁もあって、親しくおつきあいしておられるのがうらやましいのです。亡くなった兄の式部卿

も、あなたを婿としてお迎えしていればと、後悔なさることがありました」と言うので、光君はその言葉には興味を引かれ、

「もしもそんなふうなご縁があって親しくさせていただいていたら、今はどんなにしあわせなことでしょう。どなたも私をお見放しになって」と、恨めしそうに、本心をちらりと漏らす。

光君があちらの庭に目をやると、すっかり枯れた植えこみの風情《ふぜい》も味わい深く見渡せる。姫君が、父を亡くした静かな日々をもの思いに沈んでいるのだろうその様子や容姿が、とたんに気に掛かり、逢《あ》いたい気持ちを我慢できずに、

「こうして伺いました時を逃しては失礼になりますので、あちらへもご挨拶しなければなりませんでした」と、そのまま簀子《すのこ》を通って西の対《たい》へ行く。そろそろ暗くなる頃だが、鈍色《にびいろ》の御簾《みす》のあいだから、同じく鈍色の几帳《きちょう》が見え隠れするのが深い悲しみを誘い、室内から焚《た》きしめた香まじりの風がそよりと吹いてきて、申し分のない風情である。簀子では畏れ多いので、女房が南の廂《ひさし》に光君を招き入れる。

宣旨《せんじ》という女房が対面し、姫君の挨拶を伝える。それにたいして光君は
「御簾の外とは、今さら私を若者扱いするのですね。神代のほども昔からあなたに心を寄せてきた功労を認めて、もう部屋の出入りもお許しくださるものと期待していま

したのに」と、不満げである。

「昔のことはみな夢のように思われますが、夢から覚めました今、かえってはかない心地がいたしまして、どうすればいいのやらさだめられずにおりますので、おっしゃる功労などについては、ゆっくり考えてみましょう」と、取り次ぎを介しての返事である。

確かにさだめられない世の無常だと、こんなやりとりの内にも光君は思うのである。

「人知れず神のゆるしを待ちしまにここらつれなき世を過ぐすかな

（あなたがお仕えする賀茂《かも》の神の許しをひそかに待っていたあいだ、つれないお仕打ちに遭いながら、よく長い年月を過ごしたものだ）

斎院を下りられた今は、どの神の戒めを口実になさるのでしょう。世にも難儀なあの事件の後、さまざまなつらい思いをしてきました。どうかその一端だけでもお話し申し上げたいのです」と、強引に訴える。その態度も、昔よりはずっとやわらかさが増して優美である。実際のところずいぶん年齢を重ねたとはいえ、今の地位の高さには不釣り合いの若々しさである。

なべて世のあはればかりをとふからに誓ひしことと神やいさめむ

（この世の難儀のひと通りを伺うことすら、誓いに背くと賀茂の神は戒めるで

しょう）

との返事に、

「なんとつらいことをおっしゃるのか。昔の罪はあらゆる罪を吹き払うという『科戸《しなと》の風』に吹き飛ばされたのに」と言う光君は愛嬌《あいきよう》にあふれている。

「その罪を払う禊《みそ》ぎを神はどうご覧になったのでしょう」

と、伊勢物語の「恋《こひ》せじと御手洗川《みたらしがは》にせしみそぎ神は受けずもなりにけるかな（恋はすまいと御手洗川で禊ぎをしたが、神はその願いを聞いてくださらなかったようだ）」を踏まえて宣旨がたわいもないことを言うけれど、真面目な話、姫君はいたたまれない気持ちでしょう。

こうした恋愛ごとには疎い姫君は、年月がたつにつれてどんどん引っ込み思案になってしまい、返事もできずにいるのを女房たちはやきもきして見守っている。

「色めかしい話になってしまいましたね」と光君は、いい加減な気持ちではなく深く嘆息し、立ち上がる。「年齢を重ねると臆面もなくなるものですね。すっかりやつれた私の姿を、これが恋する男のなれの果てですよと今こそ言えるくらいに、打ちとけてくださってもよいものを……」と言い残して光君は立ち去る。その名残《なごり》を、女房たちはいつものように大げさなくらい褒めそやす。

ただでさえ秋の終わりの空模様も風情ある頃で、木の葉のそよぐ音も聞こえてきて、姫君は、かつての忘れがたい光君とのやりとりを思い出しては、その折々、風情があったり哀れを誘ったりした光君の、深く見えた心を思い出すのだった。

思い通りにいかないまま帰った光君は、いつもよりいっそう眠れずにあれこれと考えずにはいられない。翌朝早く格子を上げさせ、朝露を眺める。枯れた花々の中に、朝顔があちこちにまとわりついて頼りなく咲いている。色もすっかりあせたその朝顔を折らせ、姫君に送る。

「きっぱりと拒まれた昨日のお仕打ちに、決まり悪い思いで帰りましたが、その後ろ姿をどんなふうにご覧になったかと思うと、恨めしく思います。それでも、

見しをりのつゆ忘られぬ朝顔《あさがほ》の花の盛りは過ぎやしぬらむ

（昔お目に掛かった時のことを忘れられない朝顔――あなたのうつくしさの盛りは過ぎてしまったのでしょうか）

長年思いを募らせる私をかわいそうだと思うほどには、いくらなんでもおわかりいただけたのではないかと、一方では期待して……」

などと書いた。

ものをわきまえた落ち着いた手紙に返事をしないのも、わからず屋のように思われ

るのではないかと姫君は思い、また女房たちも硯《すずり》の用意を調えて勧めるので、

「秋果てて霧の籬《まがき》にむすぼほれあるかなきかにうつる朝顔《あさがほ》

(秋も終わり、霧のかかった垣根にまとわりついて、あるかなきかに色あせた朝顔、それが今の私でございます)

まさに私にふさわしい朝顔のおたとえに、涙で濡《ぬ》れております」

とだけあるのは、これといった情緒もないが、どういうわけか、手放せずに光君は見つめている。青鈍色《あおにびいろ》の紙に、やわらかい墨の色が趣深く見えるようだ。まあ、こうした歌というものは、その人の身分や書きようによってよく思える時もあれば、その当時は難がないように見えても、もっともらしく語り伝えていくうちに、そのままを伝えているのかどうかわからなくなり、それをうまく書き繕おうとして、いい加減なことも増えたのかもしれません。

今さら昔に戻ったような若々しい恋文など書くのは、似つかわしくないと光君は思うのだけれど、姫君が昔からこうしてきっぱり無視するわけでもないので、思いを遂げないまま過ぎてしまったことを思っては、やはりあきらめきれず、昔に立ち戻ったかのように真剣に便りを送る。

光君は二条院の東の対にひとり離れて、宣旨を呼び寄せて相談をする。姫君に仕え

ている者の中で、さほど身分も高くない男にもすぐになびいてしまうような女房たちは、過ちを犯しかねないほど光君を褒めそやす。しかし姫君は、昔から心を許したことがなく、まして今はお互い恋などふさわしからぬ年齢であり、ふさわしからぬ世間的地位である、ちょっとした木草《きぐさ》に結んだ返事などを失礼に当たらないように送るのでさえ、軽々しい振る舞いだと言われたりしないか世間の噂を気にしている。そんなわけで姫君が心を許す気配もまったくないので、光君は、昔からちっとも変わらない彼女の態度を、ふつうの女君とは違って、すばらしいとも思い、また忌々《いまいま》しくも思っている。

そうしたことが世間にも漏れ聞こえてしまう。「光君が姫君に熱心に言い寄っているそうだ、叔母の女五の宮もけっこうなご縁だとお思いの様子。まったくお似合いのご縁組だ」と噂しているのを紫《むらさき》の上《うえ》は人づてに耳にし、はじめは、いくらなんでもそのようなお話があるのなら私に隠し立てはなさらないだろう、と思っていた。けれどよくよく光君の様子を観察していると、いつにもなく心ここにあらずのようなのが情けなく、ああ、そのお方のことを真剣に思っていらっしゃるのに、何食わぬ顔で冗談めかしておっしゃっているのだ、と紫の上は考える。

あの姫君は、私と同じく親王のお子ではいらっしゃるけれど、世間の人望も格別であるし、昔からじつに尊いお方と言われているのだから、光君の心がそちらにお移りになれば、私はどんなにみじめなことになるだろう。今まで長年とくべつに扱っていただいて、肩を並べるような人がいないことに慣れてしまったのに、ほかの人に遠慮しなければならなくなるなんて……と、だれにも言えずにひとり心を痛めている。いえ、さすがにきっぱり見捨てたりはなさらないだろう、私が何もわからない頃から長年いっしょに暮らしている間柄だから、私を軽んじていらっしゃるのだろうと、あれこれと思い悩む。たいしたことでないのなら、恨み言をかわいらしく言ってみたりもするのだが、この件については心底苦しんでいるので、顔色にも出さない。

光君は、外を眺めてもの思いにふけることが多くなり、宮中に泊まることも増え、何かするというと手紙を書くばかりなので、なるほど人の噂はまったくの嘘《うそ》というわけではないのだ、せめてちょっとした気配でもほのめかしてくださったらいいのに、なんとひどいお方だろう、と紫の上は思っている。

ある夕方、藤壺《ふじつぼ》の宮の喪に服している宮中では神事なども中止となって、光君はすることもなく手持ち無沙汰なので、いつものように叔母の邸に向かう。雪がちらついて、なんともうつくしい夕暮れ時に、しっとりとやわらかい着慣れた衣裳《いしよう》に香を焚きしめ、入念にめかしこんで日暮れを迎えたので、その姿を惚れっぽい女が見たら、いよいよなびかずにはいられないほどだ。さすがに紫の上に外出の挨拶だけはする。「叔母君のご気分がよくないとのことなので、お見舞いにいってくるよ」とひざまずくけれど、紫の上はこちらを見ようともせず、何気なさを装って幼い姫君をあやしている。その横顔がただならぬ様子である。「この頃妙にご機嫌が悪いね。何も悪いことはしていないのにな。あんまり見慣れすぎても見映えがしないと思うだろうから、気遣って留守がちにしているのに、それをまた変に勘ぐるのかな」

「見慣れすぎれば本当に悲しいことが多くなりますね」とだけ紫の上は言い、背を向けて横になってしまうので、それを放って出かけるのも気が進まないが、すでに訪問の旨を叔母に知らせてあったので光君はそちらに向かった。

こうなることもあり得る関係だったのに、安心しきって過ごしてきてしまったのだと紫の上は横になって考える。鈍色の喪服だが、色合いや重なり具合がかえってすばらしく調和していて、雪の光に映えるはなやかな姿を紫の上は見送り、本当に、これ以上このお方が離れていってしまったらたえられそうもない、と思う。

先払いは内々の者ばかりである。

「参内《さんだい》以外の出歩きも億劫《おっくう》な年齢になってしまったなあ。桃園の叔母君が心細く暮らしていらっしゃって、今までは式部卿宮にお世話をおまかせしてきましたが、式部卿宮が『これからはよろしくお願いします』などと私におっしゃるものだから、それももっともなことだし、おいたわしいし」などと、光君はお供の者たちにも言い訳しているが、「いやはや。いくつになってもお盛んで若々しいままでいらっしゃるのが、玉に瑕《きず》ですなあ。よからぬ事件も起きてしまうのではないか」などと、お供の者たちはぶつぶつ言い合っている。

桃園の邸の北側、人の出入りの多い門から入るのは光君の身分にふさわしくないので、西側の重々しい正門からお供の者を入れて叔母君に訪問の旨を告げさせる。まさか今日はいらっしゃらないだろうと思っていた叔母君はあわてて西の門を開けさせる。門番は寒そうな様子で出てきたが、すぐには開けられない。この男よりほかに下男はいないのだろう。がたがたと引いて、「錠がひどく錆《さ》びてしまっていて、開きません」とこぼすのを、光君はものがなしく聞く。昨日、今日と思っているうちに三十年も昔のこととなってしまうのが人生だ、こうした世の無常を見ながら仮の世であるこの世を捨てることもできず、木草の色にも心を奪われるのだからな……と、光君は思い、口をついて出るまま詠む。

いつのまに蓬《よもぎ》がもととむすぼほれ雪降る里と荒れし垣根ぞ

（いつのまに蓬がこうも生い茂り、雪の降る故郷となって荒れてしまったのだ

ろう）

ずいぶん長くかかって無理にこじ開けた門から、光君は入る。

叔母君に会い、いつものように話していると、叔母はとりとめもない昔話からはじめ、いろいろと話し出すけれど、光君はおもしろくも思えず眠たくなってくる。叔母もあくびをし、「宵のうちから眠くなってしまって、もうお話もできそうもない」と言うやほどなく、鼾《いびき》とか、聞いたことのない音をさせはじめ、光君はこれさいわいと立ち上がろうとすると、いっそう年寄りめいた咳払いをしてだれかが光君の前にあらわれる。

「おそれ入りますが、この私がこちらにお世話になっていることはお聞きになっているかと期待しておりましたのに、まだこの世に生きている者のひとりとも数えてくださらないようですから……。故桐壺院は、『おばば殿』と呼んでお笑いになってくださいました」などと名乗り出るので、光君はアッと思い出す。源典侍《げんのないしのすけ》という人は、尼になり、この叔母の弟子として勤行《ごんぎょう》に励んでいると聞いていたけれど、まさか今まで生きているかどうかもよくわからなかったので、光君はひどく驚く。

「故院の御時のことは、みんな昔話になってしまって、はるか昔を思い出すのも心許《こころもと》ない思いですので、昔を知るお声をうれしく思います」と光君は言い、「しなてるや片岡山《かたをか》に飯《いひ》に飢ゑて臥《ふ》せる旅人あはれ親なし（拾遺集／片岡山に飢えて臥せっている旅人よ、かわいそうに、親はいないのか）」という歌から、「親なしに臥せる旅人（親のいないかわいそうな旅人）と思って、私をお世話くださいな」と続ける。ものに寄りかかっている光君の様子に、典侍はますます昔を思い出し、老人らしからず色っぽくふるまって、ひどくすぼんでしまった口元が思いやられる声音で、いかにも舌たらずに、未《いま》だに戯れようとしている。

「身を憂《う》しと言ひこしほどに今はまた人の上《うへ》とも嘆くべきかな（我が身を情けないと言ってきたあいだに、今はそれもあなたの身の上でもあると嘆きましょう）」の古歌から、年をとったのはお互いさまだとでも言いたげに「言ひこしほどに」などと言ってくるのは、まったく見ていられない。今急に老けたわけでもないのに、と光君は苦笑するが、しかし思えばこの歌もなかなか感慨深く思える。

この典侍がまだ働き盛りだった頃の宮中で、寵愛《ちょうあい》を競っていらした女御《にょうご》、更衣《こうい》たちは、あるいはすでにお亡くなりになったり、あるいは入内《じゅだい》の甲斐《かい》もなく、みじめな境遇に落ちぶれていかれた方もあるようだ。そう思うと、藤壺の宮はなんとお若くして亡くなったことか。あまりといえばあまりのことと思わざるを得ないこの世の中で、年齢からいって老い先もすでに短くて、心の持ち方も浅はかに思えたこの典侍が生きながらえて、こうして静かにお勤めをして今まで過ごしてきたとは、やはり万事が無常の世の中なのだな……。としみじみと思っている光君の様子を、自分へのもの思いと勘違いして心ときめかせ、典侍は年甲斐もなく詠む。

年経《ふ》れどこの契《ちぎ》りこそ忘られね親の親とか言ひし一言《ひとこと》

（幾年たってもこのご縁は忘れられません。親の親とかおっしゃった一言があ
りますから）

光君は嫌になって、

「身をかへてのちも待ち見よこの世にて親を忘るるためしありやと

（来世に生まれ変わって見ていたらいい、この世で親を忘れるような例があろ
うかと）

頼もしいご縁ですな。そのうちゆっくりお話しいたしましょう」と言って部屋を出る。

西面《にしおもて》の部屋では格子を下ろしてあるけれど、光君の訪問を嫌がっているように見えるのもどうかと、一、二枚の格子は下ろさずにおいた。月が出て、うっすらと積もった雪が月の光に映え、かえって風情のある、うつくしい夜である。先ほどの「老女の

ときめき」も、世間で言うところの興ざめなもののたとえになっていたな、と思い出

し、光君はおかしくなる。

この日、光君は姫君にひどく真剣に話しかける。

「ただ一言、嫌いだとでも、人づてではなくおっしゃってくださいましたら、あきらめるきっかけにいたします」と、身を乗り出して責めるように言う。

昔、私も光君もまだ若く、ご縁があっても世間も認めてくれた頃でさえ、亡くなった父、式部卿宮《しきぶきようのみや》もどうにか縁づけたいと思っていらしたのに、それでも私はそんなことはあり得ない、恥ずかしいと思ってそのままにしてしまった。あれから父宮も亡くなられ、私は年齢も重ねて盛りを過ぎて、ますます不釣り合いになったというのに、「一言」などとんでもない、たえられない、と姫君は思い、その気持ちはまるで揺らぎそうもない。

あまりにも薄情なお方だと光君は思う。そうかといって、無愛想にそのまま放っておくなどということもなく、取り次ぎを介しての返事などはしてくるのだから、光君はじりじりした気持ちになるばかりだ。

夜もずいぶん更けて、風が強く吹きはじめ、次第に心細くなってきて、光君はそっと涙を拭い、

「つれなさを昔に懲りぬ心こそ人のつらきに添へてつらけれ
（昔からのあなたのつれない仕打ちに懲りない自分の心もまた、あなたの冷たさに加えて、恨めしく思えます）

思いを寄せた私が悪いのですが」と、言い募るのを、「本当に、私たちも気が気ではありません」と女房たちはいつものように姫君に訴える。

「あらためて何かは見えむ人のうへにかかりと聞きし心がはりを
（今さらどうして私の気持ちを変えることがあるでしょう、女はよく心変わりをすると聞きますけれど）

昔とは違うことなど、とてもできません」

と姫君は返事をする。

どうにもしようがないので、光君は真剣に恨み言を言って立ち去ろうとするが、それも大人げないと思い、

「こんなふうに世間の語り草になりそうな私の振る舞いを、けっして人に漏らさないでくださいよ、けっして、ね。恋人でもないお相手に『いさら川《がは》』などと言うのも馴れ馴れしいですね」と、しきりにひそひそ話しかけているが、それはいったいどういうことなのでしょうか。女房たちは、

「まったく畏れ多いことです。どうしてこうむやみにつれなくなさるのでしょう。軽々しくご無体な真似はなさらないようにお見受けするけれど。お気の毒に」と言い合う。

たしかに、光君のお人柄のご立派であることも、慕わしいお方だとも、わからないわけではないけれど、それをわかったように振る舞ったところで、世間並みの女たちが光君を褒めそやすのと同列に思われてしまうかもしれない、それに、軽々しい私の気持ちもお見透かしになるに違いない、気後れするほど立派なお方ではあるし……と姫君は思う。お慕いしている気持ちを見せても何になろう、差し障りのないご返事などは絶やさないで、忘れられない程度には人を介してのお返事を差し上げて、失礼のないようにしていよう。そして今まで長く神に仕えてきた私は、仏道から離れていた罪が消えるようにお勤めをしよう……と思い立つけれど、急にこうしたおつきあいなど無関係という顔をしても、かえって思わせぶりだと思われて、人にうるさく取り沙汰されるのではないか、と、世間の人の口さがなさを充分知っているので、姫君の近くに仕える女房たちにも気を許さず、用心に用心を重ねて、だんだんと勤行《ごんぎょう》一筋の道に入っていく。

姫君にはご兄弟の男君たちも大勢いるけれど、みな異母兄弟なので、つきあいはほとんどない。桃園の邸がさびれていくにつれて、あんなにもすばらしい光君が真剣に心を寄せてくれているのだからと、女房たちはみな心をひとつにして光君に思いを託している。

光君はむやみにいらだっているわけではないけれど、姫君のつれない仕打ちも忌々《いまいま》しく、このまま引き下がるのもくやしいのである。とはいえ、光君の今の人柄といい、世間の人望といい、まったく申し分なく、ものごとも深くわきまえていて、世間の人にもそれぞれ違いがあると広く見聞し、以前よりもずっと経験を積んできたと自負しているので、今回の浮気沙汰も、一方では世間の非難を避けたいと思う。が、このまま実を結ばなければますますもの笑いの種になるだろうし、どうしたものか、と迷い、二条院に帰らない日が続いているので、紫《むらさき》の上《うえ》は冗談にもならないほど恋しく思っている。こらえてはいるが、どうして涙をこぼさない時がありましょう。

「妙にいつもと違うご様子だけど、どうしたの」と光君は紫の上の髪を撫《な》でながら、いじらしく思っている。絵に描いてみたいと思うほどの二人の姿である。

「藤壺《ふじつぼ》の宮がお亡くなりになってから、帝《みかど》が本当にさみしそうにしていらっしゃって、そのお姿を拝見していると胸が痛む。太政大臣もお亡くなりになって、後をまかせられる人もいないから忙しいのだ。この頃こちらに泊まらないのを、今までにはなかったことだと不満なのももっともだし、申し訳なく思うけれど、もういくらなんでも安心しなさい。あなたは大人になったようだけれど、まだ思慮が深いとは言えないし、私の気持ちがわかっているようには思えないのが、かわいらしいけれどね」と言い、涙でもつれている額髪をなおしてみるが、紫の上はますます背を向けたまま何も言わない。「こんなに大人げないのは、いったいだれが教育したのだろうね」などと言ってみるが、いつ死んでしまうかもわからない無常の世に、こんなに恨まれるのもつまらない、とも思うのである。

「姫君に他愛もない便りを送るのを、もしや思い違いしているのではないかな。それはまったくの思い違いだよ。そのうちわかると思うけれどね。あのお方は昔から近寄りがたい人でね。何かものさみしい時に恋文めいた手紙を送って困らせてあげたら、向こうも退屈しているものだから時々お返事をくれるという程度のことで、どちらも本気ではないよ。じつはかくかくしかじかで、とあなたに泣き言を言うようなことだと思うかい？　気掛かりなことなど何もないと考えなおしてくださいよ」などと、一日中機嫌をとっている。

雪がひどく降り積もっている上に、今もまだ降っていて、雪をかぶった松と竹の違いが際立っておもしろく見える夕暮れ時、光君の姿もいっそう光り輝いて見える。

「四季折々のうち、人が心惹《こころひ》かれるという花紅葉《はなもみじ》の盛りより、冬の夜、澄んだ月の光に雪が照り映えている空こそ、これといった色もないのに不思議と身に染みて、この世ならぬことまで思わされ、うつくしさも情趣も、これ以上のものはない季節ではないか。これを、興ざめなものの例として書き残した昔の人の、心の浅いことよ」と言い、光君は御簾《みす》を上げさせる。月はあたり一面をくまなく照らし、雪の白一色が広がっている。雪にたわむ植えこみの茂みがいたましく見え、遣水《やりみず》も凍って流れにくくなり、池の水もひどく冷たそうである。光君は女童《めのわらわ》を庭に下ろし、雪転がしをさせる。かわいらしい姿や髪かたちが月の光に映え、大柄の、もの馴《な》れた感じの女童たちが色とりどりの表着《うわぎ》を着て、無造作に帯を結んだ宿直《とのい》姿もしとやかである。彼女たちの、表着の裾よりずっと長い髪が、一面の雪にいっそう映えて、その色の対比がうつくしい。ちいさな女童は子どもらしくうれしそうに駆けまわっているうちに、扇などを落としながら、はしゃいでいるのもたのしげである。少しでも多く雪玉を転がそうと欲張っているけれど、もう動かすことができず手こずっているようだ。何人かは東の端に出て、その様子を見てはじれったそうに笑っている。

「先年、藤壺の宮の御前で雪山をお作りになった。やり古されたことだけれど、やはり目新しい趣向を加えておもしろいものになさっていた。なんの折に触れても宮がいらっしゃらないことが残念でさみしくて仕方がない。宮はひどく近寄りがたくて、どんなお暮らしなのか、日頃拝見するようなことはなかったのだけれど、宮中でお暮らしの時は、この私を気のおけない相手と思ってくださっていてね。私もすっかりお頼りして、何かあればすべて相談していた。おもてだって機転を利かすわけでもないのだけれど、相談のしがいがあって、ほんのちょっとしたことでも、きっちりなんとかしてくださったものだ。この世にあれほどのお方がいるだろうかと思うんだ。物腰がやわらかくて、頼りなくもいらっしゃるけれど、いかにも深い教養をお持ちなところなど、並ぶ者もないほどだった。あなたはさすがに藤壺の宮の血筋だからよく似ているけれど、少し厄介なところもあって、気の強さが勝っているところが困ったものだね。姫君のお人柄は藤壺の宮とはまた違うふうでね。ひとりでなんとなくさみしい時などに、とくべつの用がなくとも話をしたり、こちらも自然と気遣いしてしまうようなお方といえば、このお方しか世には残っていないと思うよ」と、光君は紫の上に話す。

「尚侍《ないしのかみ》（朧月夜《おぼろづきよ》）こそ、才気があって、なおかつ気品あふれたお人柄は、だれよりも勝っていると思います。浮ついたことなど無関係のお方だったのに、あなたとの噂

が流れるなんて、奇妙なことがあったものですね」と紫の上が言うと、

「その通り。優美で容姿端麗といえば、彼女のような人のことだね。そう思うと、申し訳ないことをしたと後悔することも多い。まして浮気好きの色男ならば、年をとるにつれて後悔することも増えるのだろうね。ほかのだれも比べものにならないほど落ち着いている私にも、後悔することがあるくらいなのだから」などと言い、尚侍のことも思い出しては涙を落とす。

「あなたが人の数にも入れない者として見下している山里の人はね」と、光君は今度は明石《あかし》の御方について話し出す。「低い身分とは不釣り合いなくらい、ものの道理をわきまえているのだけれど、ほかの人と同列にするわけにはいかないから、気位の高いところなども許しているのだよ。話にならないような低い身分の人とはまだ知り合ったことがないな。それにしても、何もかもすばらしい女君などはめったにいないものだね。東の院でさびしく暮らす姫君（花散里《はなちるさと》）の気立ても、昔と変わらず可憐《かれん》に思える。あのようにはとてもできないものだよ。人としてよくできた人なのだと思って面倒をみるようになってから、今もずっと私とのことを遠慮がちにして過ごしているよ。今となってはお互いに離れられそうもないほど、深くいとしく思っている」などと、昔や今の話をするうちに夜が更けていく。

月はいよいよ澄みきって、静まり返っていてうつくしい。紫の上、

氷閉《こほりと》ぢ石間《いしま》の水はゆきなやみ空澄む月のかげぞながるる

（氷が張って、石のあいだの遣水は流れかねているけれど、空に澄む月影は西へと流れていきます――私は閉じこめられているけれど、あなたはどこへでも行けるのですね）

外に目をやり、少し首をかしげている姿は、たとえようもなくかわいらしい。髪の生え際や顔立ちが、ふと、ずっと恋い慕っている藤壺の宮の面影に見え、この上なくすばらしいので、ほかの女君にいささか傾いていた気持ちも戻って、この人にすべて捧《ささ》げることになりそうだ、と光君は思う。鴛鴦《おしどり》が鳴き、

かきつめて昔恋《こひ》しき雪もよにあはれを添ふる鴛鴦《をし》の浮寝《うきね》か

（あれこれと昔のことが恋しく思い出される雪の中に、哀れを増す鴛鴦の浮寝――悲しい声です）

光君は寝室に入っても、藤壺の宮のことを考えながら横になった。するとと夢ともなく、ほのかに藤壺が姿をあらわし、光君をひどく恨んでいる様子で、「けっして漏らさないとおっしゃっていたのに、嫌な評判が明るみに出てしまって恥ずかしく思います。こんなつらい思いをして、苦しくてたまりません」と言う。何か

答えようと思うが、何かにのしかかられたように動けない。

「まあ、どうなさいました」と言う紫の上の声に、光君ははっと目覚める。目覚めてしまったのがたいそう残念に思いながら、激しい胸の鼓動を静めていると、涙まで流れていた。今も袖がどんどん濡れていく。紫の上はいったい何ごとかと思うが、光君は身じろぎもせず横になっている。

とけて寝ぬ寝覚《ねざめ》さびしき冬の夜にむすぼほれつる夢の短《みじか》さ

（安らかに眠ることもなく目覚めたさびしい冬の夜に、はかなく結んだ夢のなんと短いことか）

短い逢瀬《おうせ》に、かえって満たされず悲しみが募り、光君は朝早くに起き出して、だれのためとは言わずに、ところどころの寺で誦経《ずきよう》をさせる。

つらい思いをして、苦しくてたまらないと夢の中でおっしゃった。藤壺の宮が自分をお恨みになるのももっともなことだ、と光君は考える。勤行をなさってすべての罪を軽くなさったようなご様子だったが、あのたったひとつの秘密によって、この世の濁りを清めることがおできにならなかったのだろう……。ものごとのことわりを深く考えはじめると、光君はますます悲しくなり、どうにかして、知る人もいない冥界にいらっしゃるあのお方を尋ねていって、この自分が身代わりになってその罪を受けたいものだ、など、つくづく思う。しかし藤壺の宮のためにとりたてて特別な法要をすれば、だれもが何かあるのかと疑問を持つに違いない。帝も疑心暗鬼になっておられることだし……と用心し、ただ阿弥陀仏《あみだほとけ》を一心に祈っている。息を引き取った女は、はじめて契りを交わした男に背追われて三途の川を渡るという。そして極楽浄土では、夫婦はひとつの蓮華《れんげ》に座ると言われている。どうか宮と同じ蓮《はちす》に座れますようにと願い、

なき人をしたふ心にまかせてもかげ見ぬみつの瀬にやまどはむ

（亡きあなたをお慕いする心のままに尋ねても、三途《さんず》の川で、私はあなたを見つけられずに途方に暮れるのか——背追いもできず、蓮にも座れない私は）

と思うのも、情けないことであった……とかいうことです。

少女《おとめ》

引き裂かれる幼い恋

大人たちの思惑ゆえに、引き離されてしまったとか……
それはせつない、幼い恋だったということです。

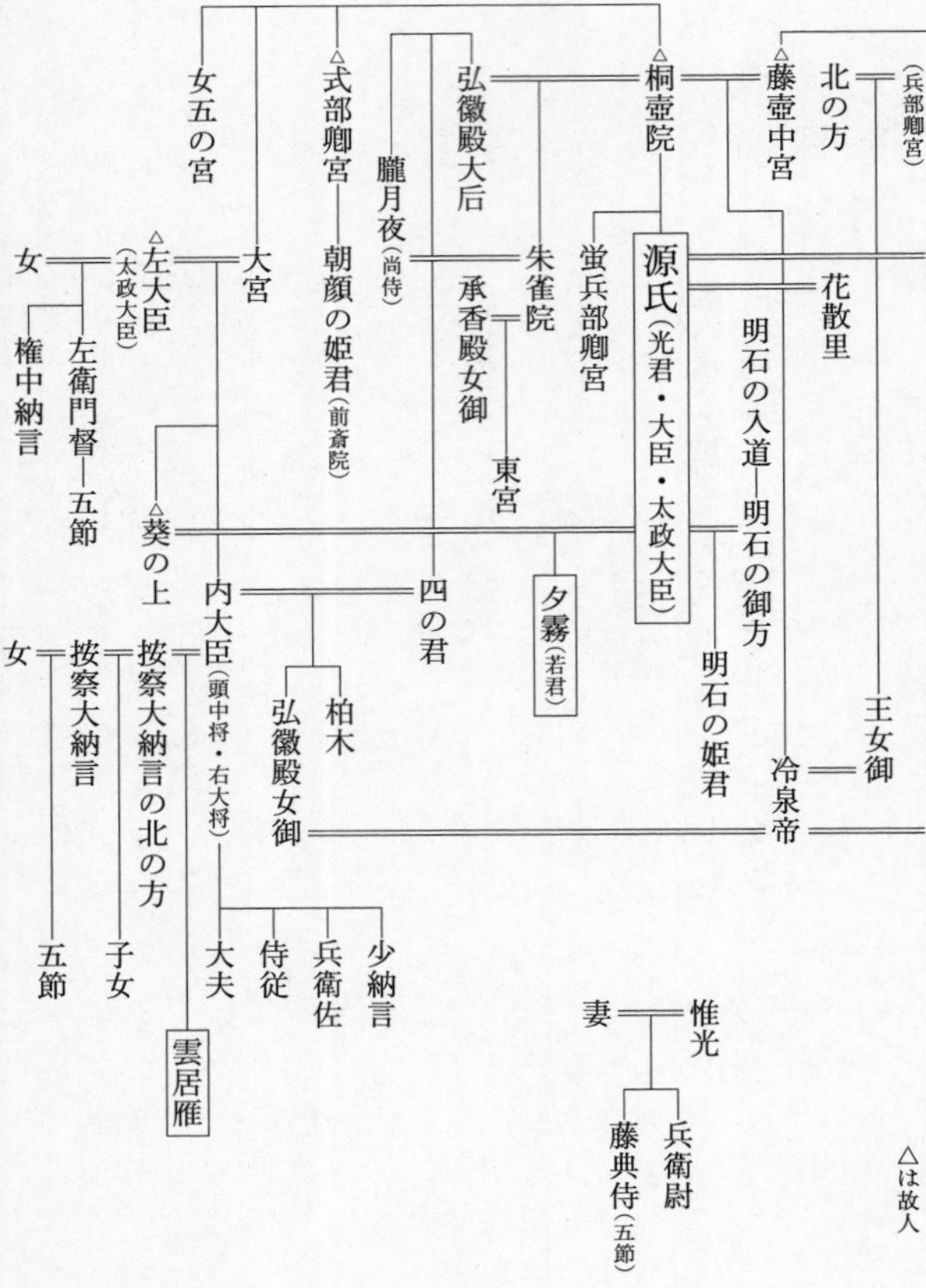

式部卿宮（兵部卿宮）
北の方
△藤壺中宮
△桐壺院
弘徽殿大后
△式部卿宮
女五の宮
紫の上
王女御
源氏（光君・大臣・太政大臣）
花散里
蛍兵部卿宮
朱雀院
朧月夜（尚侍）
承香殿女御
東宮
朝顔の姫君（前斎院）
大宮
△左大臣（太政大臣）
女
左衛門督
権中納言
五節
△葵の上
夕霧（若君）
明石の入道
明石の御方
明石の姫君
冷泉帝
△六条御息所
秋好中宮（斎宮（梅壺）女御）
四の君
内大臣（頭中将・右大臣）
柏木
弘徽殿女御
按察大納言の北の方
按察大納言
女
五節
子女
雲居雁
大夫
侍従
兵衛佐
少納言
惟光
妻
兵衛尉
藤典侍（五節）

＊登場人物系図

△は故人

　年が改まり、藤壺《ふじつぼ》の宮の一周忌も過ぎた。人々も鈍色《にびいろ》の喪服から通常の衣裳《いしょう》にかわり、ちょうど初夏の衣替えの頃なのではなやいだ雰囲気である。まして賀茂《かも》の祭の頃となると空模様も全体的に気持ちよいのに、やはり前年に父宮を亡くした前斎院《ぜんさいいん》（朝顔《あさがお》の姫君）は所在なくもの思いに沈んでいる。庭先の桂《かつら》の木の下を風が吹き、女房たちは姫君が賀茂神社に仕えていた頃を懐かしく思い出す。そこへ光君《ひかるきみ》から、「斎院をお下がりになった今、禊《みそ》ぎの日はどんなにのんびりなさっていることでしょう」と挨拶がある。

「今日は、

　かけきやは川瀬《かはせ》の波もたちかへり君がみそぎの藤《ふぢ》のやつれを

（思いもしませんでした。賀茂の川瀬の波が立ち返るように禊ぎの日がめぐってきたのに、あなたが斎院の禊ぎではなく、喪の明ける禊ぎをなさろうとは)」

紫の紙に、きちんと立て文にして藤の花につけてある。折も折、胸に染みて、姫君は返事を書く。

「藤衣《ふぢごろも》 着しは昨日《きのふ》と思ふまに今日《けふ》はみそぎの瀬にかはる世を

(喪に服しましたのはつい昨日のことのようですのに、今日はもう喪服を脱ぐ除服の禊ぎに川瀬に立つとは、移り変わりの激しい世の中です)

はかなく思われます」とだけ書かれているのを、光君はいつものようにいつまでも見入っている。

喪服から平服に切り替える頃にも、光君から女房の宣旨《せんじ》のところに、置き場もないくらい心遣いの品々が届く。姫君には見苦しく思え、そのように言うが、「思わせぶりな、お気持ちをほのめかすようなお手紙がついていましたら、なんとか申し上げてお返しもできますが、今までも表向きの行事のお見舞いなどはいつもいただいておりますし、今回も本当に真面目なお手紙なのですから、どのようにお断り申せましょうか」ともてあましている。

叔母《おば》である女五《おんなご》の宮《みや》にも、光君は同じように機を外さずお見舞いの品を送るので、叔母はすっかり感心し、

「この光君を、昨日今日まで子どもと思っておりましたのに、こんなに大人びてお見舞いまで送ってくださって。ご容姿もずいぶんうつくしい上に、お心掛けまでも、人並みすぐれてご成人なさいましたのね」と褒めているのを、若い女房たちは笑い合っている。叔母は、姫君に会う時には、

「この源氏の大臣《おとど》がこうしてたいそう熱心にお手紙をくださるようですが、いえそれは、もう、今にはじまったことではありません。亡き父宮も、あのお方がほかの姫君と結婚なさってしまい、こちらでお世話できないことを嘆いては、『せっかく私が乗り気でいるのに、姫君が強情に取り合わなかったからだ』とよくお口に出されて、くやしそうになさっていた時もありました。けれど、亡き太政大臣の姫君（葵《あおい》の上《うえ》）も生きていらした頃には、母の三《さん》の宮《みや》（大宮）がご心配なさるのがお気の毒で、私もあれこれお口添えすることはしなかったのです。今は、そのれっきとした正妻でいらした姫君もお亡くなりになったのですから、父宮のお望み通りにあなたが正妻になられたとしてもなんの不都合がありますか。光君が昔のようにこうして熱心にお申し込みになるのも、前世からのご縁がおありだからだと思うのです」と、いかにも古風に勧めるので、姫君は不愉快に思い、

「亡き父宮にも、強情に取り合わなかった、と思われたまま過ごしてきましたのを、

今さら自分を曲げて結婚話に応じるのも、おかしなことでしょう」と、取りつく島もない様子で、叔母はそれ以上強く言えないでいる。姫君に仕えている人々も、身分の上も下もなくみな光君の味方をしているので、だれかが仲を取り持つような手引きをするのではないかと心配ではあるが、先方の光君は、自身の誠意を尽くし、この深い思いをわかってもらえれば、姫君の気持ちも和らぐのではないかと待っていて、女房に手引きを頼んで無理強いをして、姫君の気持ちを傷つけようなどとは思っていないようではありますが……。

葵《あおい》の上《うえ》の産んだ若君の元服の準備を光君は進めている。二条院で行おうと思っていたが、祖母である大宮がその晴れ姿をたのしみにしているのももっともではあるし、気の毒にも思い、やはりそのまま故太政大臣の邸《やしき》で執り行うことにした。若君の伯父《おじ》である右大将（頭中将《とうのちゆうじよう》）をはじめ、若君の伯父にあたる人々は、みな上達部《かんだちめ》で帝《みかど》の信望もことに篤《あつ》い人々ばかりなので、主催者側としても、我も我もと名乗りをあげて必要な準備をそれぞれ整えている。世の中全体が大騒ぎで、にぎにぎしいばかりの準備である。

光君は若君をはじめ四位《しい》にしようと思い、世間でも、きっとそうなるだろうと思っていた。しかし自分の思いのままになる世の中だからといって、まだ年端もゆかないのに、いきなりそうした高位を与えるのも、かえって世間ではありきたりなことではなかろうかと思い留《とど》まり、六位と定めた。

六位を示す浅葱色《あさぎいろ》を着て若君が宮中に戻るのを、祖母の大宮が不満に思い、あきれているのは無理もなく、気の毒なことである。大宮が光君と対面しその気持ちを伝えると、

「今が今、幼いうちから無理に大人扱いをしなくてもいいのですが、思うところがありまして、しばらく大学寮で学問をさせたいのです。この二、三年を無駄に過ごすようなつもりで、いずれ朝廷にもお仕えできるようになりましたら、そのうち一人前にもなるでしょう。私自身、宮中に育って世の中のことも知らないまま、夜昼と父帝のおそばに控え、ほんの少しばかりちょっとした漢籍（漢文の書籍）なども習いました。ただ、畏れ多くも帝の御手ずから教えていただきましたのに、何ごとも広い教養を知らないうちは、詩文を学ぶのも、琴笛を習うのも音色が不充分で、至らないところが多くありました。つまらない親の元に賢い子が育つという例はめったにないことですから、まして次々と子孫へと代が続いていき、ずっと先の将来はどうなっていくのかと不安に思いまして、このように考えた次第です。名門の子弟として生まれ、官位も

心のままに得て、世の栄華に慣れていい気になってしまいますと、学問で苦労するなどとはまっぴらごめんだと思ってしまうようです。遊ぶことばかり好んで、思いのままに官爵にのぼりつめれば、時勢に従う世間の人々が、内心では鼻で笑いながらも追従し、ご機嫌をうかがいながら付き従っているうちは、なんとなく自身も一人前に思えて堂々としていることもできます。ですが時勢が移り、頼りにするべき人に先立たれ、運勢も下降してきた果てに、人に軽んじられ馬鹿にされるようになった時、どこにも拠《よ》りどころがなくなってしまうのです。やはり学問という基礎があってこそ、実務の才『大和魂』も世間に確実に認められるでしょう。さしあたっては、心許《こころもと》ない地位に思われるでしょうが、ゆくゆくは世の柱石となるべき心得を習得しましたら、たとえ私が亡き後も心配すべきことは何もないと思いまして……。今のところは頼りなくお思いになるかもしれませんが、この私がこうして面倒をみておりましたら、貧乏な大学生《だいがくのしょう》だと馬鹿にして笑う人もまさかいないと思いますよ」

と、光君は事情を説明する。大宮はため息をつき、

「なるほどそこまでお考えくださるのは当然でございました。こちらの右大将なども『あまりに前例がないことだ』と合点がゆかぬようでしたし、ご本人も幼心にひどく残念のようで、右大将や左衛門督《さえもんのかみ》の子どもなど、自分よりは身分が下だと見下げてい

た者たちも、みなそれぞれ位が上がって一人前になっていくのに、自分ひとり六位の浅葱姿なのはとてもつらいと落ちこんでいらっしゃるのが、とてもおかわいそうで……」

と大宮が言うので、光君はつい笑って、

「いっぱしの大人のつもりで不平を申しているようですね。本当にまだまだ子どもっぽい。まだそういうお年ですよ」と、若君がかわいくてたまらないようである。「学問などをして、少しものごとをわきまえられるようになれば、その不平は自然となくなりますよ」と言う。

大学寮に入るにあたって、「字《あざな》」をつける儀式は二条院の東の院であげることとなり、東の対《たい》に儀式の用意をした。上達部や殿上人《てんじょうびと》たちは、めったにないことなのでどんな儀式なのか見てみたいと、我も我もと集まってくる。大学の博士たちはかえって緊張したに違いない。しかし「遠慮などせずに、しきたりに従って、手加減することなく厳格に執り行うように」と光君が言い、博士たちは努めて平静を装い、着慣れていない借り着が不恰好《ぶかっこう》なのも恥ずかしがることなく、顔つき、声色など、いかにも格式張って振る舞う。定《さだ》まった座に居並ぶ作法をはじめとして、すべてだれも見たことのないようなものばかりだ。若い君達《きんだち》たちは思わず噴き出してしまう。じつは、笑い出したりしないような、年輩の落ち着いた者ばかり選んで酌などをさせたのであったが、いつもとは勝手の違った宴席なので、右大将も民部卿《みんぶきょう》も真剣な面持ちで盃《さかずき》を持つのを、博士たちがあきれるほど厳しく咎《とが》めては叱りつけている。「まったく相伴役の方々はたいへん不作法だ。かくも著名な私を知らずに朝廷にお仕えしているとは。愚かなことこの上ない」などと言うので、人々はこらえきれずにまた笑い出す。するとふたたび博士たちが、「うるさい、静かになさい。失礼にも程がある。出ていきなさい」と居丈高に言うのも、またおもしろい。

こうした儀式を見たことのない人にとっては珍しくて興味深いが、大学寮から出て上達部になった人たちは得意顔で笑みを浮かべ、光君がこうして学問の道を選び、若君に学ばせようとするのはすばらしいことだと、尽きせぬ尊敬の念を抱いている。博士たちは少しの私語も許さない。無礼だと言って咎めるのである。そんなふうにやかましくわめいている博士たちの顔も、夜になると、昼よりかえって明るい灯の光に照らされ、道化じみていたり貧相だったり、みっともなかったりとさまざまで、まったくいつもとは違う異様な雰囲気である。光君は、

「私は不真面目な上、気が利かないので、こうやかましく叱られたらまごついてしま

うだろう」と、御簾の内側に隠れて儀式を見守っている。決められた数の座席に着くことができず、帰ってしまう大学の学生《がくしょう》たちもいると光君は聞き、釣殿のほうに彼らを呼び、とくべつに引き出物などを贈る。

儀式が終わって、退出する博士や漢詩の得意な学者たちを光君は呼び止め、またしても詩を作らせる。上達部、殿上人も、詩文の得意な者たちに声をかけて参加させる。博士たちは五言律詩《ごごんりつし》（八句）を、光君をはじめ博士でない人は、絶句《ぜっく》（四句）を作る。趣のある題の文字を選び、文章博士《もんじょうはかせ》が出題する。夏の、夜の短い頃なので、すっかり夜が明けてから発表となる。左中弁《さちゅうべん》が詩を読み上げる。顔立ちのじつにうつくしい人で、朗々とした声音でおごそかに読み上げる様は、なんともすばらしい。世間の信望も篤い博士なのである。

このような高貴な家に生まれ、世の中の栄華に身をまかせていればいい身分でありながら、蛍の光を友とし、枝の雪に親しんで学問にいそしむ若君の志の高さを、思いつく限りのことになぞらえた思い思いの詩が寄せられる。どの句も趣向に富んでいて、唐土《もろこし》にまで持っていって伝えたいほどの詩作であると、その当時世間でもてはやされた。光君の作品はもちろん、親らしい愛情に満ちたすばらしいものだったので、人々は涙を流しながら口々に吟唱したのであるが……、女がわかりもしないことを口にするのはいかにも生意気なこと、気が進まないので省くことにしましょう。

引き続き入学の儀式をさせ、そのまま二条院の東の院に若君の勉強部屋を設け、本格的にその道を極めた先生に預け、若君に学問をさせる。若君は、祖母の大宮のところにもめったに顔を出すこともない。大宮は若君を朝も夜もかわいがり、まるで幼児のように過保護にしているので、大宮の元では勉強はできまいと光君は思い、静かなところに若君を閉じこめたのである。月に三度ほど大宮の邸に行くことのみ許した。

若君はずっとこもっていて気も晴れず、父である光君にたいし、「ひどいことをなさる、こんなに苦労しなくても高い位を得て、世間から重んじられる人もいるではないか」と思うけれども、若君の人柄はだいたいにおいて真面目で、浮ついたところがないので、じつによく辛抱し、なんとかして読むべき書物を早く読み終えて、官職に就き、出世もしたいと考えて、四、五月のうちに史記などという必読書は読み終えてしまった。

次には大学寮の試験を受けさせようということで、まずは光君の前で模擬試験をさせることとなった。例によって、伯父の右大将、左大弁、式部大輔《しきぶのたいふ》、左中弁たちが集まり、若君の担当教師である大内記《だいないき》を呼び、史記の難解な巻々で、寮試の時に博士がくり返し質問しそうな箇所を選び出してひととおり読ませてみると、どの箇所もまんべんなく、またよどみなく読んでみせる様は、あやふやな点につける爪《つま》じるしもいっさいなく、驚くばかりの好成績である。やはり天性の才能をお持ちなのだとだれもがみな落涙する。まして伯父の右大将は、「太政大臣が生きていらっしゃったら……」と話し出し、涙に暮れる。光君も気丈夫ではいられなくなり、

「他人《ひと》ごととして、恰好つかないことと見聞きしてはいましたが、子が成人していけばば、親が入れ替わりにもうろくしていくというのは、私などはまだそれほどの年ではないけれど、やはり世の常ということなのですね」と言って涙を拭う。それを見ている大内記は、うれしくも、また名誉にも思う。右大将に盃《さかずき》を勧められ、すっかり酔っ払った大内記の顔は、ひどく瘦せて貧相である。たいへんな変わり者で、学才のわりには出世もできず、人に相手にもされず貧窮していたのだが、光君の目にかない、若君の教師としてとくべつに招かれたのである。こうして身に余るほどの待遇を得て、この若君のおかげで生まれ変わったような境遇になったことを思うと、まして将来は、この人は並ぶ者のない信望を得ることになることでしょう。

寮試のために大学に行く日、門前に上達部の車が数え切れないほど並んでいる。今ここに来ていない上達部はいないのではと思えるほどである。そこへ、またとなくたいせつに扱われ、きちんと装束などを着こなしてあらわれる若君の様子は、こうした

学生の仲間入りなどできそうもないほど気品に満ち、かわいらしくもある。例によって、儒者たちが集い着席しているのにまじって、その末席に着くのを若君がつらく思っているのは当然のことである。ここでもまた、大声で叱りつける者たちがいて、若君は不愉快に思いながらも、少しも臆することなく出題された箇所を読み切った。かつて大学が栄えていた頃が思い出されるような時代なので、身分の上中下を問わず我も我もと大勢が学問の道を志して集い、ますます世の中には学才もあり能力も高い人が多くなった。

若君は寮試に合格して擬文章生《ぎもんじようしよう》になり、釈奠《せきてん》の文人職《もんじん》にも就くなど、万事滞りなく進み、今はひたすら学問に打ちこみ、師も弟子もみなさらに励んでいる。光君の邸でも、作詩の会が頻繁に催され、博士や才人も集っている。そんなふうに、どんな分野においてもその道に励む人の才能が認められる時代であった。

さて、そろそろ正式に冷泉帝《れいぜいてい》に后《きさき》を定める時期でもある。光君は、「斎宮《さいぐうの》（梅壺《うめつぼの》）女御《にようご》（六条御息所《ろくじようのみやすどころ》の娘）を、亡き帝《みかど》の母宮もぜひお世話役にとおっしゃっていたのですから」と藤壺《ふじつぼ》の宮の遺言にかこつけて主張する。しかし、藤壺の宮に引き続き皇族が后に立つことは、慣例として世間が承知しない。弘徽殿女御《こきでんのにようご》（頭中将《とうのちゆうじよう》の娘）がだれよりも先に入内《じゅだい》していたのを差し置いて、いかがなものかという声もある。梅壺女御、弘徽殿女御とそれぞれ味方する人々は、内心はらはらしている。藤壺の兄で、兵部卿宮《ひょうぶきょうのみや》と言われていた人は、今は式部卿《しきぶきょう》となり、この御代においては今までにまして帝の信用が篤いのであるが、その娘が、かねての希望通り入内した。梅壺女御と同様に皇族の女御として仕えている。そこで式部卿としては、同じことなら、母后《ははきさき》の血筋として親しいこちらのほうが、母后が亡き後のお世話役にはふさわしいであろうという思いがある。そのようにそれぞれ競い合ったのだが、最終的に、梅壺が后となることに決まった。その母であった六条御息所とは正反対の抜きん出た幸運に、世間の人々は驚いている。

源氏の大臣《おとど》は太政大臣《だじょうだいじん》となり、右大将（頭中将）は内大臣となった。天下の政治を内大臣が執るようにと、光君は実権を譲った。内大臣の人柄はじつに一本気で威厳があり、気配りにも長けている。学問をとくに熱心にしたので、韻塞《いんふた》ぎでは光君に負けたけれど、政務には有能である。幾人もの夫人たちに子どもが十数人いて、成人した者は次々に立派な官職に就き、光君に劣ることなく栄えている一族である。

内大臣の娘は、弘徽殿女御のほかに、もうひとりいた。皇族を母君とする姫君で、高貴な血筋という点では劣ることはないが、その母君はその後、按察大納言《あぜちのだいなごん》と再婚し、現在はその夫とのあいだに子どもが大勢生まれている。内大臣は、その子どもたちと姫君をいっしょにして継父にまかせるのは筋違いであると思い、引き取って大宮に預けていたのである。内大臣はこの姫君を弘徽殿女御よりずっと軽く考えていたけれど、姫君の人柄も容姿も、じつにかわいらしい方なのである。

若君はこの姫君と同じ邸《やしき》で育ったのだが、それぞれが十歳を過ぎる頃に部屋は分けられていた。親しい間柄ではあっても、男の子には気を許すべきではないと父である内大臣から教えられていたので、二人は離れて暮らしていたが、若君は幼心に姫君を好ましく思わないでもなかった。ちょっとした花や紅葉《もみじ》につけても、また人形遊びの相手をするのにも、親密についてまわっては好意を見せるので、自然とお互いに深い思いを交わすようになり、今でも姫君は若君にはっきりと恥じ隠れるようなことはしないのである。姫君の乳母《めのと》たちも、そんな、まだおちいさい方々のことだし、今までずっとごいっしょにお暮らしになった間柄ですのに、急に引き離して決まり悪い思いをさせるなんてどうしてできようか、と思っている。けれど、女君こそまだ幼く無邪気ではあるものの、男君のほうはまだ子どものように見えていたのに、どんな大それた関係になっていたのやら……。部屋が別々になってからは、逢《あ》えないことで気もそぞろのようなのです。未熟ながら、将来どんなにみごとになるかと思える筆跡で互いに交わした恋文が、子ども心の不用心からついうっかり人目に触れることもあるので、姫君付きの女房たちにはなんとなく感づいている者もあるけれど、これこれこのようですと、どうしてだれかに言いつけたりできよう、見て見ぬふりをしているのに違いないのです。

太政大臣、内大臣それぞれ就任の大饗《だいきょう》の宴も終わり、ほかには朝廷での行事もなく、落ち着いてきた頃、ちょうど時雨《しぐれ》がさっと降り、荻《おぎ》の葉先をわたる風もしみじみと感じられる夕暮れ、大宮の部屋に内大臣がやってきて、姫君も呼び、琴を弾かせていた。大宮は、どんな楽器も上手に弾くので、すべてこの姫君にも教えている。

「琵琶《びわ》という楽器は女が弾いているとなんだか小癪《こしやく》に思うけれど、しかし音色は気品がありますね。今の時代、正確な奏法を伝えている人はめったにいなくなってしまいました。何々親王とか、源氏のだれそれくらいでしょうか」と数えて、「女の中には、光君が、ほら、山里に住まわせている方が、それはみごとだと言いますね。琵琶の名人の子孫だそうですが、末代で、長年田舎住まいをしていた人が、どうしてそんなに上手に弾くのでしょうね。光君は、その方の琵琶がことのほかみごとだと思って、よく褒めていますよ。ほかの芸事とは違って、音楽の才能はやはり広くいろいろな人と合奏し、あれこれの楽器と調べを合わせてこそ上達するものですが、ひとりで弾いていてそんなに上手になるとは、珍しいことです」などと言い、内大臣は大宮に琵琶を勧める。

「最近は柱《じゅう》の押さえ方も下手になってしまって……」とは言うものの、大宮はみごとに弾いてみせる。「その方、幸運なだけではなくて、やはりすばらしい人柄なのですよ。このお年になるまで光君がお持ちになれなかった女の子をお産みになって、しかも手元に置いて低い身分に埋もれさせず、高貴なお方に預けるその心掛け、申し分のない人だと聞いています」と、琵琶を弾く手をいったん休めて話す。

「女の人はやはり心掛けの如何《いかん》によって、世間に重んじられるものなのですね」と内大臣は人の噂《うわさ》をはじめる。「弘徽殿女御も、まんざらでもなく、何ごとも人に劣ることなく育った方だと思っていましたが、意外な人に負けてしまった不運を見ていまして、この世は思い通りにならないものだと思いました。せめてこの姫君だけでも、どうにかして願い通りにしたいものです。東宮の御元服ももう間もなくのこととなりましたので、ひそかに姫君をそちらに……と考えていたのですが、今話に出た幸運な方が産んだ后《きさき》候補がまた追いついてきましたね。そのお方が入内なさったら競争相手などいないのではないでしょうか」と内大臣が嘆くと、

「どうしてそんなことがありますか。この家から后となる人が出ずに終わることはな

いと、亡き夫も思っていらっしゃって、弘徽殿女御の入内もご自分で熱心にお支度なさったのに……。もし生きていらしたら、梅壺女御に負けるなど、このような間違いはなかったはずですよ」と、今回の立后のことでは、大宮も光君をずいぶんと恨みに思っている。あどけなくかわいらしい姿で琴を弾いている姫君の、髪の垂れ具合、生え際など、気品があってうつくしい。その姿を内大臣が見ていると、恥ずかしがって少し横を向いてしまう、その横顔も頬のあたりがかわいらしい。左手で絃《げん》を押さえる手つきは、精巧に作った人形といった感じで、大宮もこの姫君を限りなくいとしく思う。調子を整えるために小曲を軽く弾いてから琴を向こうへ押しやった。

内大臣は和琴《わごん》を引き寄せて、律の調べで今風に弾いてみるが、こうした琴の名手が自在にくずして弾きならすのは、じつにおもしろい。庭前の梢《こずえ》から木の葉がほろほろと落ち、老女房たちはあちこちの几帳《きちょう》の後ろで額を合わせて聴き入っている。「風の力けだしすくなし」という句を口ずさみ、「『琴《きん》の感』ではないけれど、なんだか妙にものさみしい夕暮れですね。もっとお弾きになりませんか」と、「秋風楽《しうふうらく》」に調子を合わせて弾きながらうたい出す、その声がすばらしいので、大宮は、孫の姫君ばかりでなく息子の内大臣もそれぞれにいとおしいと思っている。その思いにさらに感興を添えるかのように、若君までもがあらわれた。

内大臣は、どうぞこちらへと、姫君とは几帳を隔てて若君を招き入れる。

「この頃はなかなかお目に掛かれませんね。どうしてこうも学問ばかりしているのです。学問が身の程以上にできすぎているのもよろしくないと、光君もよくわかっていることなのに、このようにさせているのはわけがあるのだろうとは思いますが、そんなにずっとこもっているのは気の毒に思います」と言い、「ときどきは違うこともしたほうがいい。笛の音なども昔の人の教えは伝わっていますよ」と横笛を渡す。若君は受け取り、じつに若々しいきれいな音を吹き、たいそうみごとなので、内大臣は琴をやめ、気の向くままに手拍子をして催馬楽《さいばら》の「更衣《ころもがえ》」の一節「萩《はぎ》が花ずり」などとうたう。

「光君もこうした遊びが好きで、忙しい政務から逃げ出したのですよ。実際つまらない人生だ、何か心の晴れることをして日を過ごしたいものです」などと言い、盃を傾けているうちに、暗くなったので明かりをつけ、お湯漬けやちょっとしたものをみなそれぞれに食べる。姫君は自室に戻らせる。内大臣はこうして強引に二人を遠ざけて、姫君の琴の音すらも若君に聴かせまいと、今ではやたらに二人を引き離すので、「今にきっとお気の毒になりそうなお二人ですこと……」と、そばに仕えている大宮付きの老女房たちはささやき合っている。

内大臣は帰るふりをして、こっそりある女房に逢いにいこうとその場を立ち、そっと身をかがませて出ようとする途中、ささやき声を耳にして、何かあやしいと思い耳をそばだててみると、どうやら自分の噂である。

「いかにも賢そうにしていらっしゃるけれど、やっぱり親ばかでいらっしゃる」「いつかおかしなことが起きるでしょう。昔の人は『子を知るは親にしかず』などと言ったけれど、嘘《うそ》だわね」などとつつき合っている。

なんということだ。やっぱりだ、疑わしいと思わなかったこともなくはないが、まだ子どもだからと油断していた。世の中はつくづくままならない。と、いっさいの事情を悟り、音もさせずに出ていった。やがて威勢のいい車の先払いの声がするので、「殿はたった今お帰りになったんだわ」「どこにひっそり隠れていらっしゃったのかしら」「まだこんな浮気をなさっているのね」と女房たちは言い合う。

今しがた内緒話をしていた女房たちは、「とてもいい香りが漂ってきたのは、若君がおいでだったとばかり思っていたわ。やだ、こわい。陰口をお聞きになったのではないかしら。面倒なお方ですのに」と、みな困っている。

内大臣は道々考える。二人のことは、がっかりするようなことでもないし、そう悪いことでもないが、珍しくもない親戚同士の平凡な結婚だと世間の人は言うだろう。

光君が、強引に弘徽殿女御を押しのけて梅壺女御を立后《りっこう》させたのも腹立たしいが、もしかしてこの姫君を入内させたら今度こそはほかの人に勝つかもしれないと思っていただけに、残念なことになった——。

光君と内大臣の仲は、おおかたのところ昔も今も親しくはあるのだが、こうしたこととなると、かつて張り合っていたしこりも残っていて、思い出すとおもしろくなく、内大臣はなかなか眠れずに夜を過ごす。

大宮も、二人のご様子には気づいていらっしゃるだろうに、またとなくかわいがっておられる孫たちだから、好きなようにさせておいでなのだろう、という女房たちの話しぶりを思うと、不愉快にも思い腹も立ち、心を静めることもできない。勝ち気で、白黒はっきりしないと気のすまない性格なので、我慢できないのである。

二日ほどたってから内大臣は大宮邸に向かった。頻繁に通う時は、大宮もじつに満足し、うれしく思っている。肩のあたりで揃《そろ》えた尼そぎの額髪もきちんとし、あらたまった小袿《こうちき》などを上に重ねて着ている。内大臣は息子とはいえ気がねしてしまうような人柄なので、ものを隔てて対面するのである。内大臣は機嫌が悪く、

「こちらに伺うのも決まり悪く、女房たちがどんなふうに思っているかと気になります。私は取り柄のない人間ですがこの世に生きているあいだは、始終お目に掛からせ

ていただいて、わかり合おうと思っていましたのに。出来の悪い者のことで、母上をお恨みせねばならないことが起きてしまいました。こんなに悩むまいとも思うのですがやはり我慢できない気持ちなのです」と、涙を拭いながら言うのである。大宮の化粧した顔の色も変わり、目を見開いている。

「いったいどのようなことで、今さらこのような年になって、あなたから恨まれるのでしょう」と言う大宮もさすがに気の毒であるが、

「母上の元ならばと頼もしく思い、幼い姫君を預けたまま、父親であるこの私は幼い頃からお世話もせず、近くにいる娘（弘徽殿女御）が入内しても思うようにならないのを嘆いてはあくせくしていました。さりとてこちらにお預けした姫君はなんとか一人前に育ててくださるのだろうと頼りにしたのに、心外なことがあったとは、残念でなりません。あの若君は確かに天下に並ぶ人もいない優秀な方ではいらっしゃいますが、親しいいとこ同士でこういうことになれば、世間的にも軽薄だと、たいした身分でもない者同士の縁組だとしても思うでしょうに……。若君のためにもじつにみっともないことになります。まったくの他人の、華々しい立派な家に婿君としてにぎやかに迎えられてこそ、いい縁談だと思うのです。親族同士のなれあいの縁組など、まともではない感じがして、光君もお聞きになれば不愉快に思われるでしょう。そうなる

としても、これこれこういうことですと私にお知らせくださって、格別なもてなしをして、さすがにたいしたものだと思われるようにしたかったと思います。それを、幼い二人の気持ちにまかせて放任なさっていたのは嘆かわしいことです」

それを聞いた大宮は夢にも思わなかったことなので、ひどく驚き、

「なるほど、おっしゃることはもっともです。けれど私も二人の気持ちをまったく知りませんでした。本当に残念なことですが、私こそあなたよりずっと嘆きたい気持ちですよ。でもこの私まであの二人と同罪とするのはいかがなものでしょう。姫君をお世話するようになってからは、ことさらだいじにしまして、あなたの気づかないことも、立派になるようにお育てしようと内々で考えておりました。まだ幼いうちに、かわいさに目がくらんで、急いで縁づけようなどとは思いもしませんでした。それにしてもだれがこんなことをお耳に入れたのでしょう。つまらない世間の噂を聞きつけて、容赦なくそうおっしゃるのは情けないことです。根も葉もないことで姫君のお名前に傷がつくのではありませんか」

「どうして根も葉もないことと言えますか。そばに仕える者たちもみな私をあざ笑っているのが、本当にくやしいし、心配でもあります」と内大臣はその場を去った。

事情を知っている者たちは、この二人を心底かわいそうに思っている。先だっての

夜、陰口をたたいていた女房たちは、なおのこと気が気ではなく、なぜあんな内緒話をしてしまったのだろうと後悔している。

そんなことを何も知らずに過ごしている姫君の元に内大臣は顔を出し、そのかわいらしい様子をしみじみと眺める。

「まだ子どもとはいえ、こんなにも分別がないとは知らずに、人並みに入内させようなどと思っていた私がもっと何もわかっていなかった」と、内大臣は乳母たちを責めるが、乳母たちも返事のしようがない。

「このような男女のことは、帝《みかど》がこの上なくたいせつにされている姫宮でも、つい過ちを犯してしまう例は昔の物語にもあるようですが、そうした場合は双方の事情を知っている者が、しかるべき折を見つけて手引きをするのでしょう。けれど今回のことは、お二人が明け暮れいつもごいっしょに、長年過ごしていらっしゃいましたし、どうしてまだこんなにおちいさいのに、大宮のなさることより私たちが出しゃばってお離し申すことなどできましょうか。そう思いましてつい気を許して見過ごしておりましたが、一昨年ほど前からは、きっちり別々になさるようになりましたし、年端のいかない人でもこっそり隠れて、あろうことか色めいたことをする人もいるようですけれど、若君は夢にも不真面目なところのないご様子なので、まったく気がつきませんでした」などと、みなそれぞれため息をついている。

「もういい、しばらくのあいだこのことは内密にしよう。いずれは世間にも知られるだろうが、誠心誠意、そんなことは嘘だと言いなさい。姫君はそのうち私が引き取ろう。それにしても大宮のお気持ちがじつに恨めしい。おまえたちは、まさかこうなればいいなどとは思わなかっただろう」と内大臣が言うと、乳母たちは姫君に同情しながらも、ありがたいお言葉だと思い、

「とんでもないことです。按察大納言（姫君の継父）さまのお耳に入ったら、ということまで気にかけておりましたほどです。いくらすばらしいお相手でも、臣下の血筋では結構な縁談だとも思いませんから」と言う。

姫君はじつに無邪気な様子で、内大臣があれこれと注意をしても何もわかっていないようである。内大臣はつと涙ぐみ、どうにかしてこの姫君の未来がめちゃくちゃにならないようにしなくては、と、こっそりとしかるべき女房たちに相談し、ただただ大宮を恨みに思うのだった。

大宮は二人のことを本当にいとしく思っているが、男君をかわいいと思う気持ちのほうが勝っているからか、こんな恋をしていたのかと、そのこともいじらしく思えてしまうのである。

内大臣は容赦なく、とんでもないことのように言っていたけれど、そんなにひどいことだろうか、と大宮は思う。もともと内大臣は姫君をそんなにかわいがっていたわけでもなくて、これほどまでたいせつに育てようなどとは思っていなかったはずなのに、私がお世話をするようになったからこそ、入内のことも考えついたのだろう。けれどそうはならずに、ただの臣下と結ばれる前世からの宿縁があるとするならば、この若君の若君のほかにもっとすぐれた人がいるだろうか。容姿、人柄からしても、この若君にかなう人がいるものか。若君こそ、姫君など足下にも及ばない高貴な方の婿となってもおかしくないのに。と、若君をどうしてもひいきしてしまう大宮は、内大臣を恨めしく思う。……という大宮の本心を見せたら、内大臣はますますどれほど大宮を恨むことになるやら……。

こんな騒ぎになっているとは知らず、若君は大宮邸にやってきた。このあいだの夜も人の出入りが多く、姫君と思うように話をすることもできなかったので、いつもより恋しく思い、夕方にやってきたのだろう。大宮は、ふだんならただもうにこにことよろこび迎えるのだが、今日は真顔で話をし、そのうち、

「あなたのことで内大臣が文句をおっしゃっていたので、ほとほと困っています」と、話し出す。「だれが聞いても感心できないようなことに心を奪われて、人を心配させ

るようなことになるのではないかと気掛かりなのです。こんなことは言うまいと思っていたけれど、こうした事情も知っていてもらわなくてはと思いまして」

それを聞いて若君は、かねてから心に引っかかっていたことだったので、何のことかすぐに思い当たった。顔を真っ赤にして、

「なんのことでしょう。ずっと静かなところにこもって学問ばかりして、その後は人とつきあうところもありませんから、内大臣がお恨みになるようなことはないだろうと思います」と言って、ひどく恥ずかしそうにしているのが、大宮にはいじらしくも気の毒でもあり、

「わかりました。ではこれからよくお気をつけなさい」とだけ言い、それきり話をそらしてしまう。

手紙のやりとりも今まで以上にずっと難しくなるだろうと若君は思い、なんともやるせない気持ちになる。大宮が食事を勧めても、何も食べずに寝てしまったようにしているけれど、じつは上の空で、人が寝静まった頃に姫君との部屋の、中仕切りの襖戸《ふすまど》を引いてみる。以前はとくべつ錠など下ろしたりしていないのに、今夜はしっかりと閉めてあり、人のいる気配もしない。急に心細くなって、若君が障子に寄りかかっていると、姫君も目を覚ます。風が、竹に迎えられるかのようにさやさやと音を立て、

雁《かり》が夜空を渡りながら鳴く声もほのかに聞こえ、姫君は幼心にも胸がざわめき、「雲居《くもゐ》の雁《かり》もわがごとや（雲居の雁も私のように悲しいのかしら）」と、ひとりつぶやいている様子は、ういういしく可憐《かれん》に聞こえる。若君はじっとしていられず、「この戸を開けてください。小侍従《こじじゆう》はいませんか」と言うが、応えはない。小侍従とは、姫君の乳母子《めのとご》のことである。独り言を聞かれてしまったのが恥ずかしくて、姫君は決まり悪くなり、わけもなく夜具で顔を覆ってしまう。さすがに恋心を知らないわけでもないのは、小癪な感じもしますけれど……。乳母たちも近くに横になっていて身じろぎをするので、どぎまぎして、二人とも音も立てずにいる。

さ夜中に友呼びわたるかりがねにうたて吹き添ふ荻《をぎ》の上風《うはかぜ》

（真夜中に友を呼びながら空を渡る雁の声もさみしいのに、それに加えて、荻の葉を撫《な》でる風までが吹く）

せつなさが身に染みるようだと思いながら、若君は大宮のそばに戻り、ため息を幾度もつくが、大宮が目を覚まして聞いてしまうのではないかと思い、身じろぎしながら横になる。

翌朝、わけもなく恥ずかしくて、男君は早くに自分の部屋に行き、女君に手紙を書くけれど、小侍従に会うこともできず、彼女の部屋にも行くことができず、どうしていいのか胸のつぶれる思いである。女君は女君で、内大臣に注意されたことがただ恥ずかしいだけで、これから自分はどうなるのかとか、世間の人がどう思うかなどは深く考えず、かわいらしく無邪気なばかりである。女房たちがあれこれと噂をしているのを耳にしても、それで嫌になって気持ちが離れることもない。しかも、こうまであれこれ言われるような大事《おおごと》だとも思っていないのである。ただ乳母たちが厳しく注意をするので、手紙も書けないでいる。もう少し大人びたところがあれば、ちょっとした隙を見つけるのだろうが、男君もまだ少々頼りない年頃なので、ひたすら残念に思うしかできずにいる。

内大臣はあれ以来大宮の邸《やしき》を訪ねることをせず、大宮はなんとひどい方だろうかと思い続けている。妻には、こういうことがあったなどとおくびにも出さず、ただなんとなく難しい顔をして、

「梅壺《うめつぼの》（斎宮《さいぐうの》）中宮《ちゅうぐう》が格別のお支度をして入内《じゅだい》なさったから、娘の弘徽殿女御《こきでんのにょうご》もこの先のことをさぞや悲観しているだろう。かわいそうでならないから、宮中をご退出させて、ここでゆっくり休ませましょう。后《きさき》には選ばれなかったといっても、帝《みかど》がおそばからお離しにならず、夜も昼もおいでのようだから、お付きの女房たちも心安まる

時もなくて、ひどく疲れているはずだ」と話し、すぐに退出をさせた。なかなか退出の許可も出ないことに内大臣が不機嫌にあれこれと言い、帝はなおもしぶっていたが無理やり退出させたのである。

「こちらではすることもなく退屈でしょうから、あちらの姫君をこちらに呼んで、いっしょに音楽の遊びでもしたらいい。姫君を大宮に預けておくのは安心ではあるのですが、小ずるいませた人が出入りしていて、自然と仲良くもなろうけれど、そろそろ姫君もそうしたことに気をつけなければいけない年頃になったからね」と女御《にようご》に言い、急いで姫君を引き取ることにした。大宮はたいそう気落ちして、

「たったひとりの娘（葵《あおい》の上《うえ》）が亡くなってから、胸にぽっかり穴が開いたようで、心細かったものですから、うれしいことにこの姫君を預かって、生きているあいだは私の宝物と思って、明けても暮れても老いのつらさ悲しさをなぐさめようと思っていたのに……。私をのけ者にするなんて思いもしませんでした。なんて薄情なお心だろう」と言う。内大臣は恐縮して、

「私は、不満に思うことがあるので、このように思っておりますと言っただけです。のけ者にするつもりなどあるものですか。入内している女御が、帝との仲がうまくいっていないようで、近頃退出して帰ってきたのです。することもなく鬱々としていま

すので、気の毒で、いっしょに遊び事でもして気を紛らわせたほうがいいと思い、ほんのいっとき姫君を引き取ろうというだけです。ここまで立派に育てて一人前にしてくださったご恩を、おろそかにしようなどとはまったく思っていませんよ」と言う。ここまで決心したのならたとえ母である自分が止めても考えなおすような内大臣ではないと、大宮も知っている。じつに不満であり、残念にも思い、

「人の心ほど嫌なものはない。幼い二人にしても、私に隠し立てして、なんてひどいのだろう。それはそれ、子どものことだから仕方がないとしても、内大臣が、ものごとの道理をよくわきまえた方なのに私ばかり恨んで、姫君をこうして連れていってしまうなんて。あちらにお移りになったって、ここより安心ということもないだろうに」と言いながら涙をこぼす。

その時ちょうど若君があらわれた。もしやちょっとした隙でもないかと、この頃は頻繁に邸に顔を出すのである。内大臣の車があるので、良心が咎《とが》め決まり悪くなり、若君はこっそりと人目につかないように自室に入る。内大臣の子息たち、左少将、少納言、兵衛佐《ひょうえのすけ》、侍従《じじゅう》、大夫《たいふ》といった人々もみな集まっているが、大宮は彼らが御簾《みす》の中に入ることを許していない。左衛門督《さえもんのかみ》、権中納言《ごんちゅうなごん》も、大宮の産んだ子ではないが、彼らの父である亡き太政大臣の言いつけに従って、今もこの邸にやってきては丁重に

仕えているのである。彼らの子息たちもやってきているが、若君ほどうつくしい者はいない。大宮の愛情も、ほかと比べられないほど若君に注がれていたが、その若君が東の院に移った後は、ただこの姫君だけを身近なかわいらしい孫と思ってたいせつにし、いつもそばに置いて慈しんできたのに、こうして内大臣の邸に行ってしまうのが本当にさみしくてならない。内大臣は、

「それではちょっと参内《さんだい》しましてから、夕方には姫君を迎えにきます」と言って出ていく。

今さらどうにもならないことなので、穏やかに話をつけて、二人を結婚させてやろうかとも考えてみるが、やはりいかにもおもしろくないので、若君がもう少し出世をして位も上になったら一人前になったと認めて、その時に姫君への気持ちの深さ浅さを見極めればいい、と内大臣は思いなおす。そしてもし結婚を許すとしても、きちんとあらたまった縁談として話を進めよう。今いくら注意したところで、同じ邸にいては、子どものことだからそのうちみっともないことも起ころう。大宮も、どうせ二人をことさら厳しく注意することなどできないだろう……、と考えては、弘徽殿女御の退屈を口実にして、大宮にも妻にもうまく話をつけて、姫君を引き取ることにしたのである。

大宮から姫君に手紙が届く。

「内大臣こそ私をお恨みでしょうけれど、あなたは、こうなっても私の気持ちをおわかりでしょう、こちらへきてお顔を見せてくださいね」

それを読み、姫君はたいそううつくしく身なりを整えて大宮の元に向かう。姫君は十四歳である。まだ女らしくはなっていないけれど、たいそうおっとりとして、たおやかで、かわいらしい姿である。

「今まで私のそばから離さずに、明けても暮れてもいいお話し相手と思ってきましたが、これからはさびしくてたまらないでしょう。私はもう老い先短いのですから、あなたの行く末を見届けられないだろう寿命を悲しく思っておりましたのに……。今さら私を見捨ててあなたの行ってしまう先がどこなのかと思うと、本当に悲しくなります」と大宮は泣く。姫君は、男君とのことでこうなったのが恥ずかしくてならず、顔を上げることもできないでただ泣きに泣いている。男君の乳母《めのと》である宰相《さいしょう》の君があらわれ、

「私は、若君と同じくあなたさまも同じようにご主人としてお頼り申しておりましたが、残念なことにこうしてお移りになってしまうのですね。内大臣さまがもしほかのご縁談をお考えになったとしても、そんなご意向にはお従いにならないでください」

と、ひそひそ告げる。姫君はますます恥ずかしくなって、何も言うことができずにいる。

「いいえ、もう、面倒なことは申し上げなさいますな。人の運命は、その人その人によってわからないものなのだから」と大宮が言う。

「いえいえ、内大臣さまは若君を一人前ではないとお見下しになっているのです。今はそうかもしれません、けれど私たちの若君が、どこのだれに劣っていらっしゃるのか、どなたにでもお訊《き》きになっていただきたいものです」と、宰相の君は何やら腹立ちにまかせて言い募る。

若君は、物陰に入りこんで一部始終を見ていた。人に見咎められても、なんでもない時ならただ気まずいだけだけれど、今はひどく不安で、涙をただ拭っている。そんな若君を宰相の君は心底気の毒に思い、大宮にうまく言い繕い、夕暮れ時、みなあわただしくしているのに紛れて、二人を逢わせたのである。二人は互いになんだか恥ずかしく、胸も高鳴り、何も言えずに泣き出してしまう。

「内大臣のお気持ちが本当につらくて……ええい、もうあきらめようと思うのだけれど、そうなるとあなたのことが恋しくてたえられなくなりそうだ。どうして、今までもっと逢えたはずだったのに、そうしなかったんだろう」やっとのことで言う若君は、いかにも子どもっぽく痛々しい。

「私も、きっと同じことだわ」姫君が言う。

「恋しいと思ってくれるの」と訊くと、わずかにうなずいてみせる姫君も、まだまだあどけない。

邸に灯がともる。宮中に参上していた内大臣が退出してきたらしく、ものものしい大声で先払いの声が聞こえてくる。「それ、お帰りよ」と女房たちがあわてふためいているので、姫君はおそろしくなって震えている。若君は、見咎められて騒ぎ立てられるのなら、それでもいいと一途《いちず》な気持ちで姫君を離さずにいる。姫君の乳母がさがしにやってくるが、この場の様子を察して、まあ嫌だ、本当に大宮がご存じないことではなかったのだと思うと、たまらない気持ちになり、

「まったく情けないこと。内大臣さまのお怒りやご叱責は言うまでもなく、按察大納言《あぜちのだいなごん》さまもどうお思いになりますやら。いくらすばらしいお方とはいえ、最初のお相手が六位風情《ふぜい》なんてとんだご縁だ」と、ぶつぶつ言うのがかすかに聞こえてくる。乳母は二人のいる屛風《びょうぶ》のすぐ後ろで、愚痴をこぼしていたのである。男君は、私が六位だからといって馬鹿にしているのだなと思い、世の中も恨めしくなり、姫君への恋も少し冷める思いがして、その言葉が許せない。

「聞いたかい。

　くれなゐの涙に深き袖の色をあさみどりとや言ひしをるべき
（あなたを思って流す血の涙で深紅に染まった私の袖を、六位風情の浅緑だとけなしていいものだろうか）

自分が恥ずかしい」若君が言うと、姫君も、

「いろいろに身の憂《う》きほどの知らるるはいかに染めける中《なか》の衣ぞ
（いろいろなことで我が身の不運が思い知らされるのは、いったいどんなさだめの二人なのでしょう）」

と、言い終わらないうちに内大臣は邸内に入ってきて、姫君はやむなく部屋に戻っていく。

　男君は、ひとり残されてみじめな気持ちになり、胸も張り裂けそうで、自室で横になっている。車を三両ほど連ねてひっそりと急ぎ出ていく気配を聞いていると、心を静めることができず、大宮から「こちらにいらっしゃい」と声がかかるが、若宮は寝入ったふりをして身動きひとつしない。涙がとめどなくあふれ、泣き続けて夜を明かし、霜の真っ白な早朝に急いで邸を出ていく。泣きはらした目元を女房に見られても恥ずかしいし、大宮は大宮で、そばから離さないだろうから、ひとりになれる場所に

と急いだのである。その途中、だれのせいでもない、自分が悪いのだと、漠然とした不安を抱き続けていると、空もすっかり曇り、まだあたりは暗い。

霜氷《しもごほり》うたてむすべる明けぐれの空かきくらし降る涙かな

（霜が凍てつく夜明けの暗い空を、なおも暗くかき乱すように降る涙の雨よ）

光君は今年、五節《ごせち》の祭の際に舞姫を出すことになっている。光君としては、とくべつな準備でもないけれど、舞姫に付き添う女童《めのわらわ》の装束など、期日も迫ってきたので急いで作らせる。花散里《はなちるさと》の住む東の院には、舞姫参入の夜にお供する人々の衣裳《いしょう》を用意させる。光君は全般的な準備をし、梅壺中宮《うめつぼのちゅうぐう》からも、女童、下仕えたちの装束など、ことさらに立派なものが届いた。藤壺《ふじつぼ》崩御の昨年は、五節などは中止になったのがもの足りなかったということもあり、殿上人《てんじょうびと》たちも、いつもよりはなやかにしたいという気持ちでいる。そうした年なので、舞姫を出す家々のあちこちで競い合い、すべてにおいて贅《ぜい》を尽くした立派な用意をしているとの噂である。按察大納言《あぜちのだいなごん》と左《さ》衛門督《えもんのかみ》（内大臣の弟）の娘たち、それから殿上人たちの舞姫として、今年は近江守《おうみのかみ》で左中弁《さちゅうべん》も兼任している良清《よしきよ》の娘が務めることになった。この舞姫たちを五節の後も宮中に残し、宮仕えをするようにと帝《みかど》からの仰せがあったので、それぞれ自分の娘を差し出すことなった。光君の舞姫は、摂津守《せっつのかみ》で左京大夫《さきょうのだいぶ》を兼任する惟光朝臣《これみつのあそん》の、容姿などがじつにうつくしいと評判である娘を出すこととした。惟光は気が進まなかったが、「按察大納言が側室腹の娘を出すというのに、あなたがだいじな秘蔵娘を出したからといってなんの恥じることがあろう」と光君が言い募るので、惟光は困りながらも、いっそそのまま宮仕えをさせようというつもりになっている。舞の稽古などは自分の家で充分に仕込み、付き添いの女房など身近に仕える者たちは、厳しく選《え》り抜き、その日の夕方になって二条院に参上させた。光君も、二条院に仕える女童や、下仕えのうつくしい者たちを見比べて選び出す。選ばれた者たちはそれぞれの身分相応にとても誇らしげである。帝の御前に呼び集めるその下準備として、光君は自身の前を通らせてみようと決める。そうしてみるとだれひとり落とすことができず、それぞれにすぐれた女童たちの容姿の中から、自身では選びかねて、「もうひとりぶんの舞姫の付き添いも、ここから出したいくらいだ」と笑う。結局、器量ではなく立ち居振る舞いや気配りによって選ぶこととなった。

若君は、あれ以来胸がいっぱいで、食事も喉を通らず、ひどく気落ちして書物も読まず横になってもの思いにふけっているが、少しは気が紛れるかもしれないと部屋を出て、二条院をあちこち見てまわる。若君は、すばらしく容姿端麗な上、もの静かに優雅なので、若い女房たちは本当にすばらしいお方と見つめている。しかし紫の上《むらさきのうえ》のところでは、御簾《みす》の前にも近寄ることを光君は許していない。自身の性分に照らし合わせてみて何か思うところがあるらしく、若君には他人行儀な扱いなので、主だった女房たちにも親しい者はいないのだが、今日は五節《ごせち》の騒ぎに紛れて入りこんだのである。舞姫を車からだいじに降ろし、妻戸の間に屛風を立てて仮の部屋を設けてある。若君がそっと近づいてのぞくと、舞姫は疲れ切ったようにものに寄りかかっている。ちょうど姫君と同い年くらいに見え、もう少し背が高く、どことなく気取っていて、うつくしさは姫君に勝っているように見える。暗いのではっきりとは見えないが、その雰囲気に姫君を思い出さずにはいられず、気持ちが移るわけではないけれど心が波立ち、自分の着物の裾を引いて衣擦《きぬず》れの音を立てる。舞姫は何かわからないままあやしく思う。

「あめにますとよをかびめの宮人もわが心ざすしめを忘るな

（天にいらっしゃる豊岡姫にお仕えする宮人よ、あなたを思って私が注連《しめ》を張り、自分のものとしたことを忘れないでくださいね）」

と詠み、「をとめこが袖ふる山の瑞垣《みづがき》の久しき世より思ひそめてき（拾遺集／少女が袖を振る布留山《ふるやま》の瑞垣のように、神代の昔からあなたを思っています）」から「みづがきの（ずっと思っていました）」とつぶやくが、舞姫にはいかにも唐突である。若くて魅力的な声だけれど、だれだかもわからないので薄気味悪く思っていると、化粧なおしをしようと介添えの女房たちが騒がしく近づいてくる。若君はひどく心残りながらもその場を立ち去った。

六位の浅葱《あさぎ》の色が不愉快で、若君は参内《さんだい》することもなく、何ごともつまらなく思っていたが、五節《ごせち》だからということで、直衣《のうし》など、浅葱色とは違う色を許されて宮中に参上した。まだいかにも幼くかわいらしくはあるが、もういっぱしの大人ぶって浮かれて歩いている。帝《みかど》をはじめとして、だれからもたいせつに扱われ、またとない信望を得ている。

五節の舞姫が参内する儀式は、どれがとくべつということもなく、それぞれにあらん限り立派にしているが、舞姫の容姿では光君が出した惟光《これみつ》の娘と、按察大納言《あぜちのだいなごん》の娘が抜きん出ていると人々は褒めそやしている。なるほど二人ともたいそううつくしいが、おっとりとして可憐な点では、やはり惟光の娘には及ばない。こぎれいにしていて、なおかつはなやかで身分にふさわしからず着飾った姿がまれに見るほどうつくしいので、みな褒めるのでしょう。例年の舞姫たちよりはみな少し大人びていて、今年は格別である。光君は参内して舞姫たちを見て、その昔目を留めた五節の少女の姿を思い出す。須磨《すま》でやりとりのあったあの女君である。そこで光君は、舞の当日、辰《たつ》の日の夕暮れに女君に手紙を送った。手紙の内容はご想像におまかせしましょう。

をとめ子《こ》も神さびぬらし天《あま》つ袖ふるき世の友よはひ経ぬれば

(少女だったあなたも年をとったことだろう、天つ袖を振って舞った頃の、昔の友である私も年を重ねたから)

過ぎた年月を思い、ふと覚えた感慨を抑えることができずに書き送ったのであるが、相手方は胸をときめかせてしまうのもせつないこと。

かけて言へば今日《けふ》のこととぞ思ほゆる日蔭《ひかげ》の霜の袖にとけしも

(五節にかけてそうおっしゃっていただくと、今日のことのように思います。日陰のかずらをかけた私が、陽射《ひざ》しをあびた霜が溶けるように、あなたの袖に包まれたことが)

と、五節《ごせち》の君《きみ》からの返事は、舞姫が着る青摺《あおずり》の衣裳に合わせた青い紙に、だれの筆跡かわからないように濃墨《こずみ》、薄墨に草仮名《そうがな》を多くまぜて書いてあるのも、彼女の身分にしては風情があると思って光君はそれを読む。若君も、惟光の娘が気になって、ひそかに思いをかけて歩きまわるけれど、介添えの女房たちが近くに寄せ付けないようにひどくよそよそしい態度である。若君もまだ何ごとも気恥ずかしい年頃なのでため息をつくしかできない。娘の容姿はくっきりと心に焼き付いていて、つらい思いの残る姫君と逢えないかわりに、娘と近しくなれないかと思っている。

そのまま舞姫たちを宮中に残して宮仕えさせよという帝からの仰せもあったのだが、今回は一度退出させて、近江守良清《おうみのかみよしきよ》の娘は辛崎《からさき》の祓《はらえ》、摂津守惟光《せっつのかみこれみつ》の娘は難波《なにわ》で祓をと、張り合うように退出した。按察大納言も、あらためて娘を参内させると奏上する。左《さ》衛門督《えもんのかみ》は資格のない娘を舞姫にしたことで咎めがあったが、それでも残ることとなった。摂津守惟光は、「典侍《ないしのすけ》が欠員になっているので」その空席に娘を、と申し出たので、そのように取りはからおうかと光君も思っている。それを若君は耳にして、なんと残念なことかと思う。自分の年齢も、六位という位も、これほど取るに足らないものでなければ自分のものにしたいと言えるのに、こうした思いを知らせることもなく終わるのか、と、深く恋しているわけではないけれど、あの姫君とのこともあって涙ぐんでしまうのである。

舞姫の弟で童殿上《わらわてんじょう》している惟光の息子が、常にこの若君のそばに仕えているので、いつもより親しげに話しかけ、

「五節の舞姫はいつ宮中に参るの?」と尋ねてみる。

「今年の内と聞いております」との答え。

「本当にうつくしい顔立ちの人だったから、なんだか恋しく思うよ。あなたがいつも会っているのはうらやましい。また会わせてくれないか」と若君は言うが、

「どうしてそんなことができましょう。私も思うようには会えないのです。男兄弟ということで近寄らせてももらえません。それをどうして若君さまにお引き合わせできましょうか」と言う。

「それなら手紙だけでも……」と言い、手渡す。

前々からこのようなことは親に厳しく言われているのに、と心苦しく思いながらも、若君に押し切られるようにして仕方なく受け取ってしまう。

娘は、実際の年齢よりは大人びていたのだろうか、その手紙に感じ入った。緑の薄い紙に、洒落《しゃれ》た色合いで紙を重ね、まだ幼い筆跡ながら将来はみごとだろうと思える筆さばきで、

ひかげにもしるかりけめやをとめ子《こ》が天《あま》の羽袖《はそで》にかけし心は
(日の光にもはっきりわかったことでしょう、おとめが天の羽衣の袖振る舞姿に恋した私の心は)

とある。娘と弟が二人で手紙を見ているところへ、父、惟光がやってくる。二人はおそろしさにあたふたとし、隠すこともできずにいる。

「なんの手紙だ」と惟光が手紙を手にすると、二人は顔を赤らめる。「よからぬことをしたな」と責められて、弟のほうが逃げようとするのを呼び寄せて、「だれからだ」と問う。

「光君のところの若君さまが、このようにおっしゃって……」と打ち明けると、惟光は急ににっこりと笑い、

「なんとかわいらしい若君の洒落っ気だろう。おまえなどは同い年だけれど、どうしようもないくらい頼りないぞ」などと若君を褒め、手紙を妻にも見せる。「この若君が、こうして少しでも人並みに思ってくださるのなら、宮仕えなどさせるよりは、いっそ差し上げてしまおう。光君のなさりようを見ていると、いったんお見初《みそ》めになった人をご自分からはお忘れにはならないようだから、頼もしいではないか。あの明石《あかし》の入道のようになるかもしれない」などと言うのだが、みな宮仕えの支度にかかりきりで相手にしない。

若君は、惟光《これみつ》の娘に手紙を送ることもできず、はるかにたいせつに思う姫君のこと

も気に掛かり、月日が過ぎていくまま、たまらなく恋しい姫君にもう二度と会えないのだろうかと思い続けている。大宮の元へも気が進まずに行かないでいる。今まで姫君のいた部屋、長年遊び慣れたところばかり、以前に増して思い出されて、大宮の邸《やしき》までがもの憂く思え、また東の院に引きこもっている。光君は西の対《たい》の花散里《はなちるさと》に若君の世話を頼んでいた。

「大宮のご寿命もそう長くはないと思います。お亡くなりになった後も、こうして幼いうちから親しくして、どうぞ面倒をみてやってください」

そう頼まれた花散里は光君にひたすら従順なので、こまやかに心をこめて若君の世話をするのだった。

若君は、この西の対の女君をちらと垣間見て、それほどすばらしい容姿とはいえないお方だ、と思う。それでも父上はお見捨てにならなかったのかと思うと、自分がむやみやたらにあの思い通りにならない姫君の面影を忘れられずに恋しく思っているのも、つまらないことではないか、この方のように気持ちのやさしい人といっしょになるのがいいのだ、と思う。しかしまた、向かい合って見つめるかいもない人もつらいだろう、などとも思う。父上は、この人のお世話をするようになってずいぶん長いけれど、このようなご容姿も、性格も承知した上で、浜木綿《はまゆう》の歌にあるように、直接ではなく、「み熊野の浦の浜木綿《はまゆふ》百重《ももへ》なる心は思へどただにあはぬかも（拾遺集／熊野の浦の浜木綿が幾重にも重なっているように、幾度も思ってはいるが、直《じか》にはなかなか会えないものだ）」、何かと取り繕って直にお顔を見ないようになさっているのか、なるほどそれももっともなことだ……などと思っているのも、大人顔負けの観察眼と言えましょう。というのも、大宮は出家して尼姿になっているけれども、それでもまだたいそううつくしいし、どこでもかしこでも女君というのは見目麗しいものだと若君は思っていたのである。だからこの花散里の、もともとそれほどでもなかった容姿の、少々盛りも過ぎて痩せぎすの、髪も薄くなっているその姿に、難癖をつけたくもなるのである。

年の暮れになると、新年の装束の支度など、大宮はただこの若君ひとりのことだけを余念なく用意する。何組もの装束をなんともきれいに仕立てているのを見ても、若君はまったく気が晴れずに「元日には、かならず参内《さんだい》しなくともいいだろうと思っているのに、なぜこんなに支度してくださるのでしょう」と言う。

「参内しないでいいはずがありますか。まるで老いぼれて気力の出ない人みたいな言いようね」と大宮は言う。

「老いぼれてはないけれど、気力も出ない感じです」とつぶやいて若君は涙ぐんでしまう。姫君のことを考えているのだろうと思うとかわいそうで、大宮もつい泣き顔になる。

「男というものは、どんなに身分の低い人だって志は高く持つものですよ。そんなにくよくよと悩むのはおよしなさい。何をそんなにふさぎこむことがありますか。縁起でもない」

「そうではないのです。六位などと人が馬鹿にしているのは、しばらくの我慢だと思っています。でも参内するのに気が進まないのです。亡き太政大臣が生きていてくださったら、冗談でも他人から馬鹿にされるなんてことはなかったでしょうに。父上は、遠慮のいらない実の親ではありますが、よそよそしく私を遠ざけようとしていますから、いつもお過ごしのところに気軽に行くこともできません。東の院においでのときだけ近くに行けるのです。対《たい》の御方（花散里）はやさしくしてくれますが……お母様が生きていらしたらこんなに悩むことはなかったのに」とこぼれる涙を隠すように拭う姿を心からかわいそうに思い、大宮もほろほろと涙をこぼす。

「母に先立たれた人はだれしも身分に応じて気の毒な思いをするものだけれど、それぞれの宿世《すくせ》に従って一人前になれば、馬鹿にする人もいなくなるのだから、あんまり思い悩まないようになさい。確かに太政大臣がせめてもう少し生きていてくださったらねえ……。頼もしい庇護者《ひごしゃ》という点では、光君のことも同じように頼りにしているけれど、思うようにいかないことも多いですね。内大臣のお人柄も、その辺の人とは違うと世間では褒めているようだけれど、私は昔とは変わってしまったと思うことが多くて……。長生きするのも恨めしいのに、まだ老い先長いあなたまでこんなふうに、いささかにせよ世の中を悲観しているなんて、本当に何もかも嫌な世ですこと」と大宮は泣くのである。

年のはじめの数日間、光君は宮中参賀などもないのでのんびりと過ごしている。良《よし》房《ふさ》の大臣《おとど》という人の過去の例にならって、二条院に白馬《あおうま》を引かせ、節会《せちえ》の日には宮中の儀式と同じように、過去の例よりもさらに催しごとを加えて、おごそかな有様である。

二月の二十日過ぎ、朱雀院《すざくいん》の住む上皇御所に帝《みかど》の行幸《ぎょうこう》があった。花の盛りにはまだ早いが、三月は藤壺《ふじつぼ》の亡くなった月なので二月となった。早咲きの桜はすでに咲いている。朱雀院も格別な心配りで御殿を手入れし磨き立て、行幸にお供をする上達部《かんだちめ》、親王《みこ》たちをはじめ、だれもが細心の注意で支度を調えている。お供の人たちはみな青色の袍《ほう》に桜襲《さくらがさね》を着ている。帝は赤い衣裳である。呼び出されて光君が参上する。光君も同じ赤い衣裳を着ているので、ますますそっくりに輝いていて、見分けがつかないほどである。お供の人たちの装束も立ち居振る舞いもいつもとは異なっている。朱雀院も、年齢とともにますます品格に磨きがかかり、容姿も態度も以前に増して優美である。

この日は、専門の詩人は呼ばずに、ただ詩文の才能に長《た》けているという評判の学生《がくしよう》十人を集めている。通常は式部省《しきぶしよう》で行う試験であるが、その出題のかわりにとくべつに帝から題目が出される。これは、光君の長男である若君が試験を受けるからなのだろう。臆病な学生たちは頭の中が真っ白になっている。それぞれが池に放たれた別々の舟に乗せられ、みな途方に暮れている。日もようやく暮れてきて、楽人《がくにん》を乗せた舟が池を漕《こ》ぎまわり、調子合わせのために短く演奏すると、それにみごとに響き合わせるかのように山風が吹き、若君は、こんなにつらい修業をしなくとも、みんなといっしょに音楽の遊びをたのしむこともできるのに、と世の中を恨めしく思う。

「春鶯囀《しゆんのうでん》」の舞がはじまると、昔の花の宴を思い出し、その時東宮だった朱雀院が「またあんなすばらしいものが見られるかな」と言うのを耳にし、光君は当時のことを次々と感慨深く思い出す。舞が終わる頃、光君は院に盃《さかずき》を渡す。

鶯《うぐひす》のさへづる声《こゑ》は昔にてむつれし花の蔭《かげ》ぞかはれる

（鶯《うぐいす》のさえずる声――「春鶯囀」の曲は昔のままですが、あの頃親しく遊ん

だ花の陰——桐壺院《きりつぼいん》の御代《みよ》とはすっかり変わってしまいました）
院は、
九重《ここのへ》を霞《かすみ》隔つるすみかにも春と告げくる鶯《うぐひす》の声
（宮中から霞を隔てたこの住処《すみか》にも、春が来たと告げる鶯の声が聞こえます）
帥宮《そちのみや》と言われていた光君の弟は、今は兵部卿《ひょうぶきょう》であるが、彼は帝に盃を渡し、
いにしへを吹き伝へたる笛竹にさへづる鳥の音《ね》さへかはらぬ
（昔の音色をそのまま伝えるような笛の音に、さえずる鶯の声さえ変わらずすばらしいことです）
あざやかに今の御代を賞賛してみせる宮の心遣いは立派である。帝は盃を受け、
鶯《うぐひす》の昔を恋ひてさへづるは木伝《こづた》ふ花の色やあせたる
（鶯が昔を恋しがって鳴くのは、木の花の色があせたからだろうか——私の治世が昔に劣るからだろうか）
と詠むのは、いかにも一流の謙遜である。さて、歌がこれだけなのは、今日のこの催しは私的な、内々のことなので、大勢に盃が行き渡らなかったからでしょうか、あるいは書き漏らしただけなのかもしれませんね。
音楽の演奏が遠くで行われていてはっきりと聞こえず、帝は琴の類いを持ってこさ

せる。兵部卿宮が琵琶、内大臣が和琴《わごん》、箏《そう》の琴《こと》は院に渡し、琴《きん》は、いつものように光君にまかせる。このように抜きん出た名手たちがそれぞれ巧みな手さばきで、技の限りを尽くした演奏は何にもたとえようがないほどすばらしい。唱歌を得意とする殿上人《てんじようびと》が大勢控えている。「安名尊《あなとうと》」と催馬楽《さいばら》をうたい、次は「桜人《さくらびと》」である。月がおぼろに上り、いちだんと情趣も深まった頃、池に浮かぶ中島に、あちらこちら篝火《かがりび》が焚《た》かれて音楽の宴は終了となった。

夜は更けたけれど、こうした機会に弘徽殿大后《こきでんのおおきさき》のいる御殿を避けるように訪ねていかないのもひどいことだと、帝は帰り際に訪れた。光君もお供をする。大后は訪問を待ち望んでいて、ひどくよろこんで御簾《みす》越しに対面する。驚くほど老けた様子に見受けられるが、光君はつい亡き藤壺の宮を思い出し、このように長生きされる方もいらっしゃるのに、とくやしく思う。

「今はこんなに年老いてしまいまして、何もかも忘れてしまいましたけれど、まことに畏れ多くもこうしていらしてくださったので、あらためて亡き桐壺院のことを思い出さずにはいられません」と言って涙を流す。

「お頼りすべき人々に次々と先立たれてしまいまして、春となったことも気づきませんほど悲しみに暮れておりましたが、今日お目に掛かって心が晴れました。また参り

ます」と帝は言う。光君もしかるべき挨拶をし、

「いずれあらためて参上いたします」と言う。大勢の者とあわただしく帰っていくそのにぎやかさに、今の権勢を思い、大后は今もなお心穏やかではいられないのである。あの光君は昔をどんなふうに思い出しているのだろう、結局、天下を治める光君の宿世はどうすることもできなかったのだ……と、大后は昔を悔いる。

朱雀院に暮らす尚侍《ないしのかみ》（朧月夜《おぼろづきよ》）の君にも、静かに昔のことを思い出してみると、忘れがたいことがたくさんある。今も、しかるべき折には何かのつてでそれとなく光君が便りをしてくることが続いている。

大后は、帝に奏上する折々があっても、朝廷から受け取っている年官《つかさ》、年爵《こうぶり》といった収入のこと、そのほか何やかやと思い通りにならない時には、長生きをしたためにこんなに情けない目に遭うのだと、息子である朱雀院の御代を取り戻したく思い、すべてが不愉快で機嫌が悪いのである。だんだん年齢を重ねていくうちに性格の悪さもひどくなり、朱雀院もてあまし、やりきれない気持ちでいる。

こうして若君はその日、帝から出題された詩文を立派に作り、式部省の試験に合格し、進士《しんじ》となった。当日は長年修業して学才のある学生たちを選んだのだったが、合格した者はわずか三人だった。秋の除目《じもく》で、若君は五位に昇進し、侍従《じじゅう》となった。

あの姫君のことを忘れたことはいっときもないのだが、内大臣が厳しく監視しているのもたえがたく、無理をしてまで逢おうとは思わない。手紙だけを、なんとか隙を見つけて送っているという、気の毒な関係である。

光君は閑静な住まいを、同じことなら土地も広く立派に造築し、ここかしこと離れていてなかなか逢えない山里の人なども集めて住まわせよう、と考えて、六条京極《ろくじょうきょうごく》のあたり、梅壺中宮《うめつぼのちゅうぐう》の旧邸付近に、四町の土地を入手して新邸を造らせはじめた。紫《むらさき》の上《うえ》の父宮（式部卿宮《しきぶきょうのみや》）が翌年には五十歳になるので、その祝賀の用意を西の対《たい》ではじめている。光君もそれは素知らぬ顔で見過ごすわけにはいかないと、そのための準備も新邸で、と工事を急がせる。

年が改まってから、祝賀の用意、法要の精進落としのこと、賀宴の楽人や舞人の選定などを、光君は熱心に進めていく。祝賀の前の法要のお経、仏像の飾り付け、法要当日の装束、僧や参加者に渡す品物などを紫の上は用意する。東の院（花散里《はなちるさと》）も分担していろいろ支度をする。紫の上と花散里は、以前にも増して親密になり、優雅な交際をしているのだった。

世間を騒がせているこの盛大な準備について式部卿宮も耳にする。

今まで光君は世間のだれにでも慈悲深いが、我が家にたいしては憎らしいほど冷淡で、ことあるごとに恥をかかせ、我が家に仕える人々にも心遣いはなく、つらい思いばかりさせるものだから、私にたいして恨みに思うことがあるのだろうと、式部卿宮は申し訳なくも、またつらくも思ってきた。けれども光君にはこれほど多くかかわりのある女君のいる中で、とくべつに愛して、まことに奥ゆかしくすばらしい人だとたいせつにされている娘の宿世を、我が家はその幸運にあやかれないとしても、誇らしいことだと思っていた。そこへきて、自分の祝賀の宴をこうも世間の評判になるほど準備してくださるとは、思いがけない晩年の名誉というものだ、とよろこんでいるのだが、紫の上の継母である彼の妻は不満に思い、そればかりか不愉快にすら思っている。自分たちの娘の入内の際も光君は何もしてくれなかったではないかと、ますます恨めしく思うのである。

八月になって六条の新邸はすっかりできあがった。西南の町は、もともと梅壺中宮の旧邸なので、そのまま中宮が住むはずである。東南の町は光君と紫の上が暮らし、東北は東の院の対の御方（花散里）、西北は大堰《おおい》（明石）の御方と光君は決めていた。前からあった池や山なども、見映えの悪いものは崩して位置を移し、遣水《やりみず》の流れ山の景色などもあらためて、四つの町それぞれに住む女君たちの望むように趣向を凝らした。

紫の上を迎える東南の町は、山を高くし、春に花咲く木を多く植え、池も風情のあるすばらしいものにし、庭の植えこみには、五葉《ごよう》の松、紅梅、桜、藤、山吹、岩躑躅《いわつつじ》などの、春に目をたのしませる草木ばかり植えるのではなく、そこに秋の草花を少しばかりまぜて植えてある。

梅壺中宮の西南の町は、元からあった山に鮮やかに紅葉する木々を植え、澄んだ泉の水を遠くまで流し、遣水の音が際立つように岩を置き、滝を落として、秋の野を見渡す限りに造ってある。今はちょうどその季節で、今を盛りに秋の花が咲き乱れている。秋の名所として名高い嵯峨《さが》の大堰あたりの野山も、この庭にはまったくかなわないほどである。

花散里の東北の町は、涼しそうな泉があり、夏の木陰に重点を置いて造られている。庭先には呉竹《くれたけ》が、その下を涼しく風が通るように植えられ、森のように高い木が密集していてそれも趣深い。わざと山里らしくして、卯《う》の花の垣根をわざわざめぐらせ、「五月《さつき》待つ花橘《はなたちばな》の香をかげば昔の人の袖の香ぞする（古今集／五月を待って咲いた橘の香りを嗅ぐと、ふいに昔の恋人の袖の香りがした）」の歌のように、昔を思い出させる花橘、撫子《なでしこ》、薔薇《そうび》、苦丹《くたに》などの花をいろいろと植え、春秋の草木もその中に点々とまぜる。その東面には邸とは別に、馬場殿を建て、馬場の柵を設け、五月の競馬《くらべうま》などの遊び所とした。池の岸には菖蒲《しょうぶ》を植えさせ、向こう岸に廏舎《うまや》を建て、すばらしい駿馬《しゅんめ》を何頭も揃《そろ》えてある。

大堰の御方の西北の町は、北側の敷地を築地塀《ついじべい》で仕切り、倉の並ぶ町としてある。隔ての垣として、松の木を多く茂らせ、雪景色を楽しめるようにしている。冬のはじめ、朝霜がついていっそううつくしく見える菊の垣根、得意顔に色づいている柞《ははそ》の原、よく名前も知らない鬱蒼《うっそう》とした木々も山深くから移して植える。

秋の彼岸の頃に六条院に引っ越しが行われる。いっせいに移るようにと決めたのだが、騒がしいようだからと梅壺中宮は少し先延ばしにした。いつものように、従順で気取ることのない花散里は、光君と紫の上が移る夜にともに引っ越した。春の町の景色はこの季節だと今ひとつだがそれでもやはり格別である。車を十五両連ね、先払いは四位、五位の者たちが主で、六位の殿上人《てんじょうびと》はしっかりした者ばかりが選ばれた。大げさにならないよう、世間の非難もあろうかと簡略にしたので、何ごとも仰々しくなく、威勢をひけらかすようなこともない。もう一方、花散里の行列も、紫の上にはそうは劣らないようにした。若君が付き添っているので、それももっともなことであると思える。女房たちの部屋が並ぶ曹司町《ぞうしまち》も、それぞれの割り当てがよく配慮されてこまかく分けてあり、それがほかの何よりもすばらしいことだった。五、六日遅れて宮中より六条院に梅壺中宮が退出する。この儀式も簡略にとのことだったが、やはり盛大だった。中宮は、たいへんな幸運の持ち主だということはさておき、その人柄が奥ゆかしく、厳かなところがあるので、世間からも格別に重んじられている。

この四つの町の仕切りには、あちこちにめぐらせてある塀や廊を互いに行き来できるようにして、女君たちも親しくつきあえるようにと配慮してあるのだった。

九月になると、紅葉《もみじ》はところどころ色づきはじめて、秋の景色を誇る中宮の庭は、言葉もないほどすばらしい。風がさっと吹く夕暮れ、箱の蓋《ふた》に、色とりどりの秋の草花や紅葉をとりまぜて入れ、中宮は紫の上に贈った。大柄な女童《めのわらわ》が濃い紫の衵《あこめ》に、紫苑《しおん》の織物の表着《うわぎ》を重ねて、赤朽葉色《くちばいろ》の羅《うすもの》の汗衫《かざみ》を着て、たいそうもの慣れたふうに廊、渡殿《わたどの》、反橋《そりはし》を渡ってやってくる。中宮のお使いを出すとなるとあらたまった儀式なので、しかるべき女房を遣わせるべきなのだが、このかわいらしい女童を中宮はどうしてもお使いに差し向けたかったのである。中宮のところに長く仕えているので、立ち居振る舞いから姿かたちまで、ほかの女童とは異なって、風情がありうつくしいのである。

手紙には、
　心から春まつ園はわがやどの紅葉《もみぢ》を風のつてにだに見よ
　（心から春を待つ園のお方は、私の庭の紅葉を風の便りにでもご覧あそばせ）
若い女房たちがこのお使いの女童を歓待する様子もたのしそうである。返歌は、この箱の蓋に苔《こけ》を敷いて岩に見立て、五葉の松の枝に結ぶ。
　風に散る紅葉《もみぢ》はかろし春の色を岩根《いはね》の松にかけてこそ見め
　（風に散る紅葉など軽々しいですね。春のうつくしさを、どっしりとした岩に根ざす松に、どうぞご覧くださいな）
　この岩根の松も、よく見ればじつに精巧な作り物なのだった。こうしてとっさに思いつく趣向のみごとさに中宮は感心して、箱の蓋をしみじみと見つめる。中宮に仕えている女房たちもみな賞賛している。
「この紅葉の手紙は、なんとも癪に障るね。春の花盛りに返事を差し上げなさい。今この季節に紅葉を悪く言うと、秋をつかさどる龍田姫《たつたひめ》の機嫌を損ねるかもしれない。ここは引き下がって、春になって満開の花の陰から強く出ようではないか」と言う光君は、じつに若々しく、うつくしさもまったく色あせず、どこから見ても魅力にあふれている。その上まったく思い描いた通りの邸《やしき》で、女君たちもお互いに便りを送っては優雅な交際をしているのだった。

大堰の御方は、こうしてほかの女君たちの引っ越しが終わった後、人並みではない身分の自分は、いつとも知られずにそっと移ろうと思い、十月に引っ越した。邸のしつらえ、引っ越しの行事も、ほかの女君たちに劣らないように光君は執り行った。幼い姫君のためを思うと、引っ越しのおおかたのことを、ほかの人々とひどく差をつけることなく、まことに重々しく扱うのであった。

玉《たま》鬘《かずら》

いとしい人の遺した姫君

初瀬詣で出会ったその人は、偶然にも、
亡き夕顔の形見の姫君だったということです。

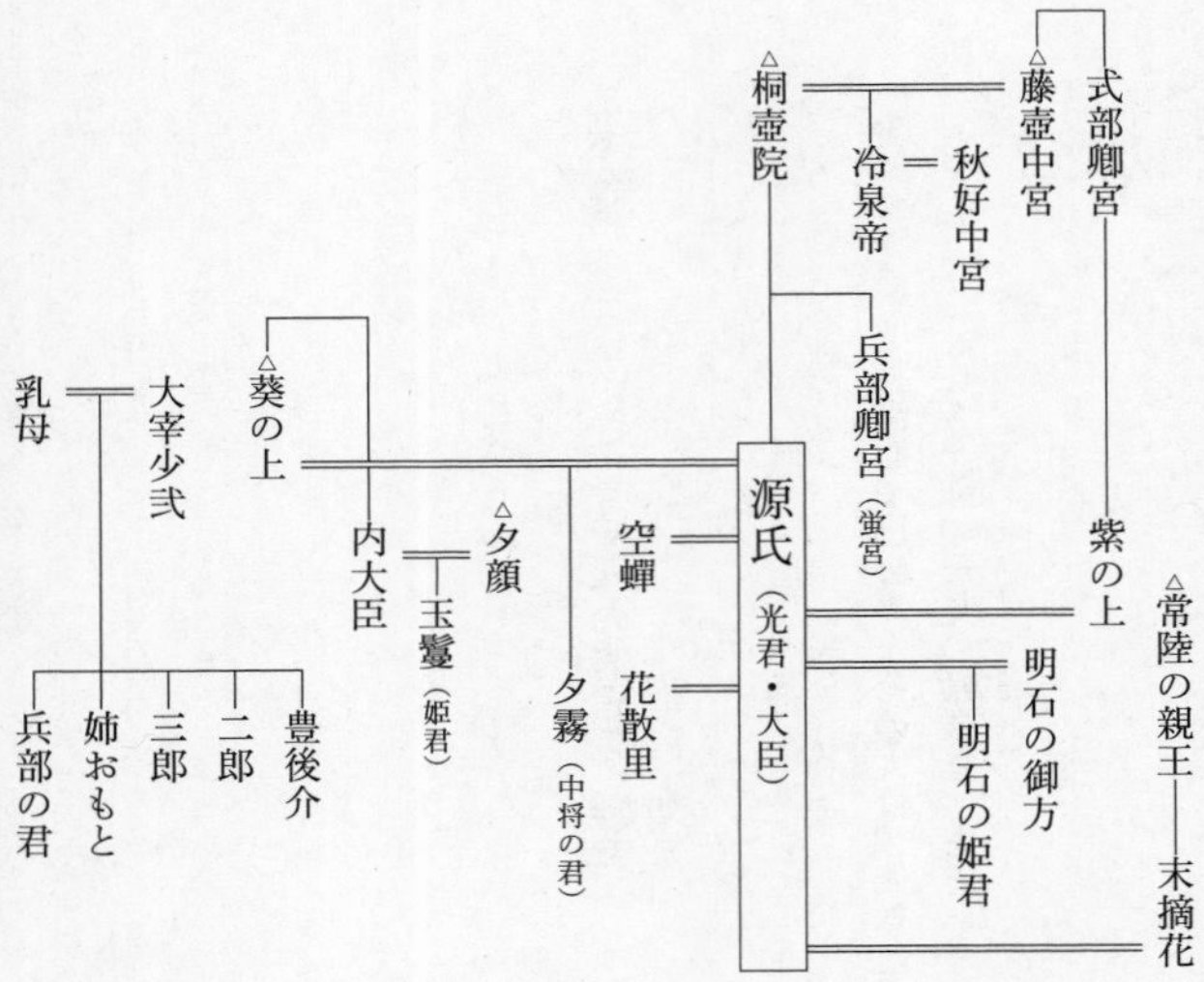

式部卿宮
△藤壺中宮
△桐壺院
秋好中宮
冷泉帝
兵部卿宮（蛍宮）
紫の上
△常陸の親王
末摘花
明石の御方
明石の姫君
源氏（光君・大臣）
花散里
空蟬
△夕顔
玉鬘（姫君）
夕霧（中将の君）
△葵の上
内大臣
大宰少弐
乳母
豊後介
二郎
三郎
姉おもと
兵部の君

＊登場人物系図
△は故人

ずいぶんと長い年月がたっているが、この上なく愛していた夕顔《ゆうがお》を、光君《ひかるきみ》はひととき も忘れたことがない。それぞれに性格の違う女君たちと次々と知り合ってきたが、やはりあの人が生きていたらと、いつまでも悲しく無念に思う。かつて夕顔に仕えていた右近《うこん》という侍女は、どうということのない女ではあるが、夕顔の形見だと思って光君は目を掛けていて、夕顔亡き後からずっとそばに仕えさせていた。須磨《すま》に退居する際、光君は女房たちをみな紫《むらさき》の上《うえ》に預けていったが、この右近もその時以来紫の上に仕えている。気立てのいい控えめな人だと紫の上も思っているが、右近自身は、もし亡き姫君が生きていらしたら、冬の邸《やしき》にいる明石《あかし》の御方にも負けないご寵愛《ちょうあい》を受けていらしただろう、と思っている。

光君はそれほど深くは愛していらっしゃらなかった方でもお見捨てになることなく、思いやり深く面倒をみてくださるような、お心の変わらない方だから、まして亡き姫君ならば、身分の高い方々と同列というわけにはいかないだろうけれど、この六条院にお移りになった方々のひとりではあっただろうに……。そう思ってはあきらめきれない悲しみに浸っている。

あの西の京にまだ幼かった子を残してきたことも、右近は忘れられないのである。その幼い姫君（玉鬘《たまかずら》）がどうなったのかも知らずにいる。夕顔が奇妙な死を遂げたあの件はひとり胸にしまいこみ、今さら取り返しのつかないことのために「私の名を漏らすな」と光君に口止めされたことにも遠慮して、さがし出して手紙を送るなどということもせずじまいになっている。

幼かったその姫君（玉鬘）の乳母《めのと》の夫が大宰少弐《だざいのしょうに》となって赴任《ふにん》したので、乳母も姫君を連れて任地へ下った。そういうわけで姫君は四歳の時、筑紫《つくし》へ移り住んだのである。

乳母は、母君である夕顔の行方を知ろうとありとあらゆる神仏に祈り、夜も昼も恋しがっては泣き、心当たりのあるところをあちこちさがし歩いたけれど、ついに見つけることはできなかった。それならもう仕方がない、せめてこの幼い姫君だけでも、夕顔の形見として世話をしようと決めたのだった。

筑紫のような田舎への旅にお連れして、都からはるか遠く離れてしまわれるのもおいたわしいことだ、なんとかして父君（頭中将《とうのちゅうじょう》）にそのことをお伝えしたい、と思ったのだが、そうするつてもないのである。そのうち、「母君がどちらへいらしたのかも知らずに、もし父君がそれをお訊《き》きになったらどうお答えすればいいのか……」「それに姫君は父君にまだ馴染《なじ》んでいらっしゃらないのだから、こんなに幼いお子をお引き取りになっても、私たちも気掛かりでなりません」「父君にもしお話しできたとしても、まさか筑紫に連れていってよいなどとお許しになるはずもないし……」と、かつて夕顔に仕えていた者たちで相談しあい、結局姫君は乳母とともに筑紫に行くことになったのである。

じつにかわいらしく、もうすでに気高くうつくしい姫君を、特別な設備もない船に乗せて漕《こ》ぎ出《だ》す時は、みな胸が締めつけられる思いだった。姫君は幼心にも母親を忘れられずに、ことあるごとに「おかあさまのところに行くの？」と訊くので、乳母は涙を止めることができず、乳母の実の娘たちも夕顔を恋しがって泣き出してしまう。船旅に涙は不吉だと、乳母は泣きながら娘たちを叱った。

景色のすばらしいあちこちを見ては、「気持ちの若いお方だったのに……。こうした景色もお見せしたかった」「いいえ、もしあのお方がいらしたらこうして私たちが筑紫へ下ることもなかったでしょう」と乳母と二人の娘たちは京のほうを思い、寄せては返す波もうらやましいのだった。次第に心細くなって、水夫たちが荒々しい声で「うら悲しくも遠くに来にけるかな」とうたう舟歌を耳にして、娘二人は顔を見合わせて泣く。

船人《ふなびと》もたれを恋ふとか大島のうらがなしげに声の聞こゆる

(船人もだれを恋しがっているのでしょう、大島の浦でうら悲しげな舟歌の声が聞こえます)

来《こ》しかたも行方《ゆくへ》も知らぬ沖に出でてあはれいづくに君を恋ふらむ

(どこから来たのかもどこへ行くのかもわからない沖に漕ぎ出して、どこに向かってあなたを恋しくさがしているのでしょう)

はるか遠く、鄙《ひな》びたところへの船旅に、それぞれ気持ちを晴らすために歌を詠んだ。金《かね》の岬《みさき》を過ぎても、「ちはやぶる金《かね》の岬《みさき》を過ぎぬとも我は忘れず志賀《しか》の皇神《すめがみ》(万葉集/荒れ狂う金の岬を無事に過ぎても私は海神を忘れません)」から、「我は忘れず」が寝ても覚めてもの口癖になり、大宰府《だざいふ》にたどり着いてみると、いっそう都が遠く感じられ、恋しさに泣きながら、この姫君をたいせつに世話して乳母は日々を暮らすのだった。

乳母の夢に、ごくたまに夕顔があらわれることもあった。夕顔のそばには、同じような女がいつも立っているのが見える。その夢を見ると目覚めたあとまで気分が悪くなり、患《わずら》ってしまうので、やはりもうあのお方はこの世にはいらっしゃらないのだ……とあきらめる気持ちにもなり、それもまた乳母にはひどく悲しいのである。

五年の任期が終わり、少弐《しょうに》は京に帰ろうとしたが、道のりは遠いし、格別裕福でもなかったので、ぐずぐずしたまま、思い切って旅立たないでいるうちに、重い病にかかってしまった。自分でももう先も長くないように思えるのだが、十歳ほどになったこの姫君の姿が、不吉に思えるほどうつくしいのを見て、

「この私までもが先立ってしまったら、どんなに惨めに落ちぶれてしまわれるだろう、辺鄙《へんぴ》な田舎でお育ちになるのももったいないことだから、一刻も早く京にお連れして、しかるべき人にもお知らせして、あとは姫君のご運にまかせてお世話を続けるにしても、都は広いところだからまったく心配いらないと準備をしていたのだが、こんなところで私は息絶えようとしている……」と案じている。少弐は三人いる息子たちに、「ただただこの姫君を京にお連れすることだけ考えなさい。私の供養などはどうでもいい」と遺言したのである。

だれの子どもであるかについては国府の者たちにも言わず、ただ少弐の孫で、たい

せつに扱わなければならない事情があるとだけ言い繕い、人目に触れぬようにしてそれは丁重に世話をしていたのに、あっけなく少弐が亡くなってしまったので、乳母《めのと》は悲しくも心細くもあり、ひたすら京へと旅立とうとするのだが、少弐と仲の良くなかった土地の人間が多く、彼らに何かされるのではと恐れたり気兼ねしたり、気が気ではなく過ごしているうちに、姫君は立派に成長してしまう。母君よりなお見目麗《みめうるわ》しく、今は内大臣となっている父（かつての頭中将）の血筋もあって、気品があって愛らしい。おっとりした気性で申し分がない。姫君の評判をそれからそれへと伝え聞いて、好色な田舎者たちが思いを寄せて、恋文めいたものがどんどん送られてくる。乳母たち一家は忌々《いまいま》しく、また失礼だとも思い、だれひとりとして取り合わない。

「孫娘の容姿はまああ人並みなのですが、ひどく不具なところがあるものですから、結婚もさせず尼にして、私が生きている限りは面倒をみるつもりです」と乳母が言いふらしたところ、

「亡くなった少弐の孫は不具者なんだってさ。もったいないものだ」と世の中の人々が噂《うわさ》する。それを聞くにつけても縁起でもなく思え、

「どうにかして都にお連れして、父君の内大臣さまにもお伝え申しましょう。姫君がまだおちいさい時、父君はたいそうかわいがっていらしたのだから、いくらなんでも

悪いようにはなさらないはずです」と乳母は嘆きながら、神仏にも願を立てて祈るのだった。

乳母の娘たち、息子たちも、それぞれその土地相応の夫や妻をもらい、住み着いてしまった。乳母は気持ちでは急《せ》いているものの、上京のことはどんどん後まわしになり、実現は遠のくばかりである。だんだん分別がつくにつれて、姫君はこうした田舎に暮らす身の上を嘆き、年三《ねそう》の精進（一年のうち、一、五、九月に十五日間斎戒する）をしている。二十歳《はたち》ほどになると、すっかり大人になり、理想的なうつくしさである。

この乳母一家が住んでいるのは肥前国《ひぜんのくに》というところである。その周辺の、少しでも気の利いた男は、まずこの少弐の孫の容姿について人伝《ひとづて》に聞くとしょっちゅう手紙を送ってくる。じつに煩わしく、騒々しいことこの上ない。

大夫監《たいふのげん》という男がいる。肥後国《ひごのくに》に一族が多く、その土地では信望も篤《あつ》く、勢力も絶大な武士である。無骨で荒々しい性格だが、少々好色なところがあって、うつくしい女を大勢集めて妻にしようと思っている。この姫君のことを耳にして、「ひどい不具者だとしても、私は大目に見て妻にしよう」とたいそう熱心に言い寄ってくるので、

乳母《めのと》たちは気味悪くなり、

「いえいえ、縁談などには耳を貸さずに、尼になるつもりでございますから」と使いの者に返事を伝えると、監ははらはらして強引に肥前国《ひぜんのくに》にやってきた。

監は、乳母の三人の息子たちを呼び出して「もし望み通り姫を我がものにできたら、心をひとつにして力を貸し合おう」と話を持ちかけると、二人は彼の味方についてしまった。

「最初のうちは不釣り合いな縁談で姫君を気の毒に思っていましたが、私たちそれぞれの拠《よ》りどころとするには大夫監はじつに頼もしい人です。この人ににらまれるようなことがあっては、このあたりで暮らしていくことはできませんよ。高貴なお方のお血筋と言いましても、実の親にはお子のひとりとも思っていただけず、世間に埋もれているのでは、どうしようもありません。この人がこう熱心に思ってくださることこそ、今となっては姫君のしあわせではありませんか。こうしたご縁があったからこんな田舎までおいでになったのでしょう。逃げ隠れたとて、だれが褒めてくれますか。あの人が負けん気に火をつけて怒り出したら、どんなことになりますやら」と二人の息子たちは脅かすので、みんなたいへんなことになったと思っている。しかし豊後介《ぶんごのすけ》である三人兄弟の長兄が、

「それはとんでもないことであるし、もったいない。亡き父の遺言もあるではないか。なんとかして姫君を京にお連れしよう」と言う。

乳母の娘たちも泣いて悲しんでいる。「母君がどこぞへ行ってしまわれて、その行方もわからないのだから、せめてその姫君だけは人並みになっていただこうと思っていたのに、あんな男の妻になってしまうとは」と嘆いているのを大夫監はつゆ知らず、自分はたいそうな信望を集める男だとうぬぼれて恋文などを書いて寄越す。筆跡はそうひどくもなく、唐《から》の色紙をかおり高い香で薫《た》きしめ、みごとに書けたと自分では思っているが、言葉遣いはひどい訛《なま》りようである。監本人も、この家の次男を味方に巻き込んでいっしょにやってきた。

大夫監という男、年は三十歳くらい、背丈は高くでっぷりと太り、見苦しい風貌というわけではないが、田舎者だと思って見るからか気味が悪く、乱暴な立ち居振る舞いなどは見るだにおそろしい。顔はてらてらと血色よく、ひどくしゃがれた声でよくわからない田舎言葉をしゃべっている。

恋する人というものは夜にこっそりとやってくるから「夜這《よば》い」と言うのだが、こんなに早くあらわれるとは、これはまた一風変わった春の夕暮れ。「いつとても恋しからずはあらねども秋の夕《ゆふべ》はあやしかりけり（古今集／いつだって恋しくない時はないけれど秋の夕べはとくべつ人恋しい)」という歌があるが、秋でもないのにとくべつ人恋しかったのか……。

監の機嫌を損ねまいと、乳母が、祖母殿《おばばどの》として応対する。

「亡き少弐殿《しょうに》はじつに情け深い、ご立派な方でいらしたので、どうか親しくおつきあい願いたいと思っていましたが、そうした気持ちをわかってもらう機会もないうちに、悲しいことにお亡くなりになってしまいました。少弐殿のかわりに、こちらの姫君に誠心誠意お仕えしたいと思い、今日は気持ちを奮い立たせて、一心不乱にやってきたのでござる。こちらにおいでになるという姫君は、格別なお血筋とうかがいまして、まことに畏れ多いことです。ただもう私めの内々の主君と思って、頭上高くに捧げてあがめましょうぞ。祖母殿もお気が進まぬようなのは、私がろくでもない女たちを大勢世話しているのをお聞きだからでござろう。何、そんな奴らと姫君を同じように扱うわけがありましょうや。わが君を、后《きさき》の位にも負けないほどたいせつにいたしますぞ」と、たいそう調子よく言い続ける。

「いえ、そんな。そのようにおっしゃっていただいて、まことに幸せなことと思いますが、前世の宿縁がよからぬようで、遠慮すべきことがありまして、どうしてきちんとした結婚などできようかと本人も人知れず悲しんでいるようですので、かわいそう

で、私どもも困り果てているのです」と乳母は言うが、
「なんの遠慮もなさいますな。万が一目がつぶれ、脚が折れておられようと、私が治して進ぜよう。肥後の仏神はこの自分の言いなりになっておられる」などと得意になっている。何日頃お迎えに、と強引に言い出すので、乳母は、今月は季節の終わりだから結婚は避けたほうが、などと田舎らしい迷信をたてにして、その場を言い逃れる。
帰り際、監は歌を詠みたくなったらしく、ずいぶん長いこと思案したあげく、
「君にもし心たがはば松浦《まつら》なる鏡の神をかけて誓はむ
(姫君に対してもし心変わりをしましたら、松浦の鏡の神にかけて誓いましょう、どんな罰も受けますと)
この和歌は、我ながら上出来でござるな」と、にやりと笑うが、いかにも恋愛には不馴れで不器用な感じである。乳母はどうしていいかわからずに、返歌するどころでもなく、娘たちに詠ませてみるが、
「私はもっとだめ、気が遠くなりそう」と言って座りこんでいる。時は過ぎるし、困り果てた乳母は、心に浮かんだまま、
年を経《へ》て祈る心のたがひなば鏡の神をつらしとや見む
(長年お祈りしている姫君の幸福がかなわなかったら、鏡の神をさぞや恨んで

（しまうでしょう）

と声を震わせて詠み返すと、

「おや、これはなんとおっしゃったか」と、ずんずん近づいてくるので、すっかりおびえて乳母は真っ青になる。娘たちはそれでもなんとか気丈に笑い、

「姫君はふつうではないお体ですので、長年お祈りしている縁談がだめになったらつらいと言おうとして、もうろくしていますから、鏡の神を引き合いに出して、言い間違えたのでしょうよ」と弁解する。

「はあん、なるほどなるほど」と監はうなずき、「おもしろい表現でござるな。拙者が田舎者だという評判もあろうが、つまらない愚民ではござらぬ。都の人だからといって何ほどのことがあろう。みなよくわかっておる。馬鹿になさいますな」と、また何か詠もうとするけれど、とてもそれは無理だったのか、そのまま去ったようである。

乳母は、次男が監にまるめこまれたのを心からおそろしく思い、また情けなくもあって、長男の豊後介をせき立てる。

どのようにしてさしあげたらいいのだろう、と長男は煩悶《はんもん》する。ほかに相談できる人もいない。たった二人の弟は、あの監に味方しないからといって私と仲違いしてしまった。この監に目をつけられれば、少しの身動きもとれなくなってしまうだろう。

かえってひどい目に遭うかもしれない……。と思案にくれていたが、姫君が人知れず悩んでいる姿が心苦しく、監の妻になるくらいならいっそ死のうとふさぎこんでいるのも無理もないと思い、覚悟を決めて計画を立て、ついに出立《しゅったつ》した。妹も、長年連れ添った夫を捨てて姫君のお供についてくる。姉妹のうち、昔「あてき」と呼ばれていた者は今は兵部《ひょうぶ》の君《きみ》というが、彼女が姫君に付き添い、夜に逃げ出して船に乗ったのである。大夫監はいったん肥後に帰り、四月二十日の頃に結婚の吉日を選んでやってくるというその矢先に、からくも逃げ出したのである。

姉娘のほうは家族が多くなっていて、とても出ていけなかった。姉妹は互いに別れを惜しむ。もう一度会うことは難しいだろうと兵部の君は思ってみるが、長年暮らした土地とはいえ、とくべつ離れがたくも思えない。ただ松浦《まつら》の、鏡の宮の渚《なぎさ》の景色と、この姉と別れることだけが、後ろ髪を引かれる思いで悲しいのだった。

浮島を漕《こ》ぎ離れても行《ゆ》くかたやいづくとまりと知らずもあるかな

（憂き島を離れて漕ぎ出しても、この先どこに停泊するのか、行く先もわかりません）

と兵部の君が詠むと、

行《ゆ》く先も見えぬ波路《なみぢ》に船出《ふなで》して風にまかする身こそ浮きたれ

（行く先も見えない波路《なみじ》に船を出して、風にまかせるしかない身の頼りないこと）

姫君は、このまま消え入ってしまうような心細い気持ちで、うつぶせに臥《ふ》してしまう。

こうして逃げたことが、自然と噂《うわさ》になって伝われば、監が意地になって追いかけてくるだろうと思うと、気が気ではない。早船という、とくべつな船を用意してあるのに加えて順風が吹き、危険なほど速く走って都に向かう。難所と言われる波の荒い播《はり》磨灘《まなだ》も無事に過ぎた。

「海賊の船じゃなかろうか、ちいさい船が飛ぶようにやってくる」などと言う者もあった。海賊のむやみに乱暴なのよりも、あのおそろしい監が追いかけてくるのではないかと思うと恐怖でじっとしていられない。

憂きことに胸のみ騒ぐ響きには響きの灘もさはらざりけり

（監が来るかもしれないと胸騒ぎのするその響きに比べれば、響きの灘などたいしたものではない）

「川尻《かわじり》というところが近づいてきました」と言われ、少しばかり生き返った心地《ここち》になる。あの水夫たちが「唐泊《からどまり》より、川尻おすほどは（唐泊から川尻まで漕ぐあいだは）」

とうたう声が荒々しいのも、しみじみ心に響く。豊後介は胸に染みいるような声で「心からいとしい妻と子どもも忘れてしまった」とうたうが、本当に何もかも捨ててきてしまった、と心中では実感する。みんなどうしているだろう、しっかりした頼りがいのある家来たちはみんな連れてきてしまった。あの監が私を憎んで、残った家族を追い散らかして、どんなひどい目に遭わせるだろうか……。無鉄砲にも後先考えず出てきてしまって、少し気持ちが落ち着いてみると、とんでもないことをしてしまったと思えてきて、次第に気弱になって泣かずにはいられない。

「胡《こ》の地の妻児《せいじ》をば虚《むな》しく棄《す》て捐《す》てつ」と、胡国に捕われてその地で妻子も設けていた男が、やはり故郷が恋しくて、妻子を捨てて胡国から逃げ出した――そんな男の悲しみをうたった詩（白居易の新楽府「伝戎人」）を口ずさんでいるのを、兵部の君は耳にして、「本当に、おかしなことをしでかしてしまった……。長年従ってきた夫の気持ちも考えず逃げ出してきたが、夫は今どう思っているだろう」と、あれこれ思いを馳《は》せる。「これから帰る京にも、どこと落ち着けるような昔の家があるわけでもない、知人として身を寄せるのに頼れそうな人もいない。ただひたすらに姫君おひとりのことを思い、今まで長年住み馴れた土地を離れて、あてどない波風に漂って、何をどうしていいのかもわからないし、この姫君をどうしてさしあげることができるのだろう……」と、茫然《ぼうぜん》と途方にくれるけれど、どうにもしようがなく、京に急いで入った。

九条に、昔知り合いだった人が今も住んでいるのをさがし出して、その住まいを仮の宿と決めた。けれども九条は都の内とはいえきちんとした人々の住んでいる界隈でもなく、身分の知れない市女《いちめ》（物売り）や商人にまじって、ままならぬ世を憂いながら秋になってしまい、過去を思っても未来を思っても悲しいことばかりである。豊後介である頼もしい長男も、ただ水鳥が陸に上がってうろうろしているような心地で、所在ないままに、馴れない都暮らしのつてのなさを思い、今さら国に帰るのもみっともない、無分別に国を出てきたことを後悔している。付き従ってきた家来たちも縁故を頼って逃げ、もとの肥前に散り散りに帰ってしまった。

都になかなか落ち着くことができないのを、乳母は明けても暮れてもため息をついて気の毒がっているので、豊後介は、

「いえ、私自身はだいじょうぶなんです。姫君の御身代わりになって私がどこへなりと消え失せたって、だれも何も言いませんよ。私たちがたとえ豪勢な身になったとしても、姫君をあんな者たちの中に放り置くようなことをしたら、どんな気持ちがしたでしょう」と安心するようなぐさめる。そして、「神仏こそが、姫君をしかるべき幸

運にお導きくださいますでしょう。この近くに八幡の宮というお社《やしろ》があります。筑紫でも姫君が参詣しお祈りなさっていた松浦《まつら》、筥崎《はこざき》と同じお社です。あちらを出立なさる時も多くの願をお立てしました。ようやく都に帰ってきて、こうしてご利益をいただきましたと早くお礼を申し上げなさいませ」と、姫君を八幡に参詣させた。そのあたりを知る人を尋ねて、五師《ごし》という、亡き父、少弐が生前に親しくしていた僧を呼び寄せて、八幡まで参詣させる。

「八幡の宮に次いで、仏さまの中では初瀬《はつせ》の観音が、日本中であらたかなご利益があると唐土《もろこし》にも伝わっているそうです。まして姫君は、遠い筑紫の田舎とはいえ、同じ国内に長年住んでいらっしゃるのですから、お願いを聞いてくださるに違いありませんと、豊後介は姫君を初瀬に向かわせた。信心のほどをあらわすために徒歩で行くことにする。そんなことがはじめての姫君はたいそうつらく苦しい思いをするが、言われるままに無我夢中で歩く。

「いったい前世でどんな罪を犯したせいで、こんな流浪の日々を送るのだろう。母君がもしもうこの世にいらっしゃらなくとも、私をかわいそうだとお思いでしたら、母君のいるあの世にお連れくださいい。もしこの世にいらっしゃるのなら、どうかお顔をお見せください」と仏に祈り、母親の面影すらも思い出せないので、ただ母親が生きていてくれたらと、それぱかりを思う悲しさを今までずっと嘆いてきた。こうして今、こらえがたくつらい思いをしつつ、あらためて悲しみを募らせて歩き、京を出て四日目の巳《み》の刻（午前十時頃）に、やっとのことで椿市《つばいち》というところに、生きた心地もしないままたどり着いた。

その日は歩くこともなくあれこれと手当てをするが、姫君は一歩も動くことができず、疲れてもいるので、仕方なく休むことにする。頼りにしている豊後介と、弓矢を持った家来二人、そのほか下男や童《わらわ》が三、四人、女たちは三人で、みな壺装束《つぼしょうぞく》（外出着）に身を包み、樋洗《ひすまし》（排泄物の処理係）らしい者と高齢の下女が二人ばかりお供している。ひっそりと目立たない一行である。仏前に供える灯明などをここであらたに用意したりしているうちに日が暮れる。するとその宿の主である法師が、

「今夜はほかの客人があるのに、どなたが入りこんでこられたのか。図々《ずうずう》しい女たちが勝手なことをして」と叱るのを、なんと失礼な、と聞いていると、なるほど泊まり客らしい一行がやってくる。

こちらも歩いてきたらしい。身分の高そうな女二人と、男女交えての下人が大勢いる。馬を四、五頭引いて、ひどく人目を忍んで目立たないようにしているが、こぎれいな身なりの男たちもいる。法師はこの一行に泊まってもらいたくて、頭を掻《か》きなが

らうろうろしている。申し訳なく思いつつ、これから宿を変えるのも体裁が悪いし面倒なので、豊後介たちは奥に入ったり、ほかの部屋に隠れたり、あるいは部屋の隅に身を寄せる。軟障《ぜじよう》（仕切りの絹布）で姫君との隔てを作る。やってきた一行も、遠慮するほどの相手でもないようだ。ひどくひっそりとして、お互いに気を遣い合っている。

じつは、このやってきた人は、夕顔をずっと忘れることなく恋い慕っている女房の右近《うこん》なのだった。夕顔亡き後、紫《むらさき》の上《うえ》に仕えている右近は、年月がたつにつれて、そのお勤めがだんだん自分には不釣り合いに思えてきて、身の置きどころのなさに悩み、この寺に参詣していたのである。

いつものことなので、身軽な旅支度ではあったが、やはり徒歩での旅はひどく疲れ、右近はものに寄りかかって休んでいる。そこへ、この豊後介がやってきて、隣の軟障のそばに寄り、食事なのだろう、折敷《おしき》（盆）をその手に持ち「これを御前に差し上げてください。お膳なども整わず、たいへん申し訳ありません」と言っている。それを聞き、隣の人は自分たちのような並の身分ではないらしいと右近は思い、ちょっとした隙間からのぞいてみると、この男の顔に見覚えがある。しかしだれとは思い出せない。右近は、豊後介がまだ若い頃に見ただけであったし、今の彼は太って日焼けし、ある。長年見ていない者の目には、すぐには見分けられないのである。身なりも粗末である。「三条、こちらでお呼びです」と呼ばれて出てくる女を見れば、やはり見たことのある人だ。

かつて夕顔に長く仕えていた下人で、あの夕顔が隠れ住んだ邸《やしき》でもお供していた人だ、と右近は気づき、夢を見ているような気持ちになる。女主人とはどなたなのか……、と確かめてみたいけれど、見えそうもない。仕方ない、この人に訊《き》いてみよう、前に兵藤太《ひょうとうだ》（豊後介の若い頃の名）と言った人もきっとこの男なのだろう、ここに幼くしてお別れした姫君がいらっしゃるのかしら……と思いつくと気が急《せ》いて、この軟障の中にいる三条という名の女房を呼んでみるが、彼女は何か食べるのに夢中になって来ようともしない。ああ、憎たらしいと右近は思うが、それも自分勝手というもの。

ようやく話をすると、「どうも心当たりがありません、筑紫の国に二十年ばかりも住んでおりましたいやしい私のことをご存じの京のお方など……。人違いではありませんか」と、近寄ってくる。田舎じみた掻練《かいねり》（やわらかくした絹）に衣を重ねて着た姿は、ひどく太ってしまっている。右近は自分の年齢がますます思いやられて気が引けるが、

「よく見てください。私に見覚えがありませんか」と顔を軟障の向こうにさし出した。

三条は手を打って、

「あなたさまでいらしたのですか。まあ、うれしい、うれしいです。どちらから参詣なさったのですか。ご主人さま（夕顔）はいらっしゃいますか」と、大声を出して泣く。まだ若かった三条の姿を思い出すと、これまで過ぎてしまった年月を数えずにはいられず、胸が熱くなる。

「それより何より、乳母殿はおいでですか。幼い姫君はどうなさいました。あてき（兵部の君）と呼ばれていた人は？」と、右近は夕顔のことは口に出せずにいる。

「みなさまいらっしゃいます。姫君も立派に成人されています。とりあえず、乳母殿にこのことを申し上げてきます」と奥に入る。

乳母たちはみな驚き、

「夢のような気持ちです。消息もなく、なんと薄情な、言いようもなくひどい人だと思っていた人に、まさかここで出会おうとは」と言いながら、軟障に近づく。あいだを隔てるために置いてあった屏風《びょうぶ》などをすっかり押し開け、言葉もなくともに涙を流す。年老いた乳母は、

「わがご主人さまはどうしていらっしゃいますか。今まで長年のあいだ、夢でもいいからご主人さまがどこにいらっしゃるのか知りたいと願を掛けておりましたが、遠い

田舎では風の便りにもお噂を耳にすることができませんでした。それがなんとも悲しくて、老いて生きながらえているのを情けなく思っておりました。けれどもご主人さまがお残しになった姫君がいじらしくもかわいらしくもあり、冥途《めいど》へ旅立とうとも心残りで死にきれず、また充分なお世話もできずに、まだ目をつぶらずに生きておりま す」と話す。

それを聞いて右近は、夕顔が突然亡くなってしまったあの折、どうしようもなく途方にくれた時よりも、返事のしようのない今のほうがさらに困り果てながら、

「いやもう、申し上げても詮方ないことです。ご主人さまはとうにお亡くなりになりました」と口にすると、みながわっと泣きだし、なぐさめることもできないほどむせび泣く。

日が暮れてしまうというので、急いでお供えの灯明の支度を終えて豊後介が急かすので、再会した今はかえって落ち着かない気持ちで、乳母と右近は別れる。

「ごいっしょにお参りしましょう」と右近は言うが、お互いにお供の者が不審に思うだろうと、乳母はこの再会を豊後介にもまだ話していないのである。こちらも先方も相手のことを知った今では、とくべつな気遣いもなく宿を出る。右近はこっそりと一行に目を留める。一行の中にひときわうつくしい後ろ姿の人がいる。ひどく粗末な旅

姿ながら、四月に着る単衣《ひとえ》めいたものに着こめた髪が、もったいないほどすばらしい。右近は、いたわしくもせつない思いでそれを見送る。

少々歩き馴れている右近は早く御堂《みどう》に着いた。豊後介一行は、姫君の介抱に手間取って、初夜のお勤めの時分（夕方から夜）に到着した。右近の部屋は、本尊の右のほう、仏近くの間《ま》に用意してある。豊後介一行を世話した僧は、まだ馴染みもないせいか、一行の部屋は西の間で、仏からは遠い。それをさがしあてた右近が「こちらにおいでなさいませ」と誘うと、乳母は、男たちを西の間に残して、豊後介にこれこれと相談してから姫君を右近の部屋に移した。

「こんな、たいしたことのない身の上ですが、太政大臣さま（光源氏）にお仕えしていますから、こうした少人数の旅でも乱暴なことはされるまいと心強く思っております。田舎から来た者だと見ると、こうした場所では、たちの悪いふとどき者が馬鹿にした振る舞いをいたしますのも、申し訳ないことです」と、右近はいろいろ話したいけれど、轟《とどろ》くような勤行《ごんぎょう》の声が響きわたり、その騒がしさに引きこまれて仏に祈る。

右近は心の内で、

「この姫君をどうにかしておさがししようと今までずっとお祈りしてきましたが、やっとこうしてお目に掛かったのですから、念願かなったというわけです。源氏の大臣《おとど》のこの姫君の行方をお知りになりたいお気持ちも深いようですから、お知らせしましょう。これからは姫君をしあわせにお守りくださいませ」と祈ったのである。

国々から田舎の人々が大勢お詣《まい》りしている。ここ大和国《やまとのくに》の守《かみ》の妻もお詣りしていた。派手派手しくたいそうな威勢なのをうらやみ、三条は、

「観音菩薩《かんのんぼさつ》さまにはほかのことは申しません。私どものたいせつな姫君を、大宰《だざい》の大弐《だいに》の妻か、さもなければここ大和の受領《ずりょう》の妻にしてあげたく思います。この三条らも充分に出世してお礼参りに詣でます」と額に手を当てて一心に祈り、座りこんでいる。

右近は、なんと縁起でもないことを、と思い、

「本当に田舎者になってしまって……。姫君の父君である中将殿は、あの頃でさえご威勢はどれほどでいらっしゃったか。まして今は天下もお心のままになさっている内大臣で、どんなにかご立派なご一家でしょう。なのにその姫君が受領の妻などという身分におさまってしまうなんてこと、あるものですか」と言うと、

「黙っていてください。大臣がどうのも、お待ちください。大弐の奥さまが筑紫《つくし》の観世音寺にお詣りした時のご威勢は、帝《みかど》の行幸《ぎょうこう》にも劣らなかったんですよ。ああ、嫌だ」と、三条はますます手を額から離さずに拝んでいる。

豊後介一行は、三日間こもろうというつもりだった。右近は、そんなにいるつもり

はなかったが、せっかくの機会であるし、ゆっくり話もしたいので、三日間参籠すると、僧を呼んで伝える。こうした僧は願文の趣など細かいことまで心得ているので、いつものように、

「例の藤原《ふじわら》の瑠璃君《るりぎみ》（玉鬘）というお方のためにお布施をいたします。よくお祈り申し上げてくださいませ。そのお方をこの頃になってようやくお見つけ申し上げたのです。お見つけできますようにという願のお礼参りも近々いたしましょう」と言うのを聞き、乳母たちは胸がいっぱいになる。法師は「それはけっこうなことでございます。拙僧が怠りなくお祈り申し上げた験《しるし》でございましょう」と言う。

じつに騒がしく、どうやら僧たちは一晩じゅう勤行をしているらしい。

夜が明け、一行は、右近の知り合いの僧の宿坊に下りた。心置きなく話そうというつもりらしい。姫君は、みずからのひどく粗末な身なりを心底気恥ずかしそうにしているのが、たいそう可憐《かれん》に見える。

「私は思いもしなかったような尊い方にお仕えして、大勢の人を見てきましたけれど、紫の上のご容姿に並ぶ人はいらっしゃらないと、長年拝見していました。そのお手元でお育ちの姫君（明石《あかし》の姫君）も当然ながら立派でいらっしゃいます。源氏の大臣《おとど》がたいせつにお育てになるご様子も格別でいらっしゃいます。けれどこちらの姫君の、

目立たないお身なりながらその方々にけっしてお見劣りなさいませんのも、信じられないようなことです。源氏の大臣は、父、桐壺帝《きりつぼてい》の御代《みよ》からずっと大勢の女御《にょうご》や后《きさき》、それより下の身分の女君は数限りなくご覧になっていますが、そのお目にも、帝の御母君の今は亡き藤壺《ふじつぼ》の宮と、明石の姫君とのご容姿を、美人とはこういう人のことであると思う、とお話しになっていました。私が見比べようとしましても、かの藤壺の宮さまは存じ上げませんし、姫君はかわいらしくはいらっしゃいますがまだおちいさくて、この先が楽しみなお方です。やはり紫の上のご容姿がずば抜けていらして、どなたもかなわないように見受けられます。源氏の大臣も紫の上をすばらしいとお思いになっているようですが、奥さまですから、そうはっきりとお言葉になさってわざわざほかのお方と比べないのは当然でしょう。この私に連れ添っているなんてあなたはたいしたお人だなあ、などとご冗談をおっしゃっています。私が拝見しましても、命が延びますようなお二人のご様子、ほかにこんなすばらしいご夫婦がいらっしゃるかと思いますけれど、その紫の上にも、こちらの姫君は何ひとつ劣っていらっしゃいません。ものには限度がありますから、いくらおうつくしいからといって仏さまのように頭上から光が射すというわけにはいきません。ただこういうお方のことをすぐれたお方と申し上げるべきなのでしょう」と、笑みを浮かべて姫君を見ているので、乳母も心からうれしくなる。

「このようにすばらしい姫君をそのまま鄙《ひな》びた田舎に埋もれさせてしまうところでしたが、そのことが惜しくて悲しくて、家も家財も捨てて、頼りになる息子や娘とも別れ、もはや未知の場所に思える京に帰ってきました。あなたさま、どうか姫君を一刻も早くよいようにお導きください。高貴な方にお仕えなさるあなたさまなら、自然とあれこれとつてが多くございますでしょう。姫君のお父上である内大臣さまのお耳に入って、お子さまのおひとりとしてきちんとお世話いただけるようにしてくださいませ」と乳母が言う。姫君は恥ずかしく思い、後ろを向いている。

「いえもう、私などしがない者ですけれど、源氏の大臣もおそば近くでお召し使いくださいますので、ことあるごとに、姫君はどうなられたでしょうと私が申し上げますと、大臣もお心にお掛けになって、『自分もどうにかして姫君をさがし出そうと思っているから、おまえが何か噂を聞くようなことがあれば知らせてほしい』とおっしゃっています」

「源氏の大臣は立派なお方でございますけれど、れっきとした奥さま方がいらっしゃると聞いています。ですからまずは本当のお父上である内大臣さまにお知らせくださ い」と乳母が言うと、右近は、昔のいきさつなどを話し出し、

「源氏の大臣はそのことを本当に忘れることのできない悲しみと思っていらして、『亡き人のかわりに、その子をお世話しよう、自分には子どもも少なくてさびしくもあるのだから、我が子をさがし出したのだと世間には言うことにして……』と、その当時からおっしゃっていました。その頃は私も若くて分別もなく、何かにつけて気後ればかりしていましたから、姫君をおさがしすることもできずに過ごしているうちに、乳母殿の夫君が少弐《しょうに》になられたことは、人々がそうお呼びするようになったので知りました。赴任のご挨拶に二条院にいらした時、ちらりとお姿を拝見しましたが、お話しすることはできないままでした。それでも姫君は、あのかつての夕顔の咲く五条の宿にお残しになっていかれたのだろうとばかり思っておりました。それがなんてことでしょう。田舎の人として埋もれてしまわれたかもしれないなんて」

などと語り合っては一日中、思い出話をしたり念仏を唱えたりして時を過ごす。その場から参詣に集う人々を見下ろすことができた。前を流れる川は初瀬川《はつせがわ》という。右近が、

ふたもとの杉のたちどを尋ねずは古川《ふる》のべに君を見ましや

（二本の杉の立っているこの初瀬にお参りしなかったら、古川のほとりで姫君にお目に掛かれたでしょうか）

と詠み、また「うれしき瀬にも（祈りつつ頼みぞわたる初瀬川うれしき瀬にも流れ合ふやと《古今六帖／お祈りしてわたった甲斐があってようやくお目に掛かることができました》）」と言うと、姫君が、

初瀬川はやくのことは知らねども今日の逢ふ瀬に身さへ流れぬ

（初瀬川の早瀬のような、早く過ぎた昔のことは知りませんけれど、今日お目に掛かることができて、うれし涙にこの身も流されてしまいそうです）

そう詠んで涙ぐんでいる様子は気品にあふれている。お姿はじつにおうつくしいけれど、もしや田舎じみていて野暮ったくいらしたら、どれほどの玉に瑕《きず》だったことだろう。本当にまあ、どうしてこんなに立派にお育ちなのだろう、と、右近は乳母に感謝の念を抱く。亡き母君は、ただひどく若くておっとりとして、たおやかだったが、この姫君は気品があって、立ち居振る舞いも堂々とし、たしなみ深くもある。右近は筑紫というところを奥ゆかしいところだと思ってみるが、それにしては昔の知り合いたちはみな田舎じみてしまっているのはなんだか合点のいかない思いである。日が暮れ、みな御堂にのぼり、翌日も一日中、勤行をする。

秋風が谷間からはるかに吹き上がり、たいそう肌寒い。感慨深い乳母たちの胸にはあれこれと思いが浮かぶ。人並みの暮らしも難しいだろうと弱気になっていたのに、

この右近の昔話のついでに、父内大臣の様子や、その夫人たちが産んだ、格別何ということもない子どもたちもみなそれぞれ一人前に成人させ引き立てている、と聞けば、こうして日陰の身である姫君も望みが持てる気もしてくるのだった。

寺を出る時も、お互いに住まいを尋ね合い、もしかしてまた姫君の行方がわからなくなったら……、と右近は心配になる。右近の住まいは六条院に近いあたりだったので、乳母たちの住む九条からはそう遠くなく、相談するにも都合がいいと頼もしくも思うのだった。

右近《うこん》は光君の邸に参上した。この一連のできごとを光君にそれとなく知らせる機会もあろうかと急いだのである。門から車を引き入れるなり、あたりはとくべつに立派な様子で広々としていて、退出する車も参上する車もたくさん出入りしている。自分のような、人の数にも入らない身分の者が出仕するのも決まり悪くなるほどの、みごとな御殿である。その夜は光君の前に参上せずに、あれこれ思いながら横になった。

翌日、昨夜それぞれ実家から参上した身分の高い女房や若女房たちの中で、紫《むらさき》の上《うえ》はとくべつに右近を呼び出したので、右近は晴れがましい気持ちである。光君も右近を呼び、

「どうしてなかなか里から帰らなかった？　珍しく、ひとり身の人が打って変わって若返ることもあるのだね。何かおもしろいことでもあったのだろう」と、例によって返答に困るような冗談を口にする。

「退出しましてから七日を過ぎてしまいましたが、おもしろいことなど私にはそうありません。山寺にお詣りいたしまして、お懐かしい人を見つけたのです」

「だれ？」と光君は訊く。

すぐにここで答えてしまうと、紫の上の耳にお入れする前に光君だけにとくべつにお知らせするようだし、そのことを後で紫の上がお聞きになったら、自分には内緒にしたのかとお思いになるかもしれない……などと思い悩んで、「後ほど申し上げます」と言うが、女房たちが参上してきたので言えずじまいになった。

部屋の灯火をつけて、ともにくつろぐ光君と紫の上の様子は、見とれてしまうほどである。女君は二十七、八になっただろうか、まさに女盛りの年頃で、洗練されたうつくしさである。しばらくその姿を見ていなかった右近には、そのあいだにまたつややかなうつくしさが増したように見える。あの姫君もうつくしかった、この紫の上にも引けをとらないと思っていたけれど、気のせいか、やはり紫の上のほうが格段にすぐれているので、幸運に恵まれたかそうでないかでこうも違ってしまうのかと、つい比較せずにはいられない。

光君が寝《やす》むということで、足を揉《も》ませるために右近を呼ぶ。

「若い女房は疲れると言って嫌がるようだ。やはり年寄り同士、気が合って仲よくしやすいものだね」と光君が言うので、女房たちはひっそりと笑う。

「そうですわ、ご用を言いつけられることをだれが嫌がったりしますか。厄介なご冗談でおからかいになるので、みんな困って嫌がるのですよ」などと言い合っている。

「うちの奥方も年寄り同士で仲よくしすぎたら、やはりご機嫌斜めになるだろうかね。そうならないとは言えない性格だから、あぶないね」などと、右近にささやいては笑っている。

じつに魅力的で、こんな冗談を言うようなおもしろいところもある。今は朝廷に仕え、政務に忙しい身でもなく、世の中も落ち着いているので、他愛のない冗談を言い、女房たちの心を試してはおもしろがって、あげくこうした年長の女房までからかうのだった。

「さっきの、さがし出した人というのはどういう人なの。尊い修行者とでも仲よくなって連れてきたのか」と光君が訊くと、

「まあ、人聞きの悪いことを。はかなく消えておしまいになった夕顔の露にゆかりの

あるお方を、見つけたのでございます」と右近は言う。

「それはまったく驚くような話だな。長いあいだ、どこにいたのか」

ありのままは答えにくく、「辺鄙《へんぴ》な山里でございます。昔の女房も何人かはそのままお仕えしておりましたので、あの当時のことを話してくれまして、たまらなく悲しい思いをしました」と右近は話す。

「もういい。事情を知らない人の前だしな」と光君が隠すので、

「まあ面倒なお話ですこと。私は眠たいから、耳に入るわけもありませんのに」と紫の上は袖で耳をふさいでしまう。

「顔立ちは昔の夕顔に劣らないのか」と訊くので、

「かならずしもそこまでは、と思っておりましたが、格段にうつくしくご成人なさったようにお見受けしました」と右近は答える。

「すばらしいことではないか。だれくらいだと思うか。この女君と比べたら？」と光君は紫の上のことを言うので、

「まさか、そこまでは」と右近は答える。

「ずいぶん得意そうだな。私に似ているのなら安心だけれどね」と実の親のように光君は言う。

この話を聞いてから、光君は右近ひとりをたびたび呼び出しては「それならばその人を、この邸に引き取ることにしよう。ずっと長いこと、何かあるごとに、行方知れずになってしまったと思い出しては、残念でならなかったのに、無事でいることがわかってじつにうれしいよ。それなのに今も会えずにいるのはつまらないことではないか。実の父である内大臣には知らせる必要はない。ずいぶんたくさんのお子たちの世話で大騒ぎしているが、何ほどでもない身の上で今さらその中に交じっても、かえって苦労することも多いだろう。私はこうして子どもも少なくてものさびしいのだから、思わぬところから実の子をさがし出したのだとでも言っておこう。好き者たちが存分にやきもきする種として、たいせつにお育てしよう」と話すので、右近はともかくうれしく思って、

「ただお心のままになさってください。内大臣にお知らせしようにも、あなたさま以外、どなたからあちらのお耳に入れることができましょう。むなしくお亡くなりになったお方の代わりに、どのようにでも姫君をお引き立てくださいますことが、罪滅ぼしにもなります」と言う。

「ずいぶんつらいことを言うね」と苦笑しながらも光君は涙ぐむ。「しみじみはかない縁だったとずっと長いこと思ってきたのだ。こうしてこの邸に集まっている方々の

中に、あの時の気持ちほど夢中になった人はいなかったのだが、長生きして、いつまでも私の変わらない気持ちを見届けてくれる人も多いなか、あの人はあっけなくあんなことになってしまった。右近だけを形見として見るしかないのは残念なことだ。かたときも忘れたことはないのだから、こちらに来てくださるのなら、それこそ本望というものだ」と、姫君に手紙を送る。

あの末摘花《すえつむはな》がまったく話にもならなかった人だったことが思い出され、あんなふうに落ちぶれた境遇で育ってきた姫君の様子も心配で、どんな返事を書いてくるかまずそれを知りたく思うのである。光君は生真面目《きまじめ》に、もっともらしい手紙を書き、最後に、

「こうして申し上げるのを、

知らずとも尋《たづ》ねて知らむ三島江《みしまえ》に生《お》ふる三稜《みくり》の筋は絶えじを

（あなたにお心当たりはなくとも、どなたかに尋ねていつかおわかりになるでしょう。三島江に生える三稜の草の筋のように、私との縁がつながっているのですから）」

とある。手紙は右近がみずから退出して姫君の元に向かい、光君の言葉とともに伝えた。姫君の衣裳《いしよう》や女房たちの着物など、さまざまな贈りものもある。紫の上にも相

談したのだろう、御匣殿《みくしげどの》（衣裳室）から必要な品々を集めさせ、色合いや仕立てなど格別なものを選んでいるので、田舎びた乳母たちの目には、なおさら見たこともないほどすばらしく思える。

姫君本人は、ほんの申し訳程度だとしても本当の父親からの便りであればうれしいだろうが、どうして見ず知らずの人のお邸に身を寄せることなどできようかという気持ちなので、つらそうな様子だが、これからどうすればいいかを右近が教え、乳母《めのと》たちも、

「そのように六条院で一人前におなりになったら、父である内大臣さまも自然と姫君のご消息をお知りになるでしょう。親子の縁はけっして切れることはありません。右近が、人の数にも入らない身ながら、なんとか姫君にお目に掛かれますようにとお祈りしてすら、仏神のお導きがあったではありませんか。まして、どなたも無事でいらっしゃったら、きっとそのうち……」とみな口々に姫君をなぐさめる。まず返事をと、無理に書かせる。姫君は、ひどく田舎じみているだろうと決まり悪い思いでいる。唐の紙の、かおり高く香を薫《た》きしめたものを取り出して返事を書かせる。

数ならぬ三稜《みくり》や何の筋なればうきにしもかく根をとどめけむ

（人の数にも入らないこの身は、どういう筋合いで、三稜が泥に根を下ろすよ

うにこの憂き世に生まれてきたのでしょう）

とだけ、墨もかすかである。筆跡ははかなげで、たどたどしいけれど、気品があって見苦しいところはないので、光君はひとまず安心する。

姫君を住まわせるところを考えてみるが、東南（春）の町には空いている対《たい》の部屋もなく、豪勢に多くの人を集めて住まわせているから、人も多いし目立ってしまう。（秋好《あきこのむ》）中宮《ちゆうぐう》の住む西南（秋）の町は、こうした人も住みやすく閑静であるが、中宮に仕える人と同列に思われるかもしれない、と心配になり、少し埋もれたように目立たないが、東北（夏）の町の西の対、文殿《ふどの》（書庫）になっているのをほかに移して、そこはどうかと考える。いっしょに住むのにも、この御方（花散里《はなちるさと》）はひっそりとして気立てのいい人だから、お互い仲のいい話し相手となるだろうと考えを決める。

紫の上にも今はじめて、あの遠い昔の一件を話して聞かせた。こうして長年心に秘めごとがあったことを紫の上は恨めしく思う。

「困ったな。生きている人のことだって、訊かれもしないのに話したりはしないでしょう。こうした機会に洗いざらい打ち明けるのは、あなたを格別にたいせつに思うからなのに」と言い、光君はしみじみと感慨深く夕顔を思い出す。「他人《ひと》ごととして多く見てきたけれど、たいして深くない仲でも、女というものの執念深さをたくさん見聞きしていたものだから、けっして浮気心は起こすまいと思っていたが、ついついそうならずに、つきあってしまう女も数多くいた。その中で、心からしみじみかわいいと思う人は、あの人を置いてほかにいないと思い出すよ。もし今も生きていたら、西北（冬）の町に住む明石《あかし》の御方と同じくらいに扱わずにはいられなかったろう。人というのはじつにさまざまだね。才気があって機転が利く、というところはなかったけれど、本当に気品があって可憐《かれん》な人だった」などと言う。

「そうはおっしゃっても、明石の御方ほどのお扱いはなさらなかったでしょうね」と紫の上は言う。やはり冬の町に住む御方のことを、気を許せぬ人と思っているようである。しかし、幼い姫君がじつにかわいらしい様子で無心に二人の話を聞いているのが、いとしくなって、母君である御方を光君がたいせつになさるのも無理はない、と思いなおす。

こうした話は九月のことである。

姫君（玉鬘《たまかずら》）の六条院への引っ越しは、そうすらすらとことが進むわけではない。乳母はふさわしい女童《めのわらわ》や若い女房をさがさせる。筑紫《つくし》では、京から流れてきたという相応の女房を、つてを頼って呼び集めて仕えさせていたのだが、急に筑紫を出る騒ぎの中でみんな置いてきてしまって、ほかには人もいない。しかしながら京は広いところなので、自然と市女《いちめ》といった人たちがじつによくさがし出して連れてくる。だれの子である姫君かということは知らせなかった。右近の里の五条に、まずはこっそりと姫君を移し、女房を選び揃《そろ》え、装束などを整えて、十月、いよいよ引っ越しとなる。

光君は夏の町の御方（花散里）に姫君の世話を頼んだ。

「昔愛していた人が、私との仲が嫌になって、ひっそりした山里に隠れていたのだが、私たちのあいだには幼い子どもがあってね。今までずっと内密にさがしていたのだが、聞き出すことができないまま、年頃の娘になるまで過ぎてしまった。思いがけない方面から行方を耳にしたので、せめて今からでもと思って、こちらに移そうと思う」と言い、続ける。「その母親は亡くなってしまったんだ。息子（夕霧《ゆうぎり》）をあなたにお願いして本当によかったと思う。同じように面倒をみてほしい。山育ちのような娘だから、田舎じみたところも多いのだが。しかるべく、何かにつけてしつけてください」

と、ていねいに光君は頼みこむ。

「本当にそのようなお方がいらしたのを存じませんでした。姫君がたったひとりしかいらっしゃらずにさみしいことですから、よかったですわ」とおっとりと言う。

「娘の母親は、めったにないくらいすなおな心の人だった。あなたも、この娘を安心してまかせられるお方だからね」

「ふさわしい役目としてお世話をさせていただいているお方（夕霧）は、そんなに手も掛からなくて、退屈しておりますから、うれしく思います」と御方は言う。

六条院の人々は、姫君が光君の娘であるということを知らず、「どういう人をまたさがし出してきたのでしょう。厄介にも、昔なじみのお世話をお引き受けになるのかしら」と噂をしている。車三台ほどで、女房たちの服装なども、右近がいるので田舎びていないように仕立ててある。光君からは綾《あや》やそのほか、何かと支度のために贈った。

その夜さっそく光君は姫君のところへやってきた。乳母たちは、光源氏という名前はずっと前から耳にしていたけれども、長年、世間とは縁のない田舎暮らしで、それほどだとも思っていなかったのだが、ほのかな灯火で、几帳《きちょう》のほころびからちらりと見える光君の姿は、あまりにもうつくしくておそろしく思えるほどである。光君がやってくるほうの妻戸《つまど》を右近が押し開けると、

「この戸口から入れるのは、とくべつな関係の人だね」と笑い、廂《ひさし》の間《ま》の席に座り、「この灯の感じは恋人にふさわしいね。親の顔は見たいものだと聞くけれど、そうお思いですか？」と、几帳を少し押しのける。

無闇《むやみ》に恥ずかしくなって姫君は横を向いてしまうが、その姿がとても好ましいので

光君はうれしくなり、「もう少し明るくしてくれないか。これではもったいぶりすぎだ」と言うので、右近が灯芯を掻《か》き立てて近づける。「これはまた無遠慮な人だ」と右近のことを言い、光君は少し笑う。その目元は、こちらが気後れするほど凜々《りり》しげである。光君は少しも他人行儀なもの言いはせずに、父親ぶった口ぶりで、

「長いあいだ行方がわからず、気に掛からない時はないほどいつも心配していた。こうして拝見するにつけても夢を見ているような心地《ここち》で、過ぎ去ったかつてのこともあれこれ思い出されてたまらない、もう何も言えない」と涙を拭う。昔のことがかなしく思い出される。姫君の年齢を数えて、「親子の仲で、こうして長年会わなかった例などないでしょう、本当につらい前世の宿縁だった。今はもう、もの馴れない子どものようなお年でもあるまい。長年の話などしたいと思っていたのに、どうしてそうよそよそしくするのか」と、光君は恨めしそうに言うが、言うべきこともなく気恥ずかしいので、姫君は、

「脚《あし》の立たないうちに田舎に落ちぶれていきましてからその後は、何もかもはかない有様でございます」と言う。そのかすかに聞こえる声は、かつての夕顔に似て若々しい。光君はほほえみ、

「田舎で苦労したことを、本当においたわしいと、今は私のほかにだれが心から思うでしょう」と言う。

『日本書紀』の、三歳になっても脚が立たないので舟で流されたイザナギとイザナミの最初の子、「蛭《ひる》の児《こ》」に自身をたとえる姫君の機転に、なかなか悪くない返答だと光君は思う。右近にすべきことを指示して帰っていく。

姫君が好もしく成長していることをうれしく思い、紫の上にも話して聞かせる。

「ああした山里のようなところで長く暮らしていたから、どんなに見苦しい様子だろうと軽んじていたけれど、かえってこちらが気後れするくらいだよ。こうした娘がおりますとどうにかして世間に知らせて、兵部卿宮《ひょうぶきょうのみや》（蛍宮《ほたるのみや》）とか、この邸を気に入ってやってくる人の気持ちを乱したいものだね。若い好き者たちが真面目くさったふうにこの邸にやってくるのも、こうして気になる娘がいないからだよ。姫君をそれはもうたいせつにお世話したいものだ。平気ではいられなくなる男たちの様子を見てやりたいよ」

「おかしな親御さんですこと。何よりも男の人の気持ちを奮い立たせようとお思いになるなんて。いけませんね」と紫の上は言う。

「本当はあなたのことこそ、あの当時に今のような気持ちがあれば、そんなふうにだいじにお世話してみたかった。まったく考えなしだったなあ」などと笑うので、紫の上は顔を赤くするが、その様子はなんとも若やいでいてうつくしい。光君は硯《すずり》を引き寄せて、手すさびに、

「恋ひわたる身はそれなれど玉かづらいかなる筋を尋ね来《き》つらむ

（あの人を恋い慕ってきたこの身は昔のままだけれど、玉鬘《たまかずら》のようなあの娘はどういう筋をたどって私の元を尋ねてきたのだろう）

ああ、いとおしい」とひとりごとをつぶやいているので、本当に深く愛していた人の形見なのだろうと紫の上は思う。

息子である中将の君（夕霧）にも、「こういう人を見つけて引き取ったから、そのつもりで仲よくしなさい」と光君は伝えたので、中将の君は姫君のところに行き、「頼りにはなりませんが、こうした弟がいるのですから、真っ先にお呼びしてくだされればよかったのに。お移りの時も伺ってお手伝いもしませんで……」と生真面目に言っているので、事情を知る女房たちは決まり悪くて仕方がない。

筑紫での姫君の住まいは精いっぱい贅《ぜい》を尽くしたものではあったけれど、とんでもなく田舎じみていたと、似ても似つかないこの邸と比べて思わずにはいられない。部屋の調度をはじめ、洒落《しゃれ》ていて気品があり、姫君が親や兄弟として親しく接する人々

の容姿や様子までもがまばゆいほどで、今となっては姫君を受領《ずりよう》の妻に、などと祈ったあの三条も、大弐《だいに》を見下す気持ちになった。まして、大夫監《たいふのげん》の鼻息や剣幕は思い出してもぞっとするのである。豊後介《ぶんごのすけ》の心ばえに姫君は心から感心していて、右近も同じように思い、そう話してもいる。いい加減なことでは行き届かないこともあろうかと、光君は姫君のための家司《けいし》たちを定め、必要なことをいろいろと命じる。豊後介も家司となった。ずっと田舎で落ちぶれていたところに、これまでとは一変した有様で、自分などがかりそめにも顔を出したりできる縁などまったくなかった六条院に、朝に夕に出入りし、人を従えてものごとを取り仕切る身となったのは、たいへんな名誉だと思うのである。光君の心づかいのこまやかで類いまれなことをじつに畏れ多く思っている。

　年の暮れに、正月の飾り付けや女房たちの装束について、ほかの立派な女君たちと同じように、と光君は考えるが、一方では、そうはいっても田舎じみたところもあるだろうからと侮って、新調していた装束もいっしょに贈る。そのついでに、織物職人が我も我もと技を競って織っては持参した細長《ほそなが》（表着）や小袿《こうちき》の、色とりどりのさまざまなものを見て、

「ずいぶんたくさんあるものだな。それぞれ恨みっこなしに公平に分けないといけな

いね」と紫の上に言うので、彼女は、御匣殿《みくしげどの》で仕立てさせたものも、こちらで作ったものもみな取り出させた。紫の上はこうした方面のこともそれは上手で、見たこともないような色合いやつやを染め付けるので、こんな人はほかにはいないと光君は思う。あちこちの擣殿《うちどの》(絹を打つ工房)から納められたつやのある絹を見比べて、濃紫や赤や、あれこれと選んでは御衣櫃《みぞびつ》、衣箱《ころもばこ》(衣裳箱・衣裳袋)に入れさせて、年長の女房たちがそばに控えて、これはどうかあれはどうかと取り揃えて入れている。紫の上もそれを見て、

「どれもこれも優劣のつけられないものばかりですから、お召しになった方のご容姿に似合うように見立てておあげなさいませ。お召しになった方のご容姿に似合わないのはみっともないですからね」と言うと、光君は笑い、

「さりげなくほかの方のお姿を推し量ろうというつもりのようだね。ではどれを自分にと思う?」と訊く。

「そんなことをおっしゃっても、鏡を見ただけではどうも……」と、さすがに恥ずかしがっている。

紅梅の模様がはっきりと浮いている葡萄《えび》染めの小袿《こうちき》と、今様色《いまよういろ》(紅梅色)のみごとなものは紫の上の衣裳、桜色の細長につややかな掻練《かいねり》を添えたものは幼い姫君の衣裳

である。浅縹色《あさはなだ》（薄い藍色《あいいろ》）の、波や松など海の風物を織り込んだ衣裳で、織りようは優美だけれど地味な色合いのものに、じつに濃い掻練を合わせ、それは夏の御方（花散里）に。くっきりと赤い袿に山吹の花の細長は、あの西の対にやってきた姫君にと贈るのを、紫の上は見て見ぬふりをして、それぞれの容姿を推し量っている。実の父である内大臣の、はなやかで、じつにうつくしくはあるけれど、優美さが感じられないのと似ているのだろう、と西の対の姫君について、紫の上は顔には出さないで想像しているが、光君にはただならぬ様子に見える。

「いや、人の容姿を衣裳で思い浮かべるなんて、その人には腹立たしいことだよ。みごとだといっても衣裳の色には限りがある。人の容姿というものは、劣っていてもやはり奥深いものだ」と言い、あの末摘花《すえつむはな》の衣裳には、柳の織物に、由緒のありそうな唐草《からくさ》の乱れ模様を織った、じつに優美な衣裳であるのを見て、光君はこっそりと苦笑してしまう。梅の折枝に蝶や鳥が飛び交う、唐《から》めいた趣のある白い小袿に、濃紫のつややかなものを重ねて、明石の御方に。その衣裳から想像すると気品に満ちあふれているお人らしい、やはり侮りがたいものを紫の上は感じてしまう。空蟬《うつせみ》の尼君には、青鈍色《あおにびいろ》の織物の、とても趣味のいいものを見つけ、光君は自分の衣裳から梔子色《くちなしいろ》の袿《うちき》で、聴色《ゆるしいろ》（一般の者でも着ることのできる色）のを添えて、みなそれぞれ元日にこれらの衣裳を着るようにとの手紙を送る。実際、それぞれによく似合った晴れ着姿を見ようというつもりだったのである。

それぞれの女君たちからのお礼の言葉は並々のものではなく、使いの者への祝儀も心を尽くしてある。末摘花は二条の東の院に住んでいるので、六条院のほかの女君たちよりは少し違って控えめであるべきなのだが、堅苦しい性格なので、作法をきっちりと守って、山吹の袿の、袖口がひどくすすけたものを、下に何も重ねずに、祝儀として使いの者の肩に掛けた。手紙には、香を薫きしめた陸奥国紙《みちのくにがみ》の、少々年を経て黄ばんでしまった厚いものに、

「いえもう、頂戴いたしまして、かえって恨めしいです。

着てみればうらみられけり唐衣《からころも》返しやりてむ袖を濡らして
（着てみると、裏も見えて、恨めしく思えてきます。この着物は袖を私の涙で濡《ぬ》らしてそのままお返ししてしまおう）」

とある。筆跡は、格段に古風である。光君は苦笑せずにはいられず、すぐにも下に置かずにいるので、何ごとだろうと紫の上は目を向ける。使者に与えた袿を見て、なんとみすぼらしく見苦しいのかと光君は不機嫌で、使者はこっそりと退出した。女房たちも、これはひどいとささやきあって笑っている。末摘花のむやみやたらと古風で、

人をはらはらさせるようなさしでがましさは、まったくどうしようもないと光君は思う。こちらが気後れしてしまうほどの光君のまなざしである。

「古風な歌詠みは『唐衣』とか『袂《たもと》濡るる』とかの恨み言から離れないのだな。私も同類だけれどね。古風一辺倒に凝り固まって、今風の言葉にはまったく見向きもしないのは、立派といえば立派だよ。人々が集まっていることを、何かの行事や帝の御前などのあらたまった歌会では、『円居《まとい》』というのがはずせない三文字なんだ。昔の恋の洒落《しやれ》たやりとりでは『あだ人の（浮気な人の）』という五文字を、上の句と下の句の切れ目に置くと言葉の流れが落ち着くような気がすることだ」などと言って光君は笑う。「さまざまな草子や歌学書をよく読みこなして、その中から言葉を取り出してみても、詠み馴れた口ぶりというものはそう変わらないものだね。あの女君の父である常陸《ひたち》の親王《みこ》が書き写した紙屋紙《こうやがみ》の草子をご覧なさいと言って、贈ってきたことがあるんだ。和歌の奥義がびっしり書いてあって、歌の病とならぬよう避けるべきことがたくさん挙げてある。もともと私も和歌は不得手の分野だから、いよいよかえって窮屈に思えてきて、面倒になって返してしまったんだ。それにしても歌にくわしい人の詠みぶりにしてはありふれてるね」と言って、光君はおもしろがっているようだけれど、それも女君には気の毒な話……。

紫の上は真顔で、

「どうして返してしまったのです。書き写して、この姫君（明石の姫君）にもお見せになったらよかったのに。私の手元にもしまいこんでいたものがありましたけれど、紙魚《しみ》がみんなだめにしてしまったのです。歌学書など読んだことのない私には、歌のことはちっともわからないですもの」と言う。

「姫君の歌の勉強に、なんの役にも立たないよ。女というものはみな、好きなこと一筋に打ちこみすぎると見苦しい。何ごとでも、まったく不案内というのも感心しない。ただ心をしっかり定めてふらつかず、うわべは穏やかである、というようなことが、好ましく見えるものだよ」などと言い、女君への返事などはするつもりもないようなので、

「『返しやりてむ（お返ししてしまおう）』と歌にはあるようですのに、こちらから歌のお返しをしないのは、失礼になりますよ」と紫の上は勧める。光君は薄情なことはできないたちなので、返事を書く。じつに気楽な様子である。

「返さむと言ふにつけても片敷《かたしき》の夜《よる》の衣《ころも》を思ひこそやれ
（返そうと言うにつけても、衣を裏返しにして寝ると夢で恋しい人に逢《あ》えるという迷信を信じて、その衣の片袖を裏返しに敷いてひとり寝をするあなたの

気持ちを、お察しします）

恨み言もごもっともです」と、書いたようです。

文庫版あとがき

三巻は、須磨明石から光君が戻ってからの物語である。「澪標《みおつくし》」では、桐壺院《きりつぼいん》の第一子である朱雀帝《すざくてい》が退位し、光君と藤壺の子が若くして即位し、冷泉帝となる。そのすぐあとに、明石の女君が女の子を産んだという知らせが入る。宿曜《すくよう》の占いがどんどん当たっていく。光君は勢力を前以上に取り戻し、やがて広大な六条院を落成する。この誕生を機に、光君は明石の女君のことを紫の上に打ち明ける。このあたりから、光君はまるで子が母に報告するかのように、自身とかかわりのある女たちについて、思いのほか開けっぴろげに話すようになる。とはいえ、すべてを話すわけではなく、だいじなことは言わなかったり、ごまかしたりするので、それが結果的に紫の上を苦しめることになるのだが。

私の個人的な感想として、須磨から戻ってきて以降、作者は光源氏を、人間として描きはじめたように思う。人間だから、完全無欠ではないし、年齢も重ねる。分別も持つようになり、絶好調の自信に陰りが見えはじめる。思いどおりにいかないことが増えていき、思いどおりにするために策を弄する。この三巻以降、作者は光君の、欠点のない超人ぶりではなく、弱さもいやらしさも持つ人間味を描きはじめたように、私は思うのである。反対に、もし戻ってきた光君が、加齢しても若さを失わず、才能も権力も経済力も世間の評判も、思いをかける女性もほしいままにする、非人間的なまでの完全無欠な人だったら、この物語はこれほど長くは続かなかったろう、とも思う。才能も権力も経済力も世間の評判も、作者は光君に取り戻させるが、そのほかは、光君の思うようにはさせないのである。

「澪標」では、六条御息所《ろくじょうのみやすどころ》とその娘が伊勢から戻ってくる。御息所は出家し、ついには息を引き取ってしまう。残された娘について、気にかけてやってはほしいが色恋には巻きこんでくれるなという御息所の遺志を受け入れつつも、しかし光君はこの娘が気になってしかたない。冷泉帝《れいぜいてい》に仕えさせようか、でも自分と何が起きるかわからないしと思い悩み、朱雀院にとられそうになると「母である藤壺の意向」だということにして、入内させる。

しかも、自身が官職を解かれ、須磨へと向かう際に、味方をしてくれなかった人たちのことをきちんと覚えていて、何かにつけてちらりと仕返しをする姿も描かれていて、光君、なかなか執念深いのだなと意外な思いがした。

そして朝顔の姫君である。「葵《あおい》」ですでに登場し、光君に口説かれつつも、けっしてなびかなかったあの姫君だが、ここでは名を冠した帖がある。「今はお互い恋などふさわしからぬ」年齢になったというのに、光君は昔に立ち戻ったかのように真剣に便りを送っては姫君を困らせる。明石の女君のことなどは話すのに、この姫君のことは話さないものだから、それが紫の上を苦しめる。それに気づいて、朝顔の姫君への思いを否定して見せ、ほかの女たちを並べ立てて品評することで、紫の上の嫉妬を朝顔の姫君からそらそうとしている。なんといやったらしい策だろう。そんなだから藤壺が夢にあらわれて責めるのだと、読者としては言いたくなってしまう。しかしながら、朝顔はのらりくらりとかわしながらも、光君を受け入れない。ここへきて、光君の思いどおりにならない女性が二人もあらわれるのである。

さらに、玉鬘《たまかずら》の登場である。

かつて愛した夕顔の娘、やっと見つけたこの姫君にも執心した光君は、あの手この手で口説こうとするが、彼女は頑として受けつけない。そのなりゆきは四巻へと続くわけだが、「玉鬘」ではすでに、娘としてたいせつにお世話したいものだ、まわりの男たちが放っておけなくなる、その様子を見たいなどと言い、そのじつ自分自身も近づきたくて仕方がない下心はすでに見て取れる。ちなみに、須磨から帰ってきた「澪標」の光君は二十八歳から二十九歳になったところで、「玉鬘」では三十五歳である。今の感覚でいえば若さの絶頂だが、この時代では、そんなにきらきらしい年齢でもないようだ。

三巻、人間味を帯びた光君は、四巻では、ますます年齢を重ね、ものごとは思いのままにいかなくなる。その話はまた先にゆずるとして、私はこの三巻で、これまた私感だが、作者の、想像力や構成力を含めた筆力が、ぐんと上がったように感じて、そのことにちょっとびっくりしてしまう。

明石の女君が産んだ姫君を、紫の上に養育させるくだりがあるが、光君ともっとも長くともに暮らし、もっとも長く愛された紫の上に、子ができないという残酷な設定、明石の女君を上京させておいて子を取り上げるというこれまた残酷な物語運びを、作者はどのように思いついたのかと考えてしまう。この残酷さによって物語は一段と深みを増し、私たち読者は紫の上のかなしみと寄る辺のなさを、明石の女君のかなしみとひりつくような母の愛を、まるでわがことのように感じるのである。

私がもっとも興味深いのは、「玉鬘」で活写される、姫君の筑紫脱出から光君に見出されるまでの、一連の流れのみごとさである。これまで、作者はこのような物語の作りかたをしていなかった。

大夫監《たいふのげん》という強烈なキャラクターの登場、玉鬘のゆく先をめぐっての兄弟たちの仲違い、姉妹の涙の別れ、早船での逃走と難所越え、姫君を率いての初瀬詣、宿での偶然の再会、乳母と右近《うこん》の過去の答え合わせと、奇想天外でスピーディなこの展開に、読み手を引きこむ筆の強さはどうだろう。まるで映画を見ているかのような、ユーモアさえ交えたエンターテインメント性たっぷりの物語運びは、ここではじめて披露されている。読み手は、監が追いかけてくるのではないかとどきどきさせられ、初瀬詣の宿では、早く姫君を見つけてくれとはらはらさせられる。書き手として、今までとはべつの力を確実に会得したように、私には思えてしまうのだ。

「朝顔」には、冬の情景のうつくしさが描かれている。冬の情景を興ざめだとした昔の人の心が浅い、と光君は言っているが、ここでの庭の描写、冬空の描写は本当にうつくしい。冬の月夜をすさまじきものとした清少納言へのあてつけとする説もずいぶんあるようだけれど、それだけとは思えないくらい、描かれる光景は印象深い。

藤壺の葬儀のあとの、念誦堂から光君の見る夕日に照らされる山々と鈍色の雲も、なんとかなしく読み手の心に残るだろう。心理を投影させた情景描写が小説に取り入れられるのは、もっとずっとあとのことだと思うけれど、景色と思いを三十一文字で切り取る和歌に長けた作者には、すんなりと書けてしまうものなのだろうか。だとしても、この時代、女性が出歩ける場所はかぎられていたはずで、見ていた光景も決まり切ったものばかりだったはずだと思うと、その想像力と描写力に、ただただ感心してしまう。

作者が書き記した自然の光景は巡る季節に彩られながら、幾度も読者の前にあらわれる。その光景に目をこらすとき、私が見るのは千年昔の、今は失われたものではなく、千年の時をへて今なおある、山々であり空であり川であり、日本の四季だ。激しく大きな時代の変化のなかで、でも冬の月は冴え冴えとして、夕日は山際を輝かせて、秋には紅葉が錦のごとく色を競う、そうした変わらないはずの景色が文字の向こうに見えたときに、千年前の、架空の人たちの心情を、今の私たちと通わせて理解することができるのだと思う。

二〇二三年八月　　　　角田光代

主要参考文献

・『源氏物語』三　石田穣二・清水好子　校注（新潮日本古典集成）新潮社　一九七八年
・『源氏物語』二・三　阿部秋生・秋山虔・今井源衛・鈴木日出男　校注・訳（新編日本古典文学全集）小学館　一九九四、九五年
・『新装版全訳　源氏物語』二　與謝野晶子　角川文庫　二〇〇八年
・『源氏物語』二・三　大塚ひかり全訳　ちくま文庫　二〇〇八、〇九年
・『ビジュアルワイド　平安大事典』倉田実 編　朝日新聞出版　二〇一五年

本書は、二〇一七年九月に小社から刊行された『源氏物語　上』（池澤夏樹＝個人編集　日本文学全集04）より、「澪標」から「少女」、二〇一八年十一月に刊行された『源氏物語　中』（同05）より、「玉鬘」を収録しました。文庫化にあたり、一部加筆修正しました。

源氏物語《げんじものがたり》 3

二〇二三年一二月二〇日　初版発行
二〇二四年　九　月三〇日　3刷発行

訳　者　角田《かくた》光代《みつよ》
発行者　小野寺優
発行所　株式会社河出書房新社
〒一六二‐八五四四
東京都新宿区東五軒町二‐一三
電話〇三‐三四〇四‐八六一一（編集）
〇三‐三四〇四‐一二〇一（営業）
https://www.kawade.co.jp/

ロゴ・表紙デザイン　粟津潔
本文フォーマット　佐々木暁
本文組版　株式会社キャップス
印刷・製本　中央精版印刷株式会社

Printed in Japan　ISBN978-4-309-42067-7

河出文庫 古典新訳コレクション

古事記 池澤夏樹〔訳〕
百人一首 小池昌代〔訳〕
竹取物語 森見登美彦〔訳〕
伊勢物語 川上弘美〔訳〕
源氏物語1〜8 角田光代〔訳〕
堤中納言物語 中島京子〔訳〕
土左日記 堀江敏幸〔訳〕
枕草子1・2 酒井順子〔訳〕
更級日記 江國香織〔訳〕
平家物語1〜4 古川日出男〔訳〕
日本霊異記・発心集 伊藤比呂美〔訳〕
宇治拾遺物語 町田康〔訳〕
方丈記・徒然草 高橋源一郎・内田樹〔訳〕
能・狂言 岡田利規〔訳〕
好色一代男 島田雅彦〔訳〕

雨月物語 円城塔〔訳〕
通言総籬 いとうせいこう〔訳〕
春色梅児誉美 島本理生〔訳〕
曾根崎心中 いとうせいこう〔訳〕
女殺油地獄 桜庭一樹〔訳〕
菅原伝授手習鑑 三浦しをん〔訳〕
義経千本桜 いしいしんじ〔訳〕
仮名手本忠臣蔵 松井今朝子〔訳〕
松尾芭蕉 おくのほそ道 松浦寿輝〔選・訳〕
与謝蕪村 辻原登〔選〕
小林一茶 長谷川櫂〔選〕
近現代詩 池澤夏樹〔選〕
近現代短歌 穂村弘〔選〕
近現代俳句 小澤實〔選〕

＊以後続巻
＊内容は変更する場合もあります

あかねさす——新古今恋物語

加藤千恵　41249-8

恋する想いは、今も昔も変わらない——紫式部や在原業平のみやびな“恋うた”をもとに、千年の時を超えて、加藤千恵がつむぎだす、現代の二十二のせつない恋物語。書き下ろし＝編。ｍｉｗａさん推薦！

ときめき百人一首

小池昌代　41689-2

詩人である著者が百首すべてに現代詩訳を付けた、画期的な百人一首入門書。作者の想いや背景を解説で紹介しながら、心をで味わう百人一首を提案。苦手な和歌も、この本でぐっと身近になる！

平家物語　犬王の巻

古川日出男　41855-1

室町時代、京で世阿弥と人気を二分した能楽師・犬王。盲目の琵琶法師・友魚（ともな）と育まれた少年たちの友情は、新時代に最高のエンタメを作り出す！　「犬王」として湯浅政明監督により映画化。

現代語訳 義経記

高木卓〔訳〕　40727-2

源義経の生涯を描いた室町時代の軍記物語を、独文学者にして芥川賞を辞退した作家・高木卓の名訳で読む。武人の義経ではなく、落武者として平泉で落命する判官説話が軸になった特異な作品。

ギケイキ

町田康　41612-0

はは、生まれた瞬間からの逃亡、流浪——千年の時を超え、現代に生きる源義経が、自らの物語を語り出す。古典『義経記』が超絶文体で甦る、激烈に滑稽で悲痛な超娯楽大作小説、ここに開幕。

ギケイキ②

町田康　41832-2

日本史上屈指のヒーロー源義経が、千年の時を超え自らの物語を語る！兄頼朝との再会と対立、恋人静との別れ…古典『義経記』が超絶文体で現代に甦る、抱腹絶倒の超大作小説、第２巻。解説＝高野秀行

現代語訳 古事記

福永武彦〔訳〕 40699-2

日本人なら誰もが知っている古典中の古典「古事記」を、実際に読んだ読者は少ない。名訳としても名高く、もっとも分かりやすい現代語訳として親しまれてきた名著をさらに読みやすい形で文庫化した決定版。

現代語訳 日本書紀

福永武彦〔訳〕 40764-7

日本人なら誰もが知っている「古事記」と「日本書紀」。好評の『古事記』に続いて待望の文庫化。最も分かりやすい現代語訳として親しまれてきた福永武彦訳の名著。『古事記』と比較しながら読む楽しみ。

現代語訳 竹取物語

川端康成〔訳〕 41261-0

光る竹から生まれた美しきかぐや姫をめぐり、五人のやんごとない貴公子たちが恋の駆け引きを繰り広げる。日本最古の物語をノーベル賞作家による美しい現代語訳で。川端自身による解説も併録。

現代語訳 徒然草

吉田兼好　佐藤春夫〔訳〕 40712-8

世間や日常生活を鮮やかに、明快に解く感覚を、名訳で読む文庫。合理的・論理的でありながら皮肉やユーモアに満ちあふれていて、極めて現代的な生活感覚と美的感覚を持つ精神的な糧となる代表的な名随筆。

絵本　徒然草　上

橋本治 40747-0

『桃尻語訳　枕草子』で古典の現代語訳の全く新しい地平を切り拓いた著者が、中世古典の定番『徒然草』に挑む。名づけて「退屈ノート」。訳文に加えて傑作な註を付し、鬼才田中靖夫の絵を添えた新古典絵巻。

絵本　徒然草　下

橋本治 40748-7

人生を語りつくしてさらに“その先”を見通す、兼好の現代性。さまざまな話柄のなかに人生の真実と知恵をたたきこんだ変人兼好の精髄を、分かり易い現代文訳と精密な註・解説で明らかにする。

現代語訳 歎異抄

親鸞　野間宏〔訳〕　40808-8

悩める者や罪深き者を救う念仏とは何か、他力本願の根本思想とは何か。浄土真宗の開祖である親鸞の著名な法話「歎異抄」と、手紙をまとめた「末燈鈔」を併録。野間宏の名訳で読む分かりやすい現代語の名著。

桃尻語訳　枕草子　上

橋本治　40531-5

むずかしいといわれている古典を、古くさい衣を脱がせて、現代の若者言葉で表現した驚異の名訳ベストセラー。全部わかるこの感動！　詳細目次と全巻の用語索引をつけて、学校のサブテキストにも最適。

桃尻語訳　枕草子　中

橋本治　40532-2

驚異の名訳ベストセラー、その中巻は——第八十三段「カッコいいもの。本場の錦。飾り太刀。」から第百八十六段「宮仕え女（キャリアウーマン）のとこに来たりなんかする男が、そこでさ……」まで。

桃尻語訳　枕草子　下

橋本治　40533-9

驚異の名訳ベストセラー、その下巻は——第百八十七段「風は——」から第二九八段「『本当なの？　もうすぐ都から下るの？』って言った男に対して」まで。「本編あとがき」「別ヴァージョン」併録。

現代語訳 南総里見八犬伝　上

曲亭馬琴　白井喬二〔現代語訳〕　40709-8

わが国の伝奇小説中の「白眉」と称される江戸読本の代表作を、やはり伝奇小説家として名高い白井喬二が最も読みやすい名訳で忠実に再現した名著。長大な原文でしか入手できない名作を読める上下巻。

現代語訳 南総里見八犬伝　下

曲亭馬琴　白井喬二〔現代語訳〕　40710-4

全九集九十八巻、百六冊に及び、二十八年をかけて完成された日本文学史上稀に見る長篇にして、わが国最大の伝奇小説を、白井喬二が雄渾華麗な和漢混淆の原文を生かしつつ分かりやすくまとめた名抄訳。

八犬伝 上

山田風太郎　41794-3

宿縁に導かれた八人の犬士が悪や妖異と戦いを繰り広げる雄渾豪壮な『南総里見八犬伝』の「虚の世界」。作者・馬琴の「実の世界」。鬼才・山田風太郎が二つの世界を交錯させながら描く、驚嘆の伝奇ロマン！

八犬伝 下

山田風太郎　41795-0

仇と同志を求め、離合集散する犬士たち。息子を失いながらも、一大決戦へと書き進める馬琴を失明が襲う——古今無比の風太郎流『南総里見八犬伝』、感動のクライマックスへ！

婆沙羅／室町少年倶楽部

山田風太郎　41770-7

百鬼夜行の南北朝動乱を婆沙羅に生き抜いた佐々木道誉、数奇な運命を辿ったクジ引き将軍義教、奇々怪々に変貌を遂げる将軍義政と花の御所に集う面々。鬼才・風太郎が描く、綺羅と狂気の室町伝奇集。

坊っちゃん忍者幕末見聞録

奥泉光　41525-3

あの「坊っちゃん」が幕末に?!　霞流忍術を修行中の松吉は、攘夷思想にかぶれた幼なじみの悪友・寅太郎に巻き込まれ京への旅に。そして龍馬や新撰組ら志士たちと出会い……歴史ファンタジー小説の傑作。

先生と僕　夏目漱石を囲む人々　青春篇

香日ゆら　41649-6

夏目漱石の生涯と、正岡子規・中村是公・高浜虚子・寺田寅彦ら友人・門下・家族との交流を描く傑作四コママンガ！「青春篇」には漱石の学生時代から教師時代、ロンドン留学、作家デビューまでを収録。

先生と僕　夏目漱石を囲む人々　作家篇

香日ゆら　41657-1

漱石を慕う人々で今日も夏目家はにぎやか。木曜会誕生から修善寺の大患、内田百閒・中勘助・芥川龍之介ら若き才能の登場、そして最期の日へ——。友人門下との交遊を通して描く珠玉の四コマ漱石伝完結篇。

サラダ記念日

俵万智 40249-9

〈「この味がいいね」と君が言ったから七月六日はサラダ記念日〉——日常の何げない一瞬を、新鮮な感覚と溢れる感性で綴った短歌集。生きることがうたうこと。従来の短歌のイメージを見事に一変させた傑作！

〈チョコレート語訳〉みだれ髪

俵万智 40655-8

短歌界の革命とまでいわれた与謝野晶子の『みだれ髪』刊行百年を記念して、俵万智によりチョコレート語訳として、乱倫という情熱的な恋をテーマに刊行され、大ベストセラーとなった同書の待望の文庫化。

求愛瞳孔反射

穂村弘 40843-9

獣もヒトも求愛するときの瞳は、特別な光を放つ。見えますか、僕の瞳。ふたりで海に行っても、もんじゃ焼きを食べても、深く共鳴できる僕たち。歌人でエッセイの名手が贈る、甘美で危険な純愛詩集。

異性

角田光代／穂村弘 41326-6

好きだから許せる？　好きだけど許せない⁉　男と女は互いにひかれあいながら、どうしてわかりあえないのか。カクちゃん＆ほむほむが、男と女についてとことん考えた、恋愛考察エッセイ。

第七官界彷徨

尾崎翠 40971-9

「人間の第七官にひびくような詩」を書きたいと願う少女・町子。分裂心理や蘚の恋愛を研究する一風変わった兄弟と従兄、そして町子が陥る恋の行方は？　忘れられた作家・尾崎翠再発見の契機となった傑作。

改良

遠野遥 41862-9

女になりたいのではない、「私」でありたい——ゆるやかな絶望を生きる男が人生で唯一望んだのは、美しくなることだった。平成生まれ初の芥川賞作家、鮮烈のデビュー作。第56回文藝賞受賞作。